草木知己

董华 —— 著

北京出版集团公司
北京十月文艺出版社

序

※

人非草木，亦为草木

刘恒

我认识董华三十多年了。他是个厚道人，以前是，现在还是。序言大抵是虚言，我去年已经发誓不序。董华却来索序，我的不序之言即刻就成了虚言。因为，他是个厚道人，我就是打自己的脸，也断不能冷了他的脸。厚道人脸皮儿薄，脸一冷心就凉了，我不能这么不厚道。

但是，我有一个条件。他得给我时间，容我通读了他的稿子。公事私事一堆，文事蛋事一团，什么时候读呢？这他就管不着了。一拖再拖，直拖到无可拖，有几个月了吧？我偶感他禁不住拖，会去找别人，却亲见这厚道的家伙宁肯在一棵树上吊死！呜呼，不能再拖了，再拖要出人命了。

我通读了他的每一个字。他写的如此认真，我要读的对得住他。吸住了我的注意力的，不光是他的文字，还有被他的文字牵出来的我自己的记忆。他的文字温暖了尘封的往事，让复活的岁月像泉水一样汩汩地流动起来了。

我跳出来想，文学到底是一种什么神器？不错，读的是文字。然而，读的是文字吗？平凡黯淡如董华，高贵灿烂如卡夫卡，读他们读的是什么呢？无论文字的力量和荣耀多么悬殊，必有一个平等的支点为读者所用——我们读的终究是自己啊！灵魂固然是不可视的，透过阅读的文字，我却分明看见自己的灵魂跳上了一叶小舟，划走了。这里蕴藏的美感，只可意会不可言传。

所以么，董华的草木，也是我的草木。他的笔每碰到一样植物，我的眼前就移来一个放大镜，让我看到了叶片上的露水，甚至闻到了花朵的香气并隐约听到了虫鸣。这就是所谓大自然，亿万生物的无垠之海，人游在里面像一条鱼，极端渺小却无比惬意。这种感觉是真实的吗？在文字上滑行的灵魂告诉我，这股惬意之感千真万确，它像盛开的花朵一样真实。

读《白薯月令》，惊讶董华的熟谙农事，并立即想到了饥荒年的秋后，自己去刨捡落薯的情景。一块薯头都没捡着，塞了一口袋薯秧回家，将薯叶撸下来煮着吃了。读《温故香雪海》想到夜里偷偷爬树，读《椒乡八月》想到扎了手流血嘬血，读《黄花儿遍地香》想到百花山顶吓人一跳的花海，读《黑疸》想到跪在玉米地里锄草……于是再次跳出来断想，董华这本书的本质，是诉说人和草木的亲缘关系吧？那么，人和这些植物是什么关系呢？是人体热量与蛋白质以及叶绿素之类物质的转换关系吗？他罗列的草木林林总总，分为五辑六十六篇，不能入嘴的几乎没有。他用文字极尽赞美之能事，能扯多远就扯多远，最终却将它们近乎全部揪了回来，并一一吃掉了它们！

所谓人和草木的关系，一旦露出牙齿，本质也就露出来了。

我们恨一个人恨到极点，常说老子要生吞了你。然而，爱一个人爱到高潮，也会忍不住叫嚣：让我吃了你吧！人对草木，终究是爱的。既入人口，便沦为肉身的一部分，这种爱至少从猿猴时代就萌芽，从树上爬下来之后便日益壮大起来了。董华赞美草木，大而言之是人类的基因作祟，小而言之，是代我们向生物链上的伙伴致敬。读者如果有心，尽可借助董华的文字，避一避人世的喧嚣，看一看那些沉默无言的生物之美。这个世界是我们的，也是人家的！

董华文字的意义，不仅仅含了这些。草木是个路标，一头指向了空间，在庞大混沌的空间里面，最清晰也最亲切的一个小地方名叫故乡；另一头指向了时间，在凌乱不堪的时间碎片里面，最难忘的是自家生命的刻度——那些被春夏秋冬埋葬了的平凡的日子。董华以草木为引子，催促周旋于世的身心踏上归乡之路，也将我们领回了葱茏的山水草木之间。那里有我们各自的家乡，是舍不下的生身之地，更是无法忘怀而徘徊不弃的精神家园。读者中不乏纯粹的城里人，或于董华津津乐道的这些草木无感。但是，我敢断定他的祖上和足下必有一条根须深深地扎在乡野的泥土之中。他必定是爱这些草木的，以生物基因图谱的广泛性来推断，他无疑是它们的亲戚，正如我们是无边草木的亲戚一样。董华以草木为知己，就是这个意思了吧？我读尽了他的文字，又涂抹了以上文字，无愧知己的知己了。坦率地说，人间的喜怒哀乐是如此之繁，可恶之人可厌之事又如此之多，口口声声的要爱草爱木，看上去是不是挺矫情挺做作的？不过且慢，当你静下心来，坐在山坡上，长时间凝视一棵小草和一朵无名小花的时候，你的灵魂一定是充盈而温暖的。那小小的植物是一个隐喻，它就是你！你的生命，你的人生，在茫茫的人海里面，在无尽的时间长河之中，你整个人呈现的就是这种淡然而坦然的样子啊！

董华是多么厚道的人，没有哪个作家像他这样喋喋不休又面面俱到地向草木们致以如此敬意。在喧嚣不已的时代，他这支朴素的笔尤显笨拙和不合时宜。但是，只要你我的心还有温度，必会感知他对脚下土地的忠诚，也必会感知他对同类的谦卑和善意。我们以阅读他平凡的文字向他致敬，继而透过这些文字向那些无声的草木致敬，进而向犹如草木一般的我们，向平凡而脆弱且孤独而又顽强的自己致敬吧！

董华兄，以此陋序给你和来读你的诸位敬礼了。开卷共勉，不回如草，美哉善哉。

2016 年 8 月 11 日午后于青岛涵碧楼

目录

辑一 野菜投缘

辑二 草族存真

辑四 睹木情深

目录

目录

辑五

闻果醉心

辑一

※

野菜投缘

—

草木知己

—

茼芽五月鲜

乙未年正月初六，族弟董永再邀回老家聚首。高兴！坨里村俺这一支董姓，祖籍山西汾阳相子垣村，落户京西，至我一辈，九代。家族兄弟挨个儿轮值，于春节期间演习酬酢，已办了多回。开时下族亲和睦风气，使乡亲多有艳羡，自身也觉得“汾阳传芳”至美。

董永也属兔，我长他“一轮”。此兄弟从小性情异于他人，活泼善谈，喜欢花草。一介农民，却洞明米丘林灵机，将院落鼓捣得花市一般。未曾进门，便盘算：节期刚过，该用什么花样调动食欲？

菜品上桌，真的丰盛，凉凉热热十六个菜。定睛再望，素菜居多：炒豆角、熬白菜、芥末豆芽儿、胡萝卜丁拌杏仁儿和一眼就能识出的山野菜。几样野菜，虽褪了颜色，但难逃我眼，即刻把腌制的野茼蒿识别出来。

满满一桌菜，就对那盘野茼蒿下箸最勤。

人的偏嗜是个谜。自打多年前尝过野茼蒿，那味道便在心里久久不去。那也是过春节，山地青年张德强来看望，送了烟，送了酒，而后神秘地掏出一个瓶罐，笑嘻嘻道：“知道‘师父’好这一口儿，专门孝敬的百花山茼蒿！”当时我就撑不住劲儿了，拧开了瓶盖儿，一股药草味浓郁的芳香入鼻，即刻高兴得要死。在那个春节，不，整个正月，这是我最解馋、最想咂摸的滋味儿。一罐头瓶野茼蒿伴我度过一个好年。

口嚼着这一股异香，就想把它的前世今生摸一摸底。

老家也是农村，半坡半平地，怎么不长这东西呢？转悠遍了才明白，老家这块儿海拔高度不够。野茼蒿对于环境无所期求，山不怕，土不怕，缺水啦、阴坡啦、圪针林啦，它可全不顾。唯一特性：海拔三五百米以上，它才生长过瘾。如同奇男子、奇女子，持个人怪异。

野茼蒿是多年生草本植物，农时“谷雨”前后，为采食旺期。从旧草冒出新芽，嫩梢很快长高。叶子不密，窄如鸟羽。枝上分叉不多，惯常为一丛丛，挺着茎梢。此时采摘，茎和叶皆可食，过了五月，梗儿就逐渐木质化了，想吃也吃不成了。

据说，现今称“蒿子秆儿”的茼蒿，原产地中海，在中国有九百余年栽培历史。但按我推断，古时称“皇帝菜”的家蔬茼蒿和我要表达的野茼蒿，根本不是一个物种。从形态上看，家蔬茼蒿梗儿软，叶儿密，梗叶偏黄，叶形与野茼蒿差不多，但野的连梗带叶偏黑偏绿，梗儿硬棒。从气味上区别，家蔬茼蒿虽也持异香，但远不如野的浓烈。真正的野茼蒿，那种味道，难书难描：含温蔼的也含凛凛的药香。它散发出来的气味，勾人的心魄，搁在家里，幽香久久不绝。许多菜蔬招苍蝇、招蛆，却不见何者欺负它。再说了，古时大山深处千里无人烟，既然是高贵的东西，怎么舍得把引进的茼蒿专程种到高山上去呢？自己的孩子自己爱，即便与前者存在着渊源，但我更愿相信是我们本土的东西传到国外转变了基因，如同经了若干代的华裔已然沾了洋气！

判断上证明我国为原产地的野茼蒿，另一项根据，我国医药典籍上有论述。古药书称它为“野菊花”，既然是“野”，更和家养的不沾边儿了。古人在药理上分析，谓其可“破血疏肝、解疔散毒，祛风杀虫”，具“安心气、养脾胃、消痰饮、利肠胃”的功效，有明显的降血压的作用。若为市面上异化了的家蔬，又哪里做得到这些？

山地上，野茼蒿是时令菜，山地人家从来不觉得它尊贵。我见到的食用方法简单，只将茎叶切碎，撒一点儿盐，即成菜，特别符合山民简朴古拙的生活习性。遍山沟渠肆意而生的野茼蒿，不用费时间去找，收工回来顺便掐几把或派小孩儿到村口薅几把，随采随吃，相当随便。只是今人城里来客将它认成了山珍，作农家乐一游，惧肥厌甘的他们，必不可少地点它的名，用来佐酒佐食，个个很开胃。

我曾在山地上见了它真容、触摸过它，那种喜悦真是从心头起。很多意象、很多慰藉，在心畔绽开。怎样的一种野蔬啊，竟这么招我疼、招我爱！看它聪俊而自信的样子，我看出它并不希望人的赐予，白云悠悠附其神，默默薄土伴其根。它自已无牵无系，宁静却能够保证家族丰满起来。万千品类中，它不受同化，更无从将其剿灭。它不拒绝触碰，等待于人的只是发现。我佩服的正是这股志气和气节。现代的生物科学，认可文明发展，然而却使生物种群增加了共性、消灭了个性、剿杀了同类，这与人类的情况一样，转变得分不出真伪。在我眼里，野性的东西，它就是历史，它就是根脉，它就是素质，它就是信仰。感觉它还是忠良。从它孤忠的气韵，直可拷问自己的良心：行之善者，以其为法；行之不善者，惕而生励。

——突发奇想，冒出了一个“坏”：世态人心已经大变，身份低下者办事少不得人情，总要送礼解急。倘若求人，送啥呢？趔腰的货，送不起，一袋四、五月份的野茼蒿，送给像我一样剥了皮还是农民的官人，或许更有利于把事情办成，你说是不是呢？

苋菜满庭芳

陶靖节公的观世于人，立一代风标。效仿于他，退休前将老宅做了修整，与兄弟仨建了两趟儿新房。格局方现，即约定：院场绝不可全部硬化，保住农家风格。主张的结果，《董宅重修记》中描述："前院砌假山，铺甬道，栽果树，种花草，且效以古风，将前贤名训刻石，镶于门楣及山墙之上。放眼观之，喷泉因翠竹叠影，翰墨缘佳句生香。后院者，吾独治也。一处小楼面东。庭前弄园圃，插笆篱，支棚架，可品四时之蔬；界边织笼舍，养鸡鹅，饲猫狗，乐在啼吠兼闻……洵如新时代农家乐之象也。"

总体看，描写是真实的，但也有因乐观而虚置的成分在。譬如，种植上外行，夸耀小天地"可品四时之蔬"，实则幻想多于所成，顶多瓜架上悬挂角瓜、倭瓜、葫芦，篱笆上爬豆角、丝瓜而已。种了细菜，也会看护不住，鸡刨狗蹬，不够劳神的工夫。图省心，又露园趣，还是把野菜请进门吧，让它们丰富自家。

首先想到了苋菜。

苋菜是农家老客，由小就晓得它体贴庄户人。一日三餐，它是饭锅内的主角儿。用它做馅儿，细食能够蒸包子、包饺子、烙馅儿饼；糙饭使它蒸窝头；做汤、煮粥，更显肉肉的醇香，不像有的野菜柴而搡口，并且呢，生长期长，五黄六月至早秋，都归享用它的季节。

说出来露丑，知道苋菜大名，很晚。以前按京西土音称“千菜谷”“云襟菜”。文友赵金九多年前来做客，称其苋菜，我才改了口。当时他喜不自禁，让夫人也搭手，在老宅采摘了一书袋。这个河南籍老赵，当年没少传授手艺，却未料得京师文联统领人物，心象里竟然还放着农人的影子，信此兄身世与我同出一脉。种苋菜吧！莼鲈之思、知遇之恩，该当思念，为另一层想法。

见了苋菜长成，高兴，百年房土做底肥的苋菜，长势出奇的好！在韭菜和辣椒秧混着的园圃，它最显茁壮。记忆里野地苋菜，高不超过小孩腿，叶大不过毛白杨，而长于我家，棵高得蹭腰，枝

去年天气旧亭台，本分人家

叶舒展，叶黑绿肥大，都快追上我的手掌了。稀罕这一口儿，喜悦跟谁讲？先尝。揣着兴奋，走进篱笆，掐了一大把。合手拢着脚步忙，唤老妻赶紧来做疙瘩汤！妻直起腰，放下扫院的笤帚，似嗔似笑，她肚里搁的话不言自明——“没改习气的老乡帮！”脸色不去瞧，专等疙瘩汤。片刻出锅了，多捞苋菜，少盛面疙瘩，晨光中俺吃得有模有样。几碗下肚，乘公交车上班，一程上都是对那滋味的回想。

好事不隐瞒，喜好交朋友，追随了一生一世，家传：夜夜做

农家雅意不须夸

贼不富，日日待客不穷！有了好吃食，岂可独享？召唤朋友呗！电波由新宅发射，电话打了许多，远地第一拨儿是《散文选刊》的朋友。之前与葛一敏通话，曾反复说家乡好，未赢答允，直到“可吃上自家野菜”一击，才听得葛主编笑吟吟的应腔。那次机会是她们来京开会，散了会应约，晚间时刻到我家。次日清晨，辅助老妻备早餐，她进厨房，我干拿手的活儿。迈腿入了苋菜园，专挑又大又嫩的叶子摘，不断向厨房输送。妻子笑：还让人吃主食不？答复：她们和我一类。方式获得成功，柿子树下摆开的农家宴让葛老师们眼放光：一盘蒜汁凉拌苋菜，一盘葱油蒜瓣熬苋菜，一盘炸香椿鱼，一盘拍黄瓜，主食葱花饼、苋菜疙瘩汤！席间，满耳乐闻诸师夸奖。年轻、胖胖的马红女士，莞尔泄于芙蓉面，边举筷子边讲：你以后还叫来不？我回：你说呢！席上人喷饭，大笑不止。

房山是我母土，根土所系的家乡情，看得尤重。自贾岛而下，千余年来，乡壤出现的名士不断，文脉舒张。而今本地扛鼎人物，为小兄弟凸凹。同饮一条河水的“乡党”（此词他常用），与我及金九兄同一属性，兔龄上各差着档，然前缘亲近注定。自家苋菜他不来尝，我会气恼一辈子。往日聚饮的状况，宛然在目，一绺豆腐丝，一把花生米，酒食不多，散装的二锅头却用茶杯来量！适心适口，贼香！这回他来啦，带了一箱酒，还带来文化场数员勇将。戏称过“史公子”的当今才俊凸凹，风采依旧，直身晃动着酒杯，竟将那往昔哥们儿帮衬的琐事，讲了又讲。重情重义的贤弟呀，你怎知虚掷光阴的愚兄，内心已把你当成了进修的榜样！身旁有聪明者，善于在酒酣面热时抓出众人的意中所有语中所无，见佳兴渐浓，遂凭才气道出六个字：入董宅、看“史书”，获一席赞赏。半日纵欢，有一语定评足焉；入得文苑，想来也是美谈。

久临江湖，人间乖戾侵入我眼，向素之心常常发堵。官场上，不去论，咱无资格；文场上，凭经验，可述说一二。文人之间啊，天然有两种性气的人，一种既交之终生不悔；一种则叶公两面。

雪岭红柿，农家儿女心

对于后者，本不该说，但不说又不合我的性格。特别钦慕古时和民国期间一些大文人，他们的风骨照耀了古今。东汉“建安七子”之一王粲，喜欢学驴叫，曹丕、孔融、陈琳、徐幹等辈在他死后不悲不喜，抬双手充驴耳，头一伸一缩，绕丘作长嘶短调驴声，那份友情感天动地。近代梁启超与章太炎，曾缘学术及政见之争，章当时掴了梁一个耳光，过日并无风波，这真性情哪里去找？而现今一些末端文人，专于谈文论技之外，或猜或嫉地挑拣别人脚后跟的问题，七尺男儿甘于沦嚼老婆舌之群。如此心量，何时修成正果器局？作传世之文，修传世之心，来家文友们似乎都有这个期待。

各美其美，美人之美，最爱听人夸俺家苋菜香啦！自打六字格言外流，我源源不断接应外部来客。《北京文学》是青春期学艺基地，几代编辑人，既朋友相论，又引我尊为师长。饮其流者怀其源，我如出了嫁的女儿，时时期盼娘家人。才识卓荦的杨晓升社长领着编辑部同人来了，接续了我与刊物的几十年情。话题广，心寥廓，彼此热了心肠。《阳光》主编徐迅，一位散文家，其容貌有“江南小生”（荆永鸣语）的儒雅，使宅舍加入了公瑾之风。篆刻家佟岩林与书画家张惠文结伴，院场作画挥毫，引乡人闻讯观看。还有东北、贵州等地历年结识的习文者，皆临门添加宅庆。待把欢乐场儿音讯传递给在京的陈戎、刘晓川、宫苏艺、章德宁等朋友，我感觉出那一端幸福的“惊悚”！

人间有味是清欢，朋友来聚，稀罕物贡献大家，真是人生乐趣。

我的野菜们忒明白我心意，苋菜、苦荬菜、马铃菜、茼蒿，一概绿葱葱，笑盈盈，有的绿货由天而降，自成自生，却也如花骨朵儿一样惹人疼。随着吃随着长，还不生腻虫，太棒了！合了我愿望。

恩师张志民始终在心中。他故去了，若在世，应来怎会一趟两趟。亲聆其音，亲沐其德，风泽亲炙，惠我多多！婚庆日老人书来贺联，踏乡土为我留下专致的诗章。那一首《董华家做客》，纳入智者风采，纳入了诗人观望人间笑眯眯的容光。“车过良乡塔影斜，赏菊时节访董华。小别不识坨里路，新街新巷新人家。”抄写过了，工匠刻石，供奉在我出屋门必迎见的东墙。刻石在上，下边摆设了石桌、石凳，独自时幽幽默诵，拷问自己是否违逆了恩师的教导，暗执心香；与友人聚，诗章见证，看我们是怎样感怀诗人的《手足口小唱》……天人永隔，心思里却还觉得恩师温蔼在旁。

老乡亲，也好啊，得知我家收容野菜，不断地帮忙，送来了苏子秧、山葱籽，使家里野菜品种越来越多。另一种苋菜，以前未见，来于乡贤翟家，论父辈的乐师告诉，此名“老来俏”，与我家绿枝苋菜同种，能吃，却颜色不一样。入夏以后，红色叶面环绕着黄边，非常明显，灿灿的、斑斓的可以当作花卉观赏。

采摘苋菜季节，至九月止。“立秋十八天，寸草结籽”，苋菜叶萎缩了，各枝顶端也挺了穗，逐渐显露小于谷米粒的，稠密、带紫黑光亮的种子，招引麻雀和画眉鸟觅食。种子会落下很多，粒粒安伏在曾涵养它生命的土地。

啄苋菜籽的鸟儿飞来又飞走了，雪地上留下它们清晰的爪印，如画一般好看。瞧着，心像被虫儿挠痒，火热热，直想着下一个呼朋唤友季节的来临。

京西老马肉

深山无闲草，咱不卖关子，此“老马肉”非你意识中的老马肉，它是一种药食同源的植物。其根茎，民间称“老马肉”。

在中草药典籍中，它正名儿叫“沙参”。我国东北、华北、西北，以及江苏一带，都有分布。药性属于滋阴、润肺，有祛痰作用。由于水土不同，药性强弱有所差别；采药在秋季。据说，声名远扬的“朝鲜泡菜”，离了它味道不行。

冬云期待故人来

这种植物一般生长在比较高的山地。那地方也不是光杆儿坡，也不是暄和地，而多在地堰上、沟渠旁，绿色葱茏的地方。该发芽时，跟着大宗草木发芽；该开花时，随着百卉开花，这其中没有什么机巧。

若说与众不同，有这么几样儿。其一，是它的花期长，从入夏一直到霜降节气的秋风凉。其二，它一落生，就为药食同源，春天长出的嫩芽、嫩叶，直接可以生食。它那会儿的名称，叫“青菜绿豆苗”，或“马肉苗”，听俏名很诱人。做大馅儿团子、撒疙瘩汤，以及生吃蘸酱，鲜美异常。再说它开花的姿态，特别像仙草。花儿由个个细枝往上领，直达顶端；大枝上有叶，细枝儿上满是花。那花寸把长，长筒形状，如倒挂的金钟，花萼中间垂着超出花铃儿长度的金黄色花柱。花的颜色，猛眼看为蓝，仔细看带紫；那般蓝的清澈，能让人洗脑，你不想它沾了仙气都不行。

山地纯净，瑞草定生。

眼面前，咱不谈“沙参”，只道“老马肉”。因为，这个说道，和山民最有关联。

入秋以后，老马肉根茎长瓷实了，可以吃了。干农活的间隙，肚肠饿了的人就找老马肉充饥。刨出来，或者剥皮，或者在农具上刮一刮，露出白肉儿，张口就吃，咽下甜香香的滋味。因为根茎纤维为丝条状，与老骡马肉的竖肉丝儿一样，就自然而然地想象成“老马肉”。山风簌簌地吹，山地间一群肚子里缺少油水、下大力气的农人，嚼一根根野菜填饱肚子，不去说他们的悲壮，而应表他们的镇静和豁达。在那种境遇下，竟能与油锅滚滚、一根马毛不沾的马肉联想起来，这是多么强的思维！“望梅止渴”

跟它相比，那是文人捏咕的字眼，而它以实物的方式呈现眼前，并的确能充饥。附以美名的精神疗饥法，真是农民的智慧、农民的胜利！

山里上学的孩子食老马肉，自小养成习惯，却似乎比大人们精细。在傍晚放学的路上挖一些赛小萝卜的壮根，不当即吃，而是像熥白薯似的，在睡觉前熥上炉腔，早起上学时带在身上。那熥了一宿的老马肉，就有了吃“牛筋儿白薯”的味道。吃它长大的孩子，一般都身体结实，老实忠厚。

大山是一座宝库。它不止给山民提供衣食之源，而且铸造人的精神，是坚忍、勤劳、忠实的精神发源地。大山不贫瘠，人的精神就不会贫瘠！

人所忧虑的却是，城市化以后，这些哺育人间的草木还生长着，但生活已经远离了大山的子孙们，谁还能把这类寒贱物儿惦记？

石堰上老马肉花钟儿响起来

初逢羊肚菇

一如异秉者会交异相，奇珍异果生聚之地，亦必有灵荫慧土护应，神奇。

我在南窖乡见识的羊肚菇就是这样。

南窖乡在北京西部的纵深山地，属太行山脉广袤大山里的一部分。山高林密，云霞呈祥。从高处向下看，此地确如深陷的一孔“窖”，而从平缓处看去，则像容纳万千生机的“高脚花盆”。自然风貌和古村落气息，不知把多少人迷倒。

某日，与一干友人来到水峪村。中午，民俗户家用餐。户主招待热情，农家菜摆满一桌，还上了自己家泡制的桑葚酒、樱桃酒。宾主欢愉自不必表。席间有一碗炖菜，主人一再劝尝。大家小心翼翼下箸，入口只觉一种幽幽的新异清香，味道似曾熟悉，却又说不出是何妙食。

众人里边，我最熟悉当地风土人情，认识野菜种类多。可这个菜归属何物，我一时也辨别不清。仔细观察，只见这菜条儿表面带网状皱褶，呈现许多凹坑，特别像煮熟的羊肚儿，味道呢，有柿子味儿甜香。

猜疑半天无果，主人笑眯眯道，此乃生于山地柿子树下的羊肚菇。他边说边从屋外拿来实物，搁在眼前，让我们细致观瞧。

羊肚菇咂出柿子味，甜汁儿入地化甘蘑

完整风干的羊肚菇，黄褐色，并不肥大，蜷曲着，有些干海参的感觉。

遇见好说好道的人了。主人聊羊肚菇的形成过程。据他说，此地羊肚菇只产于老柿子树底下，由柿子汁儿串了地气，化合而成。八、九月，有些柿子因虫因伤早熟了，变红变软了，遂被鹊啼鸟啄，或自然坠落，从树上掉下来，流出的汁液就渗到土里。一年两年不停地积累，土层就沤成了新生物体的温床，具备了滋生新物种能力，由天然菌种发育出了羊肚菇。有一个环节他说得神：只有在春天“谷雨”节里降雨，才生发羊肚菇；如果“谷雨”节无雨，即使其他季节降雨，羊肚菇也一年不复出了。这种特殊生物习性，造成了羊肚菇的难以人工栽培和稀缺。

带着极大的兴趣，返城后我查阅羊肚菇的有关信息。从中得知，羊肚菇又称羊肚菌、羊肚菜、羊肚蘑，见于全国十余个省份，阔叶林地带，单生或群生。它是世界上最珍贵的食用菌之一，属高级营养滋补品，具有补肾、壮阳、补脑、提神作用，还可防癌、抗癌。多种高端指数，决定了它的身价高昂，目前市场干品价格，每斤至少在千元以上。

不遇不识，不探不知，南窖乡不期而遇的羊肚菇，竟如此名贵。

柿子树常见，羊肚菇不常见。平原的柿子产区，未曾听闻羊肚菇，不知是那里人虽发现而不识呢，还是根本不得此物，奇怪。

我的山村，我的根

丹凤眼儿热衷肠

这个时代，就是能够扭转乾坤。原先不起眼儿，或前人饥不择食的东西，猛然间成为绿色食品。譬如，臭椿姑姑儿和臭椿荚儿。

臭椿与香椿，虽为一字之差，却因种属不同，身价相差天地。古人意识中，臭椿树乃庸常卑微之材。《三国演义》第三十六回“玄德用计袭樊城，元直走马荐诸葛”一节：“庶曰：‘某樗栎庸材，何敢当此重誉。’”此言中“栎”指栎树，不用说了，而这个“樗”，就是臭椿。另外，唐欧阳詹《寓兴》诗：“桃李有奇质，樗栎无妙姿。”宋苏轼《和穆父新凉》诗：“常恐樗栎身，从缠冠盖蔓。”亦曰樗树之贱微。然香椿树自古高贵，庄子《逍遥游》一篇有语：“上古有大椿者，以八千岁为春，八千岁为秋……”这里的“椿”说的就是香椿。现代语交流，臭椿可以简称椿树，而香椿树不能，一定要叫全以示区分。

臭椿姑姑儿，指春天里臭椿树发的嫩芽。此处的“姑姑儿”，京话读轻音。

椿树刚发芽时，呈紫红色，枝头冒一小撮儿，牙签筒形状，向上撅撅着。如同花骨朵儿。这一树种，在北京地区非常多见。它的叶子，无论老和嫩，牛羊不食，但它的嫩芽，经开水焯了，

好漂亮椿树荚，“丹凤眼儿”，吃的就是它

凉水浸泡几天，人可以食用。做法是将它撒上盐，当凉拌菜。嚼起来肉吞吞，略带苦味儿，含有草香。

灾荒之年，去野外掰椿树芽的人成帮结队，此一情景给饥民留下的印象极为深刻。待年景转好，聪慧者就以椿树芽找词儿，编成歌谣，口吻就有些风趣了。道是：椿姑姑儿，蜡腰儿，谁家的孩子叫刁儿。刁儿、刁儿十几啦？十八了，该娶啦！娶的哪儿，娶的东头西半拉……

吃过椿树芽的人，未必吃过椿树荚。为什么？因为早春把第一茬芽儿采尽，再发新芽已失去繁育能力。现在秋季常见到的红绿相间的一串串椿树荚，在那时很少见。

椿树籽儿长在一个个荚里，一嘟噜果穗有无数个荚。荚为扁平，长形，里边的籽儿扁圆，在荚里略微鼓起。椿树荚好看，两头尖，中间宽，看着很舒服。

乡村一旦兴起了旅游热，民俗户就挖空了心思，发掘山野菜资源。以前自己吃过的，要摆上桌；以前没有吃过的，经过试验，没有毒性，也用来招待游客。

粗茶淡饭，主客皆欢。游客中也不乏怀旧的人，对山蔬饮食也兴趣不减，当另一盘山野菜上桌，这位当年吃过很多山野菜的人，一时也叫不出来菜名。菜是剁碎了的凉拌菜，颜色是经水浸过的土黄，碎片表面处有个别鼓凸，看着陌生，又有几分熟悉。吃在口里肉吞吞的，微苦，但比较好吃，没有邪味儿。

经主人提醒，这就是椿树荚！而椿树荚也不说椿树荚了，称“丹凤眼”！

哇呀！这名儿起得比以编绕脖子故事著称的当代某位小说家还富有想象力！让老客千想万想，也想不到是椿树荚。能去这么想，真得绕个笸箩圈儿呀！

椿树荚荚两头尖，中间宽，正合乎两个眼角向上微翘的丹凤眼形状，起这么个名字，真让人有读小说般的享受。又吃文化，又得口腹之福，美呀！

以前人们的意识，总以出身经历挤对人——说农民，从牙齿缝里就轻视。可农民的智慧，农民丰富的想象力，谁人做出过正确估计？不真正认识农民，就不要谈中国。而今的农民，已经顶天立地！

沁骨柔情

黄花儿遍地香

集菜名、草名于一身的黄花儿，在北京地区忒常见。

黄花儿喜于潮湿土地生长，花开为橙红色，或黄红色，由于黄色分量重，习惯上称“黄花儿”。

开花时节，一丛丛弯叶碧绿，细长叶子的腋芽间生出数枝花梃，每枝花梃上顶着有高有低几个花薹。刚生的花薹，简静，像小蚕蛹形状，风光在里边存着。过后，着了风，着了雨，炎热日头晒，花薹逐渐长大，花嘴逐渐裂开，从中闪出娇嫩的橙黄。经几日，人没注意，花就开大了。盛开的黄花，非常迷人，有纯朴村姑的笑靥之美。

黄花儿也迷恋人间，它的花不一堆开放，即便是数个花薹长在一枝，开花也分先后。这自然延长了观赏期。

赏黄花儿比较壮观，是于夏日高山草甸之上。高空白云飘浮，身旁凉风送爽，此间远望，青草芊芊，繁花遍野，郊原一派美景。似乎目眩神摇之际，一片片金黄夺了眼睛，那里的花势像一方方军阵，士气奔放；大山草甸莽莽沃沃，不见其阔，而是给它做了背景，愈发显示出了它性情的笃实和乐观开朗的力量……

农民做不成观光客，与闲逸人心性终有不同。在农民眼中，黄花儿就是四季中的常客，与常来常往、熟络的乡亲，无啥两样儿。

碰了面，心里边亲近，在语言上不过度声张。家里有水井的人家，爱在井旁栽几墩黄花儿，图的是不闲空地，又吃着便当。

照此说，黄花儿生来从简，可是作为一种宿根草蔬，一直都是食用素菜中的上品，和香菇、木耳、冬笋并称四大素山珍。“黄花儿打卤面”，为老北京城乡一道名吃。夏季里，将面条使凉水拔了，浇上几勺卤，再啃条黄瓜，味道极香。

全家人吃得美，老辈人还爱讲故事，在饭桌上就讲出一段黄花儿为何叫黄花儿,又叫“忘忧草”“金针菜”的来历——

说陈胜少时家贫，靠讨饭度日，饥寒交迫患了浮肿病。一日，讨饭至一户母女家，母女二人见他可怜，自己又无余粮，就给熬了三碗黄花儿菜，陈胜吃了上路，随后几天他身上的浮肿病也好了。后来由大泽乡起义，造反成功，进了京城。称王以后，想起当年黄花儿饭食之美，便让宫人于殿前广植黄花儿，并接前番母女入宫，求老婆婆再给他煮一碗黄花儿。只嚼了两口，觉得难以下咽，问老婆婆为何味道前后不同？老婆婆只讲了一句“人在饥困时，吃啥都香”，陈胜便满面羞愧。于是，为了惩戒自己忘记了忧困，下令将此草命名为“忘忧草”；又感于母女二人救命之恩,以老婆婆之黄姓、女儿乳名“金针”，称为“黄花儿菜”或“金针菜”……

阳光初啃黄花儿阵

可爱的黄花儿，标注仁义

故事自然是乡俚之言，附会，但古人切切实实早已对它钟情。《诗经·卫风·伯兮》篇云：“焉得谖草？言树之背。”《诗经·毛传》叙：“谖草令人忘忧。”晋陆机《赠从兄车骑诗》咏曰：“感彼归途艰，使我怨慕深。安得忘归草，言树背与襟。”唐陆德明《经典释文》注：“谖，本又作萱。”古人并且由萱草之好，加以引申，尊称母亲为“萱堂”。传于今日的“萱草”“忘忧”“宜男”“金针花”等，即为黄花儿的前身雅称。

也很难想到，黄花儿还担当了花木大使，在古时候起到了沟通东西方植物交流的作用。古罗马时期，是西方古典园林走向大观的一个兴盛时期，原产于亚洲大陆的我国的黄花儿和其他名花即在这一时期传入西方古典园林。由于黄花儿形状很像百合，而且每逢花季时，每天都有一些花凋谢和盛开，因此为它起了一个符合西方人性情的名字，称之为“天天百合”，浪漫之极……

黄花儿可入药，《本草纲目》推介其药性：消食、利湿热。因其性味甘凉，中药方剂取它宽胸消食、解胸膈烦热之效。对于治疗忧郁症、失眠等，亦产生作用。民间验方中，它的花儿、苗儿皆为药，既可内服，又可外敷；外敷可治痄腮、乳腺炎，但用量每次不得超过三十克。现代医学还证实，它对于治疗血吸虫病、肺结核，也有实际效果。

由此看来，“黄花儿”真乃仁者，太体贴人了。虽为凡草，却寄爱不疏。于平静中予以热忱，秀色中回应质朴，诚为君子之道。当代人烦心事多，心理负担很重，淤积“羡慕嫉妒恨”者大有人在，怎么驱除不佳情绪呢？多吃一吃黄花儿，多服侍服侍“萱堂”，或许是一个良方。

梢条舞春风，不桑也动容

世族马齿苋

“马齿苋”是植物学名称，土说法叫“马铃儿菜”，也是一种普遍生长的野菜。

它最主要的习性，是喜欢在肥水充足之地生长；土地越肥沃，生长越旺盛。农民分辨土质好坏及土壤变化，经验就是看两种野菜的分布：马齿苋密集，必是好地；刺儿菜兴旺，俱为薄田。一旦原来的好地也滋生刺儿菜，就说明土壤肥力下降了。

马齿苋生长表现最佳处，是与蚯蚓做伴的菜园。俗话说“一亩园,十亩田”,不光说产值有差别,在投入上更有区分。好粪好肥，细致浇水，大劲儿都使用在了园田上，所以，堆过粪堆的地头和吸水方便的渠埂儿，不但蚯蚓繁殖多，而且最爱长马齿苋。虽为园田杂草，也值得赞许：它不荒田，对瓜果蔬菜危害影响不大。

这野菜不属于直立茎型，始终像婴孩似的，匍匐在地。天生一副娃娃相，自来“婴儿肥”。红色爬行茎，无论长短粗细，都肉乎乎红润，似血脉十分畅通；圆叶儿嫩绿，肥嘟嘟的，虽只为图钉盖儿大小，却肥实得像人耳垂儿。若单独一棵，长大后摊开来的爬行苗儿，足以覆盖一平方尺。它黄颜色的花，很小，沾枝花挤在绿叶丫巴儿中，如隐藏金黄色谷粒，外露不明显。

麦收前后，为马齿苋生长旺季，小苗儿连片，大棵儿变长，

马齿苋天生娃娃相，自来“婴儿肥”，梗红叶绿，是其标牌

绿汪汪、红闪闪，喜人。它佳期的到来，为农民餐桌又增添了一种风味。能直接做汤,又能够做馅儿。将它用开水焯了,挤成菜团，剁碎了，可以当馅儿包饺子、蒸包子、烙馅儿饼，还可以泼花椒油或浇蒜汁儿，做凉拌菜。口感黏不溜舌、酸不溜舌，爽口滑润。

它的娃娃相，贯彻终生。从春天到大秋，这么长季节，它无老无嫩，始终面色不变，身形不改，啥时当菜吃都“无柴”。

除了风味美食，医药性质也为人们津津乐道。中医认为，马齿苋味甘酸，性寒，能清热解毒，利水祛湿，散血消肿，止血凉血。现代医学研究也证实，马齿苋可称之为“天然抗生素”，可用于各种炎症的辅助治疗，有刺激平滑肌收缩作用。民间有这样一则治疗多症状前列腺炎的偏方：取新鲜马齿苋五百克，洗净捣烂，放入纱布内包好挤出汁，兑少量温白开水和少许白糖，每天早上起床和晚上入睡前，空腹饮用，连饮十天，必酬事功。乡村妇人亦晓它具有清热解毒作用，孩子得了痢疾，闹肠炎，马上就去园田拔几棵马齿苋，煎汤给孩子服用，隔日即好，根本不必请郎中。马齿苋此类特点，真的像哪吒，虽然成了神，却保持着童子身，并配备一身救助人的本事。

马齿苋属于植物类型中的世家望族，它代表了一种节操，一种品位。

虽具哪吒神功，马齿苋终为菜品

辑二 ※ 草族存真

艾与爱

能够记得住、想得起来，视如至亲的草族，大概是艾了。

生在自然环境的这蒿草，虽说亚洲外邦和欧洲也有它身影，可最得我国涵养。我们对它的感情，世界无地可比。认识得早，人民受益大，喜爱程度深，中华民族的智慧和精神基因，早早喧腾于纵贯南北的沿袭里。

以我之见嘛，世界不管哪一处对于自然界草木的认识，皆起源于食。就我国而言，中华主流文化没有经历畜牧阶段，充分的证据表明，我们的祖先曾迫于饥饿而经历吃草生活。《说文解字》解释“茹”是喂马。《淮南子·修务训》说“古者，民茹草饮水……”，又说神农尝百草，“一日而遇七十毒”；后人误以为是找药，忘了“神农”不是神医。药是寻食的副产，所以中华文化药食同源。从“草之可食者”（《说文解字》）充了腹饥以后，方慢慢察觉此物与其他物种的不同，在漫长时期里把直属特性归纳出来。这般忖度，应该符合原始生存状态和进化规律。远古社会，艾怎样做食，咱不用猜想了，人祖出演的创世瑰奇，想也想不彻底。若说了不起，并且言之有据，是初民发现了艾的药力。中国最古老医术发明其中之一是针灸，针灸前石器时代，同类单一手段叫针砭，以石针扎皮肉治病。随着人类进步和智力发展，古人觉得针刺加灸烤更

容易治好病。用何为材呢？万千草木里选择了艾。艾草的独特芳香包含药性，且枝叶干枯了耐燃，香气挥发持久，于是就将艾枝、艾叶捣成泥，制成艾条、艾炷，燃起来对着病区上熏。靠芳香和炽热持续渗入体内，祛除疾病。针与灸合成一门，此医术流传已达三五千年。

我们中华民族是智慧的民族，是能吃苦耐劳的民族，这毫无疑问。我要补充，她还是一个浪漫的民族。上溯至约三千年前的《诗经》时代,《王风·采葛》篇中唱道:“彼采艾兮,一日不见，如三岁兮。”浪漫情怀显于一端。因何根由打动了早先诗人的情绪呢？从审美上得来。艾草叶上青下白，顶上开细小的花，结碎米粒似的籽，形态真实、素朴，不枝不蔓，不傲不卑，无娇媚逢迎之色，聚天地万盛之机，不分高矮，皆直立于光明俊伟之群。尤其是艾草气味的守正专一，生生死死不断其味，契合民族的习惯心理。这番端详，怎么能不激起心念的涟漪？

草木比德。但凡草儿，它具一种品德，就足可以世中称异。而艾却汇集了可食、可药、可观三德，纵是不爱，也无由了。

人类任何成果都一样啊，前人栽树，后人乘凉。若不是吾祖发现艾草能食，今天的中国南方传统食品会有艾糍这一美味吗？若不是前人证实了它是药草，能积累起蕲艾的地标认识，让它延绵了千年吗？若不是前人广赞其德记述了品质，能至乎现代人效行植物文化吗？“清明插柳，端午插艾”，门楣插艾还与贴石榴窗花应合，以艾象征驱“五毒”，以红艳艳石榴窗花见吉祥。这淳朴的上千年习俗，前人给我们备置了敬祖报本、厚德载物、崇尚美好的深厚根基。

对艾草的爱，我是从皮肉上得来的。自小在农村长大，到老了也没脱离开农村，因此将艾与爱当一回事儿，也从来没有改变。髫龄之时，我吃过以嫩艾做馅儿的热菜团子，香气喷喷。在生产队劳动时期，领受了打麦场上老农观望西北天空乌云、又拔起一棵艾草观察是否有新的水根出现，脱口而出的“长虫过道燕儿飞高，老粗儿不信拔艾蒿”，这一有关气象的农业谚语。使我回忆甜蜜的还有，垂腿坐在看守瓜田的窝棚檐儿，甩哒着脚丫，一边仰头辨识星河，一边闻着艾火绳丝丝香气，听身旁老伯谈古、话农事，惬意之极。蚊虫惧怕艾火绳的药气。夏秋季节，我爷爷下地而归都会割一筐艾草，编好多艾草辫儿，挂房墙上晾干，为隔年夏季家庭驱除蚊阵，他自己天天点旱烟所备。那番亲情、那个实景，我怎能忘啊！

往常追不得。“发苍白色如艾也”（孔颖达《疏》）之人，此时心痒，想着艾带来过的抚爱，想那时艾香缭缭又绕绕的人间。

林泉学智

对于“坦子棵”(坦读 tǎng 音)和“大叶黑圪针”两种野草来说，真让人爱不起来，恨不起来。此二物生来一世，多给人不舒，然而详勘其质，竟发觉一些优点，其认识就赖于深切体验。

“坦子棵”和“大叶黑圪针”，生来命大，不受土质局限，各种地形都可以生长，这是它们作为草木，发奋向生，了不起的证明。

“坦子棵”的正名不知道，当地做此称呼；别处还有叫“坦克”“地雷子”的。只闻其名，即足以想象它的勇武。肥水充足之所，

“坦子棵”嫩期表现的活力

它可身长三尺；稀薄之地，亦无碍披挂齐备。它肥大叶子颜色，像国防军人的迷彩服，黄中偏绿；而种子更为彪悍，不但一簇簇密集着，而且个个儿为刺儿头，大枣核形立着刺的种子外身，仿佛《水浒传》中“霹雳火秦明”惯用的兵器，与狼牙棒的棒头一个样。它招人不喜欢，就在于此。秋天里棒头儿硬实了，尖刺既扎手，又容易着衣。从它跟前走，碰着，它会以为受侵犯，将棒头儿牢牢扎在你衣物上，伴你回家，甩也甩不下去。

有的男孩儿“淘气包”，专意欺负女孩儿，偷偷摸摸跟踪，攥一把坦子棵棒头儿甩女孩儿头上，乘机再揉一把，是最常见的恶作剧。只要棒头儿钻进头发，怎么揪也揪不下来；光靠自己，不知要扯断几绺儿发丝。女孩儿哭红了眼睛，男孩儿一旁却笑嘻嘻。这一行径被女孩儿妈妈知道，少不得登门告状，小小子儿不挨一通打定是躲不过去！

“大叶黑圪针”与“小叶黑圪针”，只在叶上有少许区分，但属于同类。在嫩时，牛羊可食；打猪草，也在它温顺时期。它变了脸色，产生威慑力，是秋天叶脉变老以后。它那细掐腰儿、瘦长脸，有如丰乳肥臀似的种子大本营，会放射出许多带倒流儿刺的细钩儿种子，沾挂在衣服上的连体牢固，与“坦子棵”同一个法门。牛羊此时碰了它，你就看羊身上、牛腿上，抖抖索索，处处是它的刺针。多干净的山羊绵羊，遭了它袭击，身上也乌七八糟一片。秋天剪羊绒季节，羊体着了大叶黑圪针和它同伙坦子棵以后，杂质去不下，特别烦人。

“坦子棵”与“大叶黑圪针”以刺为军，伤害人是共同的；但对照认识却并不一致。“坦子棵”是正面攻击，不隐瞒意图，你只要来，我就宣战，战斗形式很像有血性的男人；而“大叶黑圪针”则为“蔫儿坏”，它躲在暗处，使你防不胜防，犹如《西游记》中成了精而歹毒的妖女的惯用伎俩。

这样去评说草木，并不公正，看的多是它们坏处。于人间有益之处，早被寻常人恶感遮蔽了。它二者实际都怀仁德，非医务人员及乡叟不能解疑。作为药材，坦子棵的刺棒儿，名为“苍耳子”，有祛风效力；以它研制成的“苍耳子散”，可治疗鼻炎。另有一面，它还是“闺友”，令它肝脑涂地、压榨出来的油脂，在过去为女性梳头所必备，大街小巷叫卖的“桂花油”，就是它的化身！大叶黑圪针也非等闲，在北京地方中草药中称“鬼针草”，有清热解毒、祛风除湿、活血消肿等奇效，民间以它做治疗咽喉肿痛、黄疸、痢疾等的药材使用。籽实坚硬了的鬼针草，放羊的娃娃也寻来做食。抠开了黑壳，里边细长的白仁儿可以吃。虽说充不了多少饥，但是一种趣味。这样来看，言其“至恶藏善”，不妥；冠其“殊途同归”，也不宜，就这么囫囵着吧。但凡人间物事，有很多情形难以一下子扯清。

它们作为植物，永远不会拥有人的思想——它只是为自身而长，为天地而生。人所认为的伤害，在它来说，是为了广泛传播，繁养后代；为了生儿育女，而煞费苦心，委身他物，人应该怜悯才是。再者，人类要求草木，不应强求一致，都生长得按人所预期的那么温顺。如此，植物世界哪还有类型的丰富？如果万千草木只归于牡丹一种，你能觉得出这个自然界美吗？思之草木种属多多，反观于世，各种心性的人，岂不和各种性质的草木一样？倘只要求容貌顺眼，不考虑品行和本事，造成人类世界皆以银样镴枪头似的“小白脸”和哆声哆气的脂粉头为美，任由其占了上风，而自此缺少峥嵘面目人物出现，那人种还不退化呀！

秋时“坦子棵”刺棒儿越来越像“霹雳火秦明”兵器

婵娟马蔺

几十年前，马蔺草相当普遍。

土道边、沟渠旁、水井根儿、水磨房、菜园……非常容易得见。

无人看，无人管，天姿粲然。

春天来了，田野刚返地气，旧草中就钻出尖尖嫩芽。清明节上坟归来，大人孩子沿路都会看它两眼。

六月里，是它花期。花苞跟随着花梃一起往上长，长够高度，花就开了。花形像一只小小鸟，轻盈灵巧，跳跃在梃儿上。蓝幽幽的花色配以灵巧造型，仿佛一个眨着眼睛、怀着善意的精灵，看着特别入眼，感化心胸。

乡下孩子跟它有天生缘分，把它当成了一个能跟自己玩的小姑娘，愿意揪它的花儿，扯它的叶儿。马蔺花的花身较长，将花屁股衔入口，能吹出哨音，自然使男孩子又添一分兴奋。常常见小小子儿们一人揪一朵马蔺花，当口哨，边跑边吹。“唧儿唧儿”响着，光脚丫蹚得旱土道扬起一绺儿飞烟。

马蔺花开罢，仍无妨少儿乐趣。他们专会自己找乐。此际马蔺叶已经长得很长了，便以叶子做游戏。这个游戏，男女孩儿都可以参加。玩什么呢？玩“编马蔺垛”。具体玩法是这样：选一个凉快场地一同坐下，手上都有马蔺，各自编。拣两根马蔺叶打底，分别朝四个方向，然后对折，一次次叠压，反复折，反复压；到了叶梢，最后一次从第一个缝里穿过去，便成了一个方垛形。如果还想加高，就接着续叶子，只要有耐心，垛高随着用量长，编二尺高也能成。玩这个游戏，小男孩儿一般比不过女孩儿，男孩子编着编着就跑神了，或者干脆就去逮蜗牛。让蜗牛往胳膊上爬，看它腹下留下的湿印儿在臂上慢慢延长，念叨歌谣：“牛儿牛儿耕地来，爬巴儿爬巴儿送饭来，什么饭？鸡蛋打卤过水面。什么碗？猪槽子。什么筷子？柳条子。你一碗我一碗，急得小六儿干瞪眼！”其中的“小六儿”，可根据自己编排，指向谁都可以。有小小子儿搅局，这个游戏时间也长不了。

上世纪五六十年代，城乡还盛行一种专适合小女孩儿的游戏——“跳皮筋儿”。玩法为：一边站立一个女孩儿，手中拉一根橡皮筋儿，将皮筋儿拉直，高度在膝盖以下；另有女孩儿排队，按顺序进场，她站在皮筋绳儿中间，两腿夹着皮筋儿，分别以腿腕勾碰皮筋儿，行舞蹈跳跃。跳皮筋女孩儿活泼尽显，同时在跳跃中唱诵有关“马蔺”的儿歌，具体语句为：“小皮球儿，香蕉梨，马蔺开花二十一。二五六，二五七，二八二九三十一……”循环往复，且歌且跳。在跳的过程中，如果踩了皮筋儿，就算输，就退下场，轮到下一个女孩儿……

马蔺在儿童眼中、手中，俱为游戏之物，它真正的用途，显示在了大人们手上。

马蔺叶儿细长，有韧性，用它捆东西最合适。菜园里黄瓜秧吐须儿以后，该顺架爬了，最好的绑绳儿就是马蔺。一块菜田的黄瓜架上常间隔放着小捆儿马蔺，菜把式会看明黄瓜要爬架，随

时抽出马蔺条儿给绑上。该割韭菜、摘豆角了，将韭菜、长豆角捆成把儿，也要用到马蔺。马蔺不怕沾露水，越湿它绑得越有劲儿。凡大片园田，园子库房里必备马蔺。

在妇人手中，马蔺是用来绑粽子的。端午节到来，已有了新鲜苇叶，而马蔺长得还不够长度，绑粽子只能用头年晒干的。家家女人就在前一日将马蔺浸入水盆，使它恢复韧性。粽子煮熟，需要很长时间，可无论耗时多久，马蔺绳儿都煮不烂，而且吃粽子抠开马蔺绳儿，很费劲。用苇叶包裹和用马蔺捆绑的粽子，甜甜黏黏的糯米吃在嘴里，有一股荷塘的清香味道。如果没有了苇叶和马蔺，人吃粽子不会那么向往。这味道，有马蔺的气韵在。

马蔺叶与黄花儿叶仿佛，但黄花儿叶没马蔺叶长；兰花类也如是，不但长度赶不上，而且跟黄花儿叶似的，易折断。马蔺不属于兰花科，却也有叫“马莲”或“马兰”的。

只几十年光景，遍地成了“新农村”，而与农民相伴多年的马蔺却从田间消失了，成了靠人回忆的物种。

黄芩煮茶墟里香

邑人宋公家骧，奇士也。虽曾“七品”加身，却与宦路不亲，唯以自烹、自享诗词为乐。晚岁成绩之一《大房山樵歌》，遍咏京西草木，甚得我喜欢。翻阅篇什，歌黄芩在目。道是：

一捧黄芩一桶金，
清凉解暑赛寻荫。
杀青揉捻轻轻甩，
沸水冲开君自斟。

说的是往昔京西土俗，黄芩茶妙用、制法以及待客之道。

由这一首“樵歌”，联想少年之际，画面萌生的感情，难以平抑。

盛夏，爷爷、父亲和我从午睡中醒来，等待生产队敲响上工的钟声。这时刻干什么？饮黄芩茶。午间无风，高温气浪吞并土屋，寂静，不爱说一句话，也懒得睁眼。我们都赤着上身，光着脚，裤腿撸到了膝盖，仍觉得困热难耐。下午的活茬干什么？也许是钻玉米地，也许是积肥、起棚垫圈，都是些耗体力、出汗多的农活。地里半天儿无水喝，必须先把水饮足。爷爷午睡醒得早，提前熬了一大锅黄芩茶汤。他说：“喝吧，喝了解渴。”说着，

蓝莹莹黄芩花招来乡贤诗心

端起了一大碗，一条腿跷着，坐在小仓柜上喝起来。我不是很情愿，但我要喝，因为下半晌挣几个工分的活茬正等着我。

我以前的文章也说过，我爷爷是个乡下奇才，他的很多本事至今我都认为神奇。说这黄芩吧，就显示出他的多知多能。我们村这块儿，因为海拔不够，不产黄芩，要采摘，就得到大山里去。挂锄时节，爷爷领我到山上割草，告诉了知母、荆芥、柴胡、益母草等多种药材，黄芩也在其中。

黄芩茶的制法嘛，凭记忆如下：先烧一口大锅，待锅底烧烫，把切碎的鲜黄芩抖进锅中。不停地抖锅，不停地将黄芩搅匀。感觉着已经炒透了，炒干了，就将它捞出。再轮下一锅。至于一锅炒几遍，还有没有其他的搭配，我就不记得了。反正大体上和南方产茶区炒青茶方式差不多。炮制好了的黄芩，搁箱入柜，存放几年都不会走味儿。

必须得说黄芩茶的茶性。它不像宋诗人描摹得那么“萌”，那么浪漫，它就是北方人解饮的土货，是过去的穷人想出来的、无有办法的办法。沏出的黄芩，颜色淡黄、清亮，极耐冲泡，有淡淡草香。难以猝饮不为别的，是沏出来的茶，茶棍儿个个竖着，猛饮，非常容易呛嗓子，时不时地要将茶棍儿吐出来。现在有了新型茶具，中间带箅子，滤出茶汤，再喝就无妨了。

啥物配啥器。饮用黄芩茶，我以为还是使用大碗为好。一小盅，一小盅，那是饮“龙井”“铁观音”，斯文慢啜。而饮北地之物，使用了大碗，方显豪壮，和一地古风连接起来。

有的事，我也想不明白，一种土货非得附加今人意识，以现代语式包装，黄芩茶即是一例。本来纯粹的东西，现在叫成了“黄金茶”，就觉得奇怪。改了名，显出现代人的聪明，但我也认为“搞笑”，反会使人知今而不识其本真。就如同一些风景区，本来自然风光很好，很得人观赏，却偏偏将有根由的土名舍去，换上浮浅的新词，并编造离奇古怪的传说附会，让自然景物蒙羞，使人乏味。

黄芩是一味古已熟知的药材，以其根入药。两三年草龄的黄芩根，便足有药性，味苦、性寒。历传具“清热燥湿、泻火解毒”功效。农人使之饮，已足见大巧若拙的聪明。

黄芩，在东北、西南、中原多个省区分布。因其耐寒，耐旱，北京的山林地区广有种植，有地儿还上了千亩、万亩的规模，形成了产业。此新业态，不唯我动情，樵歌老人宋公亦意绪翩翩，拾笔纵横，新填得一阕《谪仙怨》，仍道咱的黄芩。顽童一般心机出现，恳恳文辞煞是好玩：

> 清泉碧野蓝天，墟里依依岚烟。入雨山乡趸步，心疑茶魄迁寒。　紫唇情送一吻，红袖添香缠绵。普洱倾心发问：何时来我边滇？

蔼然老者至此尚持童心，我们的游客真应该到山乡里来，看一看吸天风拄地气的千万亩黄芩是何等气势——它不会弱于千万亩葵花、油菜花的好看。至于饮用它嘛，我建议你就用粗瓷大碗量，起劲儿地喝，喝出一脉相传的豪气，喝出乡愁的记忆。切不可像“男人做闺声”那样，小口儿慢饮哟！

大肚子巧瓜儿

乡间称“大肚子巧瓜儿”，这种草木，值得让你们知晓。

北方水土适合它生长。京西一带，除了太高的山脉，其余地儿好像哪里都有它踪影。

六、七月，田野绿了，它细长的藤蔓，缠绕了灌木枝儿和高秆庄稼。旁边没有攀援物，它就匍匐于地，自我伸展——但不如缠枝的秧儿长得清爽，长得长。

这秧儿桃形叶子不大、不多，花也小。二者都很简约。白色小花总是几朵并拢，挤在叶柄根部。从低矮处开始，陆续上延，巧瓜秧随长势上演着开花结果、再开花再结果的年度风情。

最显特点的，在巧瓜儿自身。长成模样的巧瓜儿，长短如成年男子拇指，圆乎乎似大个儿蚕蛹。底部渐细，成为锥体。用手触摸，外皮丝绒一般柔滑，富于弹性。揉捏其身，验看其形，那“乖巧”“灵巧”之类词语中“巧”义的感应，便融会于先辈农人的爱海。

此种巧瓜儿，当皮色由湛绿变淡白，是它的青春期。正在嫩时，味道绵绵润润，香甜儿。若把叶儿、秧儿揪断，咬开巧瓜儿，统统会流出白奶子——像牛奶一样的黏稠白汁。据说，用它抹面，可治疗青少年青春期面部长的“圈儿癣”。巧瓜秧儿和巧瓜儿含糖分，也常见寄生黄色的蚜虫。

乡土情愫是乡村经验的积累。若调查这巧瓜儿被乡间怜爱的程度究竟有多深，曾以它充饥果腹的上辈人口吻上尽有显示：当看见因吃得过饱，小男孩儿滚瓜溜圆的肚皮时，他往往面溢慈祥，大手摩挲着男孩儿小肚，喜滋滋夸赞："嘁！大肚巧瓜儿似的……"

过了可食的时节，巧瓜儿顶部生出绛色斑点，就表明熟老了。再吃巧瓜儿就发"囊"发"糠"了。

深秋季节，巧瓜儿性状发生极大改变，内瓤全变成了白色絮状物体，毛尖上端的黑点儿，是种子，排列紧密，外皮蜕变为黄色硬壳。硬壳被风吹裂了以后，一个个奓开绒儿的种子飞了出去，壳内便空空荡荡。剩了半个空壳的干壳，内壁像浸了桐油、烫了蜡，油亮油亮。农家少年乘此时把巧瓜儿壳摘回家，放入脸盆清水中央，当小船玩耍，或者用它当瓢，趴在沙堆，舀细沙。那摘不走的巧瓜壳儿，还挂在秧上，不掉；经受冬天寒风的吹袭，沙沙响，直待来年。

引首妈妈拳儿

这种果实，青涩时，一般不会太留意，而到了远近都注视它的时候，说明已是漫漫的秋季。

此时，长在山岭上、河谷旁的“妈妈拳儿”红了，一簇一簇地俏展枝头，红得耀眼，红得使人动心。

同一季节，红了的妈妈拳儿与公园里的忍冬果儿非常相似，颜色和果珠儿大小近乎一致。使它们做区别的，是忍冬果儿虽也呈一簇一簇的姿态，但它为单个一体，果珠儿与果珠儿互不连接。妈妈拳儿则是抱成团儿的，果实多呈“田字格”形式，果体粘连，至少也有两颗果珠儿连在一起。再者，忍冬果儿为浆果，无核，几个芝麻粒似的籽粒卧在浆果中，而妈妈拳儿里外不“浆”，薄薄的果皮里面含一颗硬核儿。

观此形状，就会有联想：忍冬果儿像大观园里的女娃，一身娇气，是水做的躯体;而坡岗上的妈妈拳儿，则为女性劳动者象征，柔情俱在，又不失硬骨铮铮。

风格不止于此呢！忍冬果儿生来自恋，希求他人怜爱，他人观赏；妈妈拳儿披风枕寒，为的是适应饥馁生命的需要，通过一年复一年的辛劳，延长依偎于它的世间生命。

山里娃打小就对这野生果儿有感情。尽管能吃处不多，仅为薄薄一层果皮，但还是爱吃。因为它甜，因为它具有逗引孩子的灵性。妈妈拳儿枝子矮，挂果多，有时小孩子不用手，把脑门儿贴在枝子上，用嘴巴把果儿咬下来。吃了甜果儿皮以后，果核长时间不吐，仔细咂摸那果实的滋味。

山里娃也打小熟悉果实的习性和这灌木物种。妈妈拳儿的叶子，牛羊爱吃。春天放牧，牛儿羊儿啃青，专从干枝子中叼嫩叶儿。冬季了，叶落，果不移，结结实实地等到来春被嫩芽顶替下来。待白雪压上枝头，松鼠跳跃于雪地，那停留在雪坡上的一簇簇红色，尤其显得妩媚，生动。

山里人是以贴心感情来亲近妈妈拳儿的，这与城市人有根本的不同。市民自驾游到山里去，全为逛风景，回程折几个果枝插车上，美哉美哉，只图一时愉悦。而山里人，则和它性命相依呀！

自小吮吸妈妈拳儿的孩子，到老都不会改变对妈妈拳儿的依恋。尽管他们性格有些粗粝，但受妈妈拳儿名称影响，久而久之，内心就有了善心善念、一丝的柔软；由秀美的果实，想到母亲哺育自己的人生。果实正艳时，好比母亲正处于青丝满头的年纪，伸出的手儿是红润的、秀气的，即便于后背上挨上一拳，也不疼；但因何挨打，会让你牢记终生。可是妈妈也有老的时候啊，当你看到她满头白发，手上青筋裸露，她还有打你的力气吗？你对此只会生起锥心裂骨的凄凉。到了七老八十，白了胡须，还有妈妈在，还能受到妈妈打，是多么美的一件事情啊！可惜，当你知道珍视此情了，很多的遗憾你已来不及补偿……

——老了，有妈妈在，你这个人就有天大的福气！

亲亲兔儿丝

到老了还是没想明白：打兔食时没有打过，也没见过兔儿吃，难道就因为它植物类型柔顺，而叫“兔儿丝”吗？

这一种庄稼地里生长的野生植物，农村孩子认识得很早。在能挎动小篮儿，能帮助家庭打兔食、挖野菜、拾柴火时，就对它有印象。

它是当年生草本植物，柔软无骨，根本不能独立。它直立起来，全凭缠绕在别的植株上，靠吸取别的植物养分丰富自己。它的丝茎太细了，犹如细铜丝。没有叶子，光见细丝。丝茎为黄白色，入夏开白色小花，秋天细小的种子是黄褐色。它缠绕的对象，不是玉米、高粱、谷子等高大作物，而是豆子一类。越是低洼的黄豆地，它越爱长。它在那里缠得很密，往往把坑洼里的一大片黄豆秧都罩上，就像扣了一个大网。它危害黄豆秧儿不结荚；少量结了荚，豆荚也瘪肚儿。人行经豆垄，常常被缠绕结实的兔儿丝绊倒。

依据兔儿丝专门袭扰豆类植物的特性，京西房山还流传一句谚语，道为：“兔儿丝缠豆子——不绕蒿子。”语意为夸人性情直爽，有本事，做事干脆……

对于兔儿丝，农村孩子虽然打兔食不考虑它，但愿跟它交朋友。跑了半天儿，兔食篮儿装满以后，小男孩儿小女孩儿就纷纷蹚入兔儿丝地，一人薅一把，拿回到树荫下玩儿。将它握在手心，揉啊，揉啊，揉成一个小团儿，揉出来的水汁把手心都染黄了。小小人儿的心里，一派乐趣。

到了半桩子的时候，对兔儿丝失去兴趣。男孩子学野了，学“坏”了。他们想到了合伙去偷梨。梨树园都在低洼处，入秋以后地里还见积水，地面十分陷脚。

趁着黑夜，小顽童们摸进梨园，各自爬上了树。正得意时，听见了看梨倔老头儿的动静，急忙出溜下树来。搂在怀里的京白梨噼里啪啦掉落一地。哪里还顾得上找鞋，跟头踉跄顺原路就跑。

这就是我亲亲的兔儿丝啊

可没容跑几步，兔儿丝的“绊马索”就将他们绊倒。脸挨了地雷子扎，牙齿沾上了稀泥。随后，窝棚那里响起哈哈哈的大笑！

泥猴儿似的进了家，各自心里还抱怨：若不是兔儿丝绊腿，起码没有这么狼狈……

光阴就是这么快——很快地就到了闻听下一茬小小子儿们偷梨，而抿口笑的年纪。

已各自成了一家之主的他们，此时去中医院的回数多了。往往地，会将药柜匣上的中草药名儿瞄一遍。当发现“菟丝子”一名时，止不住怦然心动！

是怀想，是年轮，怎不生叹

温驯车轱辘前儿

文化是一个好东西。原本土语称“车轱辘前儿”的野草，经文化包装后，进入书籍，又堂而皇之入了中药房；“车前子”的名字，听着不野了，像一名乡间隐士，有品位，有情趣。

如同九世公卿，它还是有渊源的。在比称呼“车前子”更为久远的时期，它还有“芣苢（fú yǐ）”的古文化名号，《诗经·周南·芣苢》篇云：“采采芣苢，薄言有之。”两三千年前先民就与它建立了密切联系。

当年，农村缺医少药，偶有小孩儿肚子痛，喝姜糖水抗不过去了，人们信服的邻家老爷子胸有成竹地指点：拔几棵车轱辘前儿，熬点儿水喝。这家大人自然照办，不少时候还真把病给解了。

野地自生的草类，得名无非二途，一者取其形，二者引其地，有趣者不在少数。“车轱辘前儿”怎么理解？好说。车，就是马车嘛；轱辘，就是车轮嘛！而“前儿”，最是它生长特征——长在大道上。因为车辆只要经行大道，无论朝哪个方向，它肯定在车轱辘前边。当然，这说的是农业社会的乡村土道。而今处处柏油路、水泥路，再怎么“前儿”，也找不见它啦。

前人郭璞有言：“今车前草，大叶当道，长穗。好生道边，江东人呼为蛤蟆衣。”可见此物分布极广，南北方都有，入典籍之多，表明名气早已传播。南方人呼为蛤蟆衣，极具形象化，比北地更显趣味。

这种多年生草本植物，返青早——刚一入春，它就绿了。叶子为尖头儿铲子形，叶柄略长，叶面上有明显脉络，如人手掌的纹路般清晰，并且叶脉均为五条，叶片很厚实。开花呈直挺挺的

侥幸逃脱，长在荒地上的车轱辘前儿

看！车轱辘前儿结籽的狼牙棒儿

圆穗状，如缩微的狼牙棒，颜色发黄。结的果荚，到秋季自动裂开，种子大多数被碾轧过它的车轱辘上的泥土带走。

生于土道，长年遭车轧，所以，适应生存，它不求长得完美高大，一轮叶子永远挨在地上。

当然了，它不怕车轧，是那时以骡马车居多，它还没遇见过重型卡车。放在今天，即使它还生在土路，装载百十吨的卡车经过，还不把它碾成泥、轧成汤儿！

那时的土道，大多过往马车。马车往地里运粪，往回拉庄稼，或套车用骡马去耕地。

但不管怎么说，它还是经常被轧。路中间别的植物生长不起来，唯独它可以坚守。

春天太阳暖和，对它很适合；夏日可就是暴晒，一地白光，也没有人工雨滋润，可它就是不蔫儿。车碾不死，日晒不枯，顽强得令人感动。

路上遇的昆虫，数屎壳郎与它见面机会多。马呀，驴骡呀，牛呀，大牲畜们常在路上拉粪，屎壳郎们就非常勤恳地把这些粪便滚成了粪球儿，用头顶着，用一双前爪推着，将粪球儿从车轱辘前儿旁边推走，运回洞穴。而车轱辘前儿也有被牲口粪便埋住、被马尿浇的时候，但它不怕秽物压身，也不怕热尿淋头，犹自生长得光明伟大。

对这种植物啊，人们真应该好生琢磨：在人生旅程中，会遇到很多像它这样的处境，但是否能够坚强地活下去，那可真考验人的心胸！

花盆养一棵轱辘瓜

咦，你说的啥子嘛，咋没听说过呀？

嘻嘻，告诉您吧，此陌生土名儿同此嘎物，连我这一京西老土著听说、见过也不过几年哪！

好友范翁，是一位饱学之士，年齿虽然望七，但乡土予其的记忆，仍念念在怀，一次聚会中提到了这个稀奇的野生蔬果。

据范翁讲述，此物模样儿与白薯极为相似，也是块儿根，也是爬蔓儿。叶子和白薯叶儿一样，只是小些；秧子和白薯秧儿相同，却又细了很多。它们之间最大的区别，表现在了薯块数量、重量和皮色上：白薯结得块儿多，且大，它却永远不多结，“轱辘瓜、一串儿仨”，保持终生；同一棵秧儿顶大的一颗，也没有鸡蛋大；白薯有红皮、紫皮、白皮之分，而它千株一面，外皮非黑紫莫属，恰如荸荠颜色。它的块儿根形状也会因贫瘠土层砂石挤压，扁的，长的，球儿的，奇形尽有。

生来普惠。猪啊，羊啊，兔儿啊，骡马牛驴等大小家畜都爱吃它的秧和叶，当地山民则倾心它的块儿根。

生着吃，甜，可吊不起胃口。烤熟了再吃，方显特色。待坡上庄稼陆续收割，乡下小儿去拾秋，往往也关注它。捡来细柴枝，就地烘烤。熟透以后，它的皮儿就爆开啦，露出熟栗子一般微黄的内瓤，窜一股炒栗子似的香味儿。入口腔“咔吧咔吧”发脆，如咬煮过了的菱角或荸荠，带着山野水泽清香，有说不出的甘爽！

我与范翁同乡，但他归山村，我归平川，他老家寄生此物，我村却无，便以我在农村多年的生活经验做判断：适应轱辘瓜的生存土壤，应该在海拔二三百米、说山又不很“山”的地界儿。按该物皮实程度，它不可能扎进庄稼地里像谷莠子草那样借地藏身，它是在地阶坎子上的石头夹缝中碰头，快活生长。无论阳坡还是阴坡，对于它来说，都是乐土。

在那时就是觉着此物种稀奇，我才给那个山村的朋友打电话，让他挖一棵，送给我看一看。

山村朋友把这事当真了，深秋之际给我捧来了一棵秧苗儿，我当下喜欢得了不得。

苗儿不是很大，蔓如细丝，根下坠着三颗玉米粒儿大小的瓜蛋。没说的，赶紧栽吧：先找来花盆，又从别处撮来细沙土，再将晾晒干了的茶根儿捧了几捧，进行了一番土壤改造，然后就像幼时乡间“拍燕窝窝儿”游戏一样，细心地把秧苗栽在了花盆中央。

整个一座办公楼，人家屋里养发财树、养蝴蝶兰、养金龙鱼，惟独我将乡下不花不蕊、外貌清寒的野生植物移来栽种，无疑形同异类。人家看它稀奇，看我也稀奇。

转瞬到了冬季，放在屋中地上最显眼的秧苗，叶子逐渐枯萎。怕它受冻害，便将花盆摆放在了暖气罩上，外有阳光照射，内有热气烘托，料也无妨。

好容易盼来了春天呀，花盆移置室外。经历了一冬，它是否存活，我承受着考验。一天几次转悠到花盆跟前。

剩茶卤儿有了去处，但多浇也怕，少浇也怕，唯恐它受了委屈。心总是惴惴的。终于有一天，从废茶堆中露了新芽。芽儿浅绿，细细的，看着微弱，我却从那一丁点绿意中发现了婴孩恋母一样的日光。见此状，长舒了一口气，有一种"是儿不死，是财不散"的祖辈农民传输给我的豪爽。

随着季节推移，阳台上秧儿长大了，缠上了铁栅栏，攀上了木扶手，煞是玲珑可爱。

窗棂上边绕光阴

它变大了的叶儿向阳台外边舒展着，亮闪闪的叶片洋溢着乡下孩子般的天真和淳良。俯身端详，我既疼爱，又怜悯，却不能用语言提醒：在拥拥趸趸的室外，你是否能识得世间的风光和祸藏……

我真的很佩服这由原生地迁移来的秧苗，在失去山林呵护的日子里，于枯燥的露天阳台之上，任凭日头晒，暴雨淋，任由寒霜掠，秋风凉，它不躲不藏，持一种倨傲姿态，仍然按照自己意志生长，让世上一切的魏紫姚黄晓得卑贱者惊人的骨气！经历了春夏秋三季，秧儿缠紧了栏杆，想再挪动花盆已不可能。直到将入冬了，我掰开它握紧栏杆的手，才使它重回书房。

德不孤，必有邻。有它在侧，我与老少朋友聊天儿，或伏案用功，兴致很高，就如同家乡亲人在身边，倾听我的语声，了解我的志向。原先农人的本命食儿、方今的知心草，使我陶醉其中，于二人世界共悦共享。

我也明白，将它从老家迁来是残忍的事情，犹如禽鸟弱小生命，脱离了原位，“始知锁向金笼听，不及林间自在啼”。可本人一派乡思又如何着落？

三四年了，花盆里养着的这棵轱辘瓜，已见几遍枯荣，然而我从没产生贪念，尝一尝它的滋味，我就很满足了；它的那缕甘香实际上已经注入了我的心、肺！

扦根

按现今城乡高涨的文明程度，我端上题目这两个字，确信很多人不明就里。五十岁以上农村出身的人，犯一会儿愣怔，或许能从字音上猜出，而五十岁以下，就算是农村土生土长的娃娃，也很难说了。时代进步，新潮用语，对农村土语杀伤力很大。

其实，扦根就是不结玉米、农村人曾嚼过的青玉米秸。说得再通俗一点儿，就是那时农村人人喜欢嚼吃的“甜棒儿”。

叫“甜棒儿”好理解了。从口感、形体，确属无误。玉米俗称“老棒子”，剥了叶，光溜溜的一根秆儿，自然叫“棒儿”。叫“扦根”似乎雅了，不好琢磨，猜想是“枪杆”的谐音。

——不结棒子，不吐或者晚吐花红线儿（雌穗），头上却顶着天穗（雄穗），端详来看，岂不就是枪杆一根?

农民的智慧都在不经意中产生。农民的善良、淳朴和机智，就像他们种庄稼的土地一样厚实。我老家的人把未结过婚的农村中年男子也称为“扦根”。这称呼很形象。其人虽有生育能力，但结局和只顶天穗的玉米秆一样，孑然一身。叫“扦根”不算骂人，既含亲昵，又含怜惜，绝无伤害人之意。

农田里出现扦根，会降低粮食产量，农民当然不乐意。但是，好就好在这种扦根在整块农田里不多，影响不了多少收成。

那以前庄稼地出现扦根是怎么回事呢？这跟我们过去的种植品种、种植习惯以及土壤墒情等有关。三十多年前，农村大量种植的是传统玉米品种小八趟儿、白马牙或金皇后，选种时不能保纯，种的过程又靠人工点种、人工耧播，种子在土层埋得深浅不同，密度不一，出苗早晚有差距，就造成有的玉米株不能在授粉期授粉而形成扦根。这扦根原本是要长粮食的，既然它的愿望实现不了，就只好把它的营养物质储存，将糖分集中在秸秆里，最终也就成了“扦根”。

“处暑不出头，割了喂老牛。”玉米生长期不足，也容易出现扦根。

现在种植的玉米，都是杂交品种，所筛选的都是同类的优势基因。繁育的种子品质很纯，又采用机播，种植水平大大提高，因此极大地避免了扦根的出现。这表明农业科技含量的大幅度提升。

扦根，或曰甜棒儿，是生态家园送给农民的“独门果品”。这种补充体力、提高精神的绿色营养品，从来不用花钱买，只要你肯顶着玉米株撒下的花粉，不怕天儿热，在哪块玉米田都可以找寻到，全凭个人兴趣。现在捋着白胡子、教训儿孙的老爷爷，有几人没在小时啃过甜棒儿？甜棒儿就是萧条岁月里的人生最初的记忆。

一般来说，生长在旱地里的扦根甜，水浇田的水汽大、甜度低。识别甜的程度，方法很简单，用脚一踢就行。凡是踢一脚就齐茬断的，必定是好甜棒儿；连踢几脚不动地儿的，就不一定甜。这是因为容易断的里边水汽足，营养物质还饱满；断不了的，是营养耗在了秸秆皮，表皮增厚了，踢不折。尽管同是扦根，都甜，但那走了筋脉儿的肉瓤吃起来发糠。

甜棒儿的吃法和吃甘蔗一样，也是先剥皮，一节一节顺着啃。剥了皮的甜棒儿瓤，颜色发绿，不像甘蔗那样白。甜度上，甘蔗是甜得张扬，甜棒则甜度适中，还有一股清香。再有几点不同，那就是甘蔗皮像铜盔铁甲，不好剥，年幼的孩子自己吃不了，得由家长用刀帮助削皮，嚼起来发艮，剩下渣儿也多。而甜棒儿就非常好剥，用牙齿在根节上一勒，顺势咬，秸秆皮一撕到底，特别利落。甜水儿咽了，吐出的渣就一点点，甜水儿全能嘬干。甘蔗里进了虫，肉瓤发红，不能吃，吃了中毒；而甜棒儿就不需

家山啊家山，家在山里，人在山外

要忌讳，照吃无妨，只不过甜度有些过甚，发齁。

农村砍玉米一般在白露节后，阳历九月中旬。那时你会看到，从地里收工回来的社员，人人背筐里都装着或手攥着一束截好了的甜棒儿，带回家去。

饲养棚的草料这时也是最丰盛时期。青豆黑豆秧儿、带着小青棒儿的玉米秸，铡了喂骡马。这期间，饲养棚大院儿总围着一群孩子，等着、抢着捡拾铡刀下飞出的甜棒轱辘儿，各自攒一起。饲养员老爷爷嘿嘿笑着，不拦也不管，送给小孩子们一场新鲜。当时那快活的场景，我闭起眼就能见。

现在，我搬进城市好多年了。家乡的物事只能在默想里重现。我羡慕现在的孩子无忧无虑、要啥有啥，但是，我又想，生活环境少了一种物事，就少了一份牵挂。对家乡的亲昵感情，是一草一木衔接起来的；丢失得越多，亲昵感就越少。人在城镇楼房似乎成了笼中物，彻底让人脱离了对草木的念想，换了脑。而那份通过草木架设，对家乡的感情联系，是花多少钱也不能买回来的呀！

黑疸

进了八月，该是到玉米地找寻黑疸的时候。

黑疸本是人患疾病的一种病名。农民把长在农作物秸秆上的赘疣，也统称“黑疸”。

京西农民,有自己的叫法,是叫“黑袋”。“黑”的发音为第三声，“袋”读轻声。这是与其他地域的不同。

黑疸，按植物学称“黑粉病”，在小麦、玉米、高粱、谷子的秸秆和果穗上都有发生。只是玉米结的黑疸硕大明显，具有记忆特征，又可食用，因此印象深的还是玉米黑疸。

玉米是一种产量很高的粮食作物，分春播和夏茬两种。春播一般仅限于无霜期短的高寒区，一年一茬，而北京的平原和半山区，则能做到一年两熟。夏茬玉米可抢先在小麦灌浆期套种，割了麦子后玉米苗已长一拃多高。因墒情原因需翻耕麦地直播的玉米，俗称“赶热苗儿”。玉米成熟期，一般在一百天左右。

玉米的农田管理比较简单。定苗以后，锄两三遍草，追两次肥，再看土壤湿润程度浇两次水，就算大功告成。“立秋十八天，寸草结籽”,立秋以后大宗的农田活茬儿不忙了,便到了“挂锄儿”季节。这时集中生产队强壮劳力割青蒿、山荆子沤绿肥，忙着给猪圈和牲口棚垫圈、起粪，为秋播小麦准备底肥。玉米静等收成。

从一拃来长，到一人多高，玉米的生长期升腾着高亢的旋律。当玉米株长出八片叶子，顶端呈喇叭口状时，就到了玉米的拔节期。这时你家屋后如果有一片玉米地，夜深人静，你会听到一声接一声的“嘎巴巴”响的声音，那是玉米正拔节呢。

这种天籁之音，枕着它进入梦乡，是农民最怡心的乐曲。

像盼望长门长孙欢实成长一样，农民给了它最十足的期待。

玉米在老庄稼人心目中，是虎虎实实、顶门壮户的小子。省心省力。当他们放下锄头，上坡打蒿草时，完全放心得下。玉米该怎样长就怎样长，吐花红线，灌浆，干皮儿，遵守着成长规律。

精壮劳力农事转移，离开大田以后，这时常奔玉米地去的，是拔猪食的孩子和上年岁的家庭妇女。玉米地里燥热，全选后半晌儿进地。拔着，拔着，偶尔一抬头，就看见那原本吐花红线的地方，结了一个大黑疸——玉米棵上边结的黑疸，裸露在外，一眼就能瞧见。满心欢喜，立即将它掰下放入篮儿里。

虽说是因为它影响了收成，但农家妇女不会过多联想，像男人那样生气。这跟她们平素习性有关：家里失去了大骡子大马见不到忒着急，而丢了一只鸡，则会心疼得哭天抹泪儿。

儿童时光

新掰下来的鲜嫩黑疸，外边包有一层光泽的灰膜，就像新鲜的猪、牛腱子肉一样外表光亮。切开它，白嫩嫩的植物肉体，嵌着黑点儿，那形体和黑点儿排布都跟火龙果差不离儿。当天采回的黑疸如果觉得够家里人吃上一顿，当晚就吃。切片，用荤油炒，嚼起来嘎巴嘎巴的，味道鲜美。按过去记忆，食味比现在的香菇要香，比小鸡炖蘑菇要美。

吃黑疸，是过去普普通通农家菜，或许也是上苍赈济人的无奈之举。

如果说黑疸在嫩时，还给农人以口腹之娱，而到了砍玉米的时候，再有黑疸出现，那可就成了劳动者的天敌。右手握短镐，左手压着玉米秸，低头刚朝长着黑疸的玉米秸根部用力，头上撑破肚儿的黑疸就“哗啦”散落下来，一团黑褐色的粉末撒在你的头上、脸上、胳膊上、领口里。砍玉米劳动出汗最多，这时都是一脸汗水，只要用手背一抹汗脸，立时涂抹得黑了吧唧，一道道儿的，跟戏里打上油彩的包公脸谱一样。如遇上秋雨，那握在手里的黑疸，一握一把黑褐色油泥，顺指缝流，让你心里窝气。

黑疸的危害比扦根大。这孢子类的病菌靠风力传播，能在土壤表层和农作物秸秆上越冬，两三年还有存活率，对玉米的危害极大，玉米植株的各个部位都可感染病原。以前农田出现黑疸病的概率较大，那是因为过去把粮食产量、粮食作物放在了第一位，一年年重复种植，土地没有轮播的机会，因此常发生灾情。现在的农民头脑灵活了，再不只为吃饱肚子费心费力，而是优选品种，追求效益。新一代农民又懂得了科学种田，科学管理，那曾使老辈农人忧戚的黑疸也就在今日的时空里不见了。

野高粱

平生交友，有两个选择：一是善良，二是聪明。两个优点合于一起的人，最愿意交往。

我所栖身的这座写字楼，属一家建筑公司，隔壁寓友是做工程预算的小白。他聪明，懂礼貌，又有农村生活基础，与我很谈得来。那天，感慨人生，他谈了笤帚，说笤帚“上边被攥着，下边被磨着，工作在别人背后……”我听了觉得很有意思。据他讲，他还把有关笤帚的议论，发在博客上，引起了网民的热议。

他这么一说，使我不禁想到了野高粱。

野高粱是我这么叫，而家乡人称它“落落黍”。（第一个“落”读 lào 音，第二个“落”读 le 音。）

这是一种与高粱植株体形差不多的野生物种。未结穗前，它的幼苗、秸秆不容易与高粱区分，因此在生长期内躲开了农民对它的锄刈。结了穗以后，它胜券在握，也就无所畏惧了。

它的果穗在青壮时挂一层茸毛，摸着柔和。随着籽粒逐渐饱满，扁圆颖壳转为了黑色，颖壳上的尾针也略微变硬，但不会刺手。

野高粱在各种地块都有生长。但常见的是在玉米地、高粱田和豆垄、谷垄里。它成熟得比它所依附的农作物早。这时摸它的果穗感觉特别滑溜。成熟了，就要赶紧捋，能捋下全部果粒，熟

家高粱见，野高粱失

过头，即使你再小心翼翼，捋到手也剩不下几粒——只要一碰，就从手心儿滑落了。

野高粱是喂猪好饲料。养猪户都愿在秋高气爽之际，上坡采获它。把它用碾子轧了以后，加上野菜，架柴火锅熬熟，猪吃起来特别抢食，会扎在食盆里一个劲儿吃。

就因为野高粱是野生东西，人人都可采集，因此生产队“看青的”（看庄稼的社员）不查问，也不管。

据我青年时期观察，野高粱跟家高粱相比，除了食用不如家高粱，其他方面反而比家高粱优异。比如，用脱去粒的穗头扎炊帚。野高粱扎的炊帚特别清秀，上边一个黑帽儿也没有，不像“黑老鸹翻白眼”的家高粱扎的炊帚那么多黑帽儿。用它的茎条（俗称“圪档儿”）穿“锅拍儿”（城里人叫“盖帘儿”），也比家高粱秆穿的“滋腻”。野高粱秫秸比家高粱柔韧，用它捆玉米、捆谷、捆白薯和豆子秧，比用家高粱秫秸要结实。扎顶棚做“龙骨”，似乎也比家高粱秫秸爽利。

我还发现，野高粱的生命力顽强，无论土质好坏，都不影响它生长。家高粱一般只结一个穗，而它可以结几个。家高粱有时遭虫害、生“黑疸”、长“疯秧”，而野高粱则一病不染。农业专家讲过，野高粱籽粒在野地两三年内都保持活性……

野高粱现在已经不多见了。但作为一个物种，我希望保留它——尽管农业上将它作杂草看待。几千年、上万年它都活过来了，到我们这儿若致其亡种，是我们人类对它的侵害。袁隆平发明高产稻谷是通过与野稗的结合实现的，难道我们就没有方法利用野高粱，改良品种，创出我们所希望的新型粮食作物吗？

锦灯笼

若只称锦灯笼，相信很多人弄不清，但把“红姑娘儿”说出来，知道的就多啦。会有乡村野老把手向外一抡，一副先知先觉的样子道：噢，是它呀！

——遍及中国南北各地，主产于东北三省及内蒙古地区的这类草木，过去常见。其他地儿，还有酸浆、挂金灯、灯笼果、红灯笼、金姑娘、金灯、姑捻儿等叫法。

好吃好看的浆果儿，附属部分还可入药。

这种多年生草本，适生地点与其他益人植物不同，它喜欢在平缓地带的农田和沟渠旁、篱笆根儿扎堆处，成片儿生长。肥水充盈，株高过膝。其自然形态，古籍上有过记述。《唐本草》载：“灯笼草，所在有之。八月采。枝干高三四尺，有花，红色，状若灯笼，内有子，红色可爱。根、茎、花、叶并入药用。”《本草衍义》刊：“酸浆，今天下皆有之。苗如天茄子，开小白花，结青壳，熟则深红，壳中子大如樱，亦红色，樱中复有细子，如落苏之子，食之有青草气。”《庚辛玉册》亦云：“灯笼草四方皆有……盛之如灯笼，河北呼为酸浆。”在它长够了高度时，就由主茎下盘开始，依次向上，轮番开花挂果。一般麦收之后，能吃上头茬果实。

谓之锦灯笼，是从大模样儿说起。这种果实不裸露，外部有保护伞一样的裙衣。果实像个实心珠子，在果球长大的同时，裙衣也逐渐膨大起来。内外咸同，一并经历了由鲜绿变为淡绿，变为淡黄、橘黄、橘红、红色的过程。这时，最具本质特征的，外层裙装的五条纵棱显出来了，完全成了宫灯形状。这一层灯笼皮儿，体轻质柔，是一味中草药，煎水喝可治疗咽喉炎，有清热解毒功效。

而剥开灯笼伞，亮出果品真相，那红姑娘儿的名也就由此得来了。里边坐胎一颗乂圆又红的果球。颜色鲜红，果皮滑嫩，俨如北方姑娘慧而美的容颜。

生长过锦灯笼的农家院

老作家周立波六十多年前创作的长篇小说《暴风骤雨》，在描写东北农村景物时，提到过红姑娘儿，但它仅作为节令衬托，未做过多描述。近年，秋天北京的街头也能见到产自东北的红姑娘儿了，北京人尝上了东北的口味。但察颜辨味，觉得有些殊异：那里的红姑娘儿个头较小，果皮橙黄，看着像不熟，但吃起来特别甜，有些齁嗓子。而北京当地的红姑娘儿，则为彤红，味道酸甜可口，个头大，如大颗红樱桃。吃这样一口气味芬芳的红姑娘儿，刺激大脑“快乐荷尔蒙”分泌，那是必然的了。

浩浩乡土，抹不去的悲欢。当年曾以红姑娘儿精神发育的一代人，他们还喜欢讲小时候爬豁子，钻进邻居家篱笆墙，找寻红姑娘儿的故事……

原罪杨柳梢

杨柳梢一桩罪行，在这个村庄记忆数十年了。有老人谈论往事，还提起受到它的伤害。

这是一种京西山区、半山区常见的藤类植物，藤条很长，柔软皮韧，缠绕于多种灌木体上。春夏藤条是绿的，转入秋变紫红。叶子仿佛柳叶，此是名称来历。

返青后它出芽很快，春天太阳刚暖和，红色乍蓬根就滋出若干新芽。酸枣叶儿、山荆子叶儿还不算稠密，而它已经蓬蓬勃勃了。它缠绕灌木枝儿很紧，劲头儿也很大，若被它挡住去路，除非用镰刀将藤条削断。

看着挺秀气的藤叶藤条，其实对人畜一无所用。割断藤枝，掐断藤叶，全冒白浆儿。白浆有毒，还有臭味。捋叶子粘手，臭烘烘不好闻。牛羊不食，野兔儿也躲着它走。

就这么需要提防的草木种类，也有当宝的时候——几十年前，人们一度把它当成了救命食。

那是一次连续三年干旱的灾荒。五黄六月，家家无粮。榆钱儿、榆叶、臭椿姑姑儿、柳芽、木兰芽、槐树花、苦荬儿、马铃儿菜、刺儿菜、白蒿头……从树上到地下，一切可食的野菜，全然采尽，很多榆树还给剥了皮。为了砍下榆树尖几枝刚冒出的细芽，小男孩儿会爬上很高的榆树，不顾肚皮被磨得红肿、作疼。在宿命中挣扎，人们对食物源的狂热追求程度，几乎是现代文学家夏丏尊在《谈吃》里变了调的雅谑："四条腿的不吃眠床，两条腿的不吃爹娘……"

名义上还过生产队日子，吃集体食堂，可哪里吃得饱？萝卜丁儿稀粥能照出人影，发霉的白薯干成了好粮。白薯秧、花生壳都被磨了面，打谷场剩下的只有玉米皮、玉米瓤了，多亏上级里面的知识者想出了主意，让社员们吃这两样儿。干嚼肯定不行，变换的方法是把玉米皮、玉米瓤投进大缸，撒上石灰浇水，泡了几天，把它软化，再晾干磨成面，捏窝窝头。政府人员还真聪明，为这种吃食起了一个好听的名称，叫"吃淀粉"，听着真舒服。而吃这也有规章，按人头份儿，每个人有定量。"淀粉窝头"很松散，一只手拿着不行，必须得两手捧着吃。吃过一段时间"淀粉"，小孩儿一听这名儿就哭，大人一个个塌了眼窝，深了眼眶。

饥饿成灾了，总得想填饱肚子的办法。在这种情形下，就想到了杨柳梢。它还少人碰。明知有毒，也要先下手为强。

农民朴素的生存智慧认为：有毒东西，只要经过开水煮，再浸泡数日，准能解毒。于是，煮三遍，泡三遍，耗用几天，作为吃上它的条件。

初衷是好的，水煮浸泡也可能管用，但那需要时间。它可以等，而人肚子等不及呀！于是，有的人家就不顾预想了，只泡了一宿，第二天早晨就捞出来，剁烂了撒上盐，为全家食用。结果造成全家人中毒，脸肿得怕人，眼睁不开。

有一户孩子多，中毒最厉害，看着特别可怜。其中一个花枝儿似的女孩儿，肿得脸上起了疥疱，而后流脓，两面脸留下了大疤痢，影响了终生面容……

“悔不该呀！光顾嘴着急，糟蹋孩子了呀！”父母愧疚地跟乡亲们讲。

真的是杨柳梢造的罪孽吗？他想也未曾想过。

天下老屋总牵心

追忆香火人间

落寞臭铃铛

只言此名，已将此种植物两个特点说全了。

它为一种多年生草本，生长地点曾遍及京西农宅、坟场、坡冈、林地……越是供它缠绕的林木兴盛，它越不动窝儿，天长地久与之为伴。

整体上它颜色紫绿，叶片较圆而带尖梢，夏日开长筒形白花，仲夏后结果。果儿是人们认识它、加封它的依据，较棉花桃小，铃铛形，随季节渐次由青转为褐色。铃铛果里有芯片隔体，一摞摞蜜蜂翅似的种子排列整齐。

生活中，它与人们挨得很近。往往地，碾台边的大酸枣树、小槐树上，常见踪迹。虽为软体植物，但它不像兔儿丝、藤类那样靠吸取别的物体营养，摧残别人，养活自己。它只是借力，实现自己的生命。树冠被它缠绕得严实，假使钻进鸟儿、建个土蜂窝，都看不见。

夏日的夜晚，星斗满天，爬上大酸枣树的铃铛秧正值花期，一片白，星空下分外显眼。几只萤火虫在花间飞舞，闪耀着金黄色的光亮儿。孩子们跟老祖母在屋外纳凉，听摇着蒲扇的老祖母讲故事，讲着，讲着，听着，听着，就有铃铛秧那儿的萤火虫飞来。它好像就是为了逗孩子——孩儿们扬着小手，怎么捉也捉不住。

最后它还是飞回到了铃铛秧上。

到了秋天，酸枣树大小枝杈挂满了铃铛果儿，晃晃悠悠，如同宅院里棚架繁密的丫丫葫芦。秋风一起，逐渐干枯的铃铛唰啦啦地作响。

农村孩子，从小到大，什么野花没见过，什么野草没碰过，但就是对铃铛秧儿和铃铛果儿冷淡。不知是那里的臭味，使孩子们不喜欢，还是受家长灌输，远离于它，谁也不知。

孩子是天真的，而铃铛秧、铃铛果也是无辜的。对于人世间

落寞臭铃铛，真的落寞了

草木，本不该有偏见、有隔碍，大家都应该平等地做朋友，彼此长一副好心肠。乡村小孩儿患头疼脑热，咳嗽了，是这一味叫“马兜铃”的中草药，经油炸了，给孩子服用止了咳，帮了忙。

人有美丑，物有抑扬；名称不能决定一切。油光水滑的名称，听着顺耳，却未必对人间有用。臭铃铛只因为自认秽声，断绝了年少者与之友好，使它少了孩子这一伙伴，缺少了真趣，它有些闷得慌。

童子身边过，有些道不知

狗日的刺儿茄

依照京西地方土名，叫它“刺儿茄”。它在辞书上出现过，叫“曼陀罗”。

以曼打头的汉语名词，还有“曼陀铃”(一作曼德琳)和“曼荼罗”。前者为西洋弦乐器，后者为佛教用语。因“曼陀”“曼荼”译语表现接近，就此，有人怀疑它非本土物种。但不管哪样，它落户生根已经很久了。

这种东西常常生长在地头、土岗、河滩、水沟、房屋旁边……往日不招人待见。但是，它生命力旺盛，尤其耐得住干旱。春天干旱少雨，它艰苦地拱出地面，一棵、几棵、一片儿小苗，硬挺着几片油黑的小叶儿。有时十天半月也不见它长，还被阳光晒蔫，而只要一场春雨撒下来，它就立即欢实，焕发出难以想象的生机活力，很快一簇簇、一片片绿秧呈现眼前，很有一种能屈能伸的顽强意志和共同向上的团队精神。

刺儿茄为当年生草本植物，叶子巴掌儿大，叶外沿伸展几个尖儿，互生，开白色花；白色花像细长的喇叭，朝上或斜逸，整个花体有裙褶样儿的竖褶儿，外露一组长长的花柱。俯身而闻，有一股臭气。植株于仲夏后开始坐果儿，最终果实如青核桃大，表面生一公分多长的锥刺。刺儿初时较软，可用手指压弯，并不扎人；待青果儿坚实了，刺变硬，扎人很疼。挨了扎，留下发黑的洞眼儿，几天中都有痛感。勉强将未成熟、又大又青的果儿剥开，里边有几大瓣组合，像芝麻、百合、凤仙花荚似的，各自排列许多略为红色的种子。熟透了以后，果角儿从其接口边缘裂开，稠密种子大部分散落，种子颜色也变成了黑紫。

刺儿茄从花到叶儿到种子，都有毒性，为麻醉性镇咳镇痛药材。它的药理作用，好像跟乡间孩子关联不大；乡间孩子是看着它成长而成长，把它纳入了可以亲近的对象。果儿青不扎人时，孩子们常摘下它投掷，朝小伙伴身上打，视它为一种游戏玩具。

儿童们观察它，也积累了经验，知道它能够在哪个环境生长。随着粪肥，它的种子可能被运进农田，但根本不容它长大，就被农人锄掉了。它能不受妨碍地长起来，以粪坑旁、打谷场旁和院场外的闲地居多。肥水充足的地方，长得有半人多高。

农村孩子幼小的时候，与刺儿茄会发生很多好玩的故事，但他自己收藏，别人无法知晓。只一个故事，农村小男孩儿大多有相同经历：那时农村还没装上电灯，夏日晚间或是在玩耍时屎来了，又不想蹲茅坑儿，独自去院门外拉屎，一时等不及踅摸，蹲下被刺儿茄的针刺扎了屁股。屎憋了回去，手捂屁股嗷嗷地叫疼……

小鸡喝酒为哪般

小鸡是不能喝酒的，这野菜叫“小鸡喝酒”，你说奇不奇？

这是一种从早春起就冒头的野菜。大片冻土还没完全化透，它就有绿的迹象映入眼目。

长起来，棵儿矮，叶儿大，几片成年人巴掌大的叶儿勉强脱离地表。深绿色叶子，叶面不平整，好似蛤蟆皮，山区人把这种大而翘鼓的阔叶儿叫“鞋底片”。从六月起花开，一根梃上开两三朵紫红的花。形似喇叭，上下斑斓，倒挂，向四外仄歪。

乡下孩子认它为友，是因为花朵盛开之时，分泌甜露。把酒嗉子口样的花屁股含了，仰颏嘬屁门儿，能嘬出一两口甜汁儿，别有风趣。花的形态，以及吮吸花露的姿势，大概就是由小孩命名的、唤作“小鸡喝酒”的来历。

然而花露味美，花期却不久长，过了季，花朵就抽缩、蔫儿了。不再产生花露，不再炫示彩衣，只余墨绿色叶子旺盛生长了。叶片肥大，可以食用，山区人将它焯了，添入菜缸，做“耗蔬咸菜”。这种简便腌菜，映衬了山民生活的质朴。

少年方幼，不解愁滋味，这个年龄段，上天就是让他们快乐。而他们自己，也能够寻觅到乐趣。“小鸡喝酒”凋谢以后，根儿开始发达。此根能画出黄颜色，并且留下痕迹。可以用它当蜡笔，

此绿植叫“小鸡喝酒”，你说奇不奇？这只鸡没喝酒，头冠和耳垂儿红了

画图画——画太阳，画蜗牛，画房子……心里想啥画啥，哪里管手中使用的“画笔”竟为中草药呢！

大人们就不同了，身家所累，他们需要拿它来换钱。“小鸡喝酒”的根是常用中草药，只经晾干入药的叫“生地黄”，经过酒料炮制的叫“熟地黄”；生地黄用于清热，熟地黄则能够滋阴。九、十月份，是采收季节。

这样看来，“小鸡喝酒”一世是为谁生长的呢？是为孩子，还是大人？人一生当中，少年为发育期，心地至纯，无论看什么事物都从单纯入眼，并将心灵契合于善良弱小的生灵上。而长成了大人，首先退化的就是单纯，心象芜杂，多顾及身家利益，群体中从坏处想人时多，从好处想人时少，哪还有灵光奔赴其他生物？

“小鸡喝酒”是一幅泛着灵性的图画。脑子里常常有它，并还能由它回忆起少时触摸过的形态，这样的人心灵不会衰老。

捆庄稼、树枝的东西，今天沉寂了

谁家的黑裙儿又熟了

七、八月至十月，“黑裙儿”成熟之季。

这一种野果儿，不但能吃，而且清新甘甜，味道不错。

甚讨少儿喜欢的有果儿吃的这益草，在北京地区非常普遍。瓜地、果园、菜畦、宅院、水渠旁、河沟边、玉米田……凡不属于特别干旱、特别贫瘠的土壤，都适宜它生长，并且对于其他植物种类不构成伤害。

单看长相，仿佛缩微西红柿——株低、秧枝小，尤其浆果，要缩小很多倍。成长过程，与西红柿一样。

入夏，一茬白色小花谢了以后，就开始坐果儿了。数月中，花从下层果枝陆续往上开，浆果也是一层接着一层成熟。最终，开花、结果达到秧棵顶端，也就差不多到了霜冻的时节。果实一撮撮儿的，每个果球儿几乎与豌豆一般大。刚开始，果实绿，后逐渐变紫，然后变黑。成熟期若无人动，圆滚滚的果球儿也会萎缩，变瘪，只剩稠密的种子挤在褶皮当中。

在少儿心目中，黑裙儿简直就是精神圣母。炎炎盛夏，婆娑秋风，于农时很长阶段，少儿最希望遇见的，就是这黑裙儿。它给少儿带来不用花钱、不必求助人的原野美味。

黑裙儿的甜度特殊，是贯通泉水似的清甜。像吸进一口山泉洞里的风儿，奔脑门儿清爽。

黑裙儿吃多了，会像吃桑葚似的，牙齿、舌头被染成紫黑，一看便知他刚踏进过黑裙儿地。

只缘黑裙儿与农家孩儿连心，农家孩儿找寻黑裙儿，有他们一定的姿态，一套程序：显见的不必说，如果在拔草时，突然间发现了一棵黑裙儿，在没有思想准备的情况下，虽然惊喜得心怦怦直跳，但他不急于进食，而是先把果秧儿周围杂草压倒，露出整棵秧儿。然后，把沾满露水泥的手在小褂上搓搓，才下手碰它。但也不是摘，而是轻轻托起一嘟噜，仔细瞧一遍，看它成熟了多少。有熟的，就挑选着吃；如果熟的少，就扶起四周的草还给掩上。

成为美食储备的这棵果秧儿，他们不做记号也忘不了。隔两天，看一次；见陆续地熟，也就陆续地吃。

关于黑裙儿，乡下孩子还有独创的游戏。根据倭瓜叶和蓖麻叶柄儿为空筒的特点，他们将捋去叶的柄儿当作吹气筒，一头儿擗成了一个底座，中间放一颗黑裙儿，举在头顶上，叼着下端，仰首吹。那颗黑裙儿便在吹气孔顶端拨楞楞跳动。谁吹得高，吹得黑裙儿不掉，谁就胜利。

这黑裙儿也是真愿意接受孩子赏识。不说别的，只说那庄户宅院，就有黑裙儿自动找上门来。或于房沟，或于山墙下、篱笆旁，就常有黑裙儿秧出现。说不准是由于孩儿们遗落，引出种苗，还是鸟儿拉屎，将没有消化的种子播撒在了此间……

这一两棵秧苗的出现，是孩儿们集体的大事，当成了集体财富，关心它的成长。看见鸡鸭要去祸害，小伙伴不管谁看见了，拿起木杆儿就赶，确保果秧儿生长期不受侵害。

待家宅里的黑裙儿终于变黑了，小主人会召集伙伴儿一块来吃。将先熟的一两嘟噜黑裙儿托在手掌心，你一颗，我一颗，分发。小小年纪，很有孟尝君风范。

由对黑裙儿的珍爱程度，竟可以发觉孩儿们的天性至纯。无论是长在地里的，还是长在家里的，任由其自生，绝不人为破坏，并对自己的欲望进行克制。这种自小不暴殄天物的行为，将来注定会影响他们作为农民的一生。

这里也需要说明，有关黑裙儿的叫法，各地并不统一。有叫“黑球儿”的，有叫“水泉儿”的；就算是同音字，是“裙”、是“群”，也无法辨清。但有人认为带“补衣”偏旁的这个“裙”好，因为秧棵周遭一轮一轮变黑了的盛果，恰如一袭黑裙形态，同时又寄托感情，使人联想到女性的柔婀、真挚的母爱！

秋叶红，母爱深，观叶凝想母亲的心

打盆打碗儿张童趣

春天是冲小朋友来的。

小朋友蹦蹦跳跳绕院儿拍巴掌，念叨过了“数九歌”，一场春风一场暖，“耕牛遍地走”的景象便重回人间。

大人们自然是忙于农田里的活计。阳光的礼物，毫不吝惜地递给了童稚时期的农宅小主人。

等春天，等了一冬，该是孩儿们舒散筋骨，奔山坡、上田野撒欢的时候了。

上了坡，就捉到儿童笑声

返了地气的坡田，软软的，小脚丫一踩一个坑儿。那些个山野菜盼春好像比小朋友逛坡还着急，一个个争抢露出头角来：白蒿头团了棵，以青白色的发丝向小朋友表达热情；苦荬儿菜绿莹莹，精神抖擞，像跳着脚似的招呼来者注意；羊叶角开了黄花，长长的花梃儿像一支蘸足了彩墨的画笔，盼望有小手儿将它握起来；紫花菜开蓝花，一边开着，一边在“米口袋儿”里为小熟客备好了“米粒儿”；蒺藜苗也现身了，可它身体还软呢，细碎的黄花缠枝，还没形成扎人脚的脾气；去秋遗撒在地里的豆子，今春急慌慌地顶着豆皮帽，伸出了两片肥胖胖的丫巴儿……

挎着小荆篮儿的农家孩子满坡跑啊，挖野菜，拔豆苗，寻找兔儿食。春光无限，兴奋无边。

羊叶角肯定是顺手要吃的。整个一棵羊叶角，除了根是苦的，长长的波纹状叶儿和毛笔头似的花，是甜的。干草丛里，细圪针下，它最先照面。

吃也吃了，闻也闻了，也有半篮野菜了，近午时的暄土地也烫男孩儿的光脚丫了。挖野菜的小男孩儿、小女孩儿到了更为兴奋的时候。虽然你在一处，我在一处，但共同的兴奋把他们扯在一起，念叨起了才学会一年半载的歌谣——

这边一声：猪马尾儿（尾读 yǐ 音），棺材底；

那边一句：落落菜（落读 lào 音），棺材盖；

又有声音紧跟：拉拉秧（拉读 lá 音），棺材帮！

哈哈哈，嘻嘻嘻，旷野里的童音嘹亮了天地。

在快乐之中，一丛盛开的野花，自然躲不过兴奋的眉眼。渐渐凑拢过来，一同去揪这名叫“打盆打碗儿”的花。

这种花草一般生长在光坡上，或山道旁边。叶儿少，花多；金黄色小花有旋儿，中间吐细蕊，十分漂亮。也叫“打碗花”。若单独一棵存在，只呈现一抹黄；若它连成了片，远看便是一片金黄。一朵花也像一只金盏，美丽放光。把花揪下来，花梃儿断面会冒很黏很黏的白浆，鼓成了露珠。沾了手，黏点很快就变黑。

怎么叫“打盆打碗儿”呢？是春耕大忙之际，出现过送饭人摔破盆碗的情况，还是在地头吃饭时，看到这花，偶然的联想……说不清。

无论怎么认为，这花名已叫了很多年。对于此种花，家长也有嘱咐：不允许往家里带。怕花名妨碍，引起家里什物的损坏……

在山坡上就不怕了，小丫头儿、小小子儿下手摘呀，看谁先摘到手；不图别的，只为求乐。一边摘花，就有嘎小儿灵机一动，嘴不闲，既像是对小伙伴“冒坏”，又像是对花草犯癫，糅合出两句：“打盆儿打碗儿，打你妈屁眼儿！”说完就跑，惹得其余小伙伴即兴去追。

还有嘎小儿闹攻击性，不管丫头片子乐意不乐意，将一枝“打盆打碗儿”插在小女孩儿的头上……

……

一同玩过“打盆打碗儿”的庄户孩儿，长大以后，还真有的自由恋爱，成了一家人。

当初，他们去野地找兔食，家长本来没指望什么成绩，根本意义在于让他们认识农田，认认农门儿，并允许他们率性而为。春日煦煦阳光之下，他们修炼了童子功，身不由己地继承了农民的秉性，孩童的天性也蹿香放飞！

掰桌子掰板凳送春归

河沟旁、园田里、粪坑边……但凡阴凉潮湿土地，都生长那三棱草。

这种草是一种害草，牛羊不吃，人不吃，并且年年除，年年除不净。它的根部一组细长叶子弯垂，然后一根独梃朝上，光身子不生叶儿，只在顶端生出三个相互鼎立的细杈，细杈底部见微量叶子。顶上结籽。肥水充足，梃高可一二尺。

就此种野草而言，可供描述处不多；对它唯一赞美，是为孩子们提供了游戏道具。

应该说，农村孩子从小就充满智慧，情商发达。他们会根据自然植物种类、植物形状，做出有益于乐趣的选择。在这一点上，即使大人累伤了脑筋，也想象不出来。

根据三棱草三面光滑、顺向纤维长的特征，农村孩子发明了此种游戏。

别管是打猪草，还是下河沟捉田鸡，找个空闲儿，拔几棵三棱草，就聚集到大柳树底下。

猪草篮儿扔在了一旁，田鸡拴上了腿，用石块将绳头儿压上，男女孩儿就开始掰草玩儿。把一根草梃在鼻尖前竖起来，由中间部位入手，两只手拇指和食指将中心点掐开，慢慢撕，慢慢扯，

紫槐花儿碧桃蕊，真真如童颜

草梃就会顺着丝儿一点点上下裂开。然后，由裂开茎丝组合，掰成平面的称“桌子”，掰成四条腿儿状的叫“板凳”。按照设想，特别像。别看游戏简单，也需要聚精会神，否则，茎丝儿就会半程折断。

男孩子天生带顽劣，他们不光说这是“掰桌子掰板凳”，还说是“掰丫头掰小子”，这想象怎么来的，还得看当时心性。

小小子儿会合在一起玩得高兴也好，不高兴也好，其中的机灵脑瓜儿总要突出“嘎劲儿”。他瞅老实者撕草梃认真，造型成功，被别人羡慕，就想在声势上显示自己，便绕着大柳树蹦蹦跶跶，边拍巴掌边唱歌谣：

“小裂啵，裂啵裂，东头儿打水是你爹！你爹戴个秧歌帽，你妈穿着趿拉鞋。走一步，咯咯噔，嘿，你妈唱歌真好听！”

歌谣沿河床顺风飘悠，农田干活的大人们听了抿着嘴儿乐。

玩这种游戏，有季节性，多在春天将尽，柳条依依之时。待炎热夏天来临，这游戏就封存入库，以新的兴奋物来代替。

村里大人心里明知道“掰桌子掰板凳”就是三棱草，但也不愿以称“三棱草”表明智力地位，仍附和少年，用“掰桌子掰板凳”的习称。

看闲书，山东胶东半岛一带将这种斗草游戏称为“割豆腐”，宋人范成大诗：“青枝满地花狼藉，知是儿孙斗草来”，看来游戏普及，也皆有趣。

崖花拭魂

多年了，人世间纷争，已渐渐忘却，原来的功名欲望，一如过眼烟岚，杳然不知其归。在这百里深山，和山做伴，和云对语，总感心性怡然，实境贴切。山川草木，风土人情，大小所见，都和我结下情缘。

但是，使我产生牵魂彻骨的思念，时时愿回眸以望的，却是那岭上的崖花。

大概性情所动，在我进入大山的第二年，便给这里成立了一个文学社，起了个美韵撩人的名字——“绿谷文苑”。这样，就招来一些文学青年和我一起“修炼”，我也就不显寂寞了。一天，又来了一个山民之子登门，畅论间，我谈起在山地感受到的新鲜。之后，略乎抱怨地说，山里是物都好，就是花开得晚，比平原城镇差得时节多了。他听了，微微一愣，摇头，连说不对不对，正着眉眼对我说：“我们这里的崖花不算吗？现在正开着呢！”

看他认真，我直想笑。心里忖量，春分节才过两天，春寒未消，这北方峡谷能有花开的踪影吗？虽说不信，但也约定，第二天去看崖花。

十渡这地方，我已经很熟了。这里山好，水好，山有山的形，水有水的样儿。山是北方大山的奇伟，昂着丈夫气，又有江南水乡女子般灵秀，只不过缺少植被，少了那让雅歌投壶的名士兴怀弄娱的茂林修竹。这水呢，清流见底，四时不涸，河湾处大抵行得船。仅这两宗，就搓弄得紫禁城、天津卫的俊男靓女够销魂的了。

枫叶红处涌动思念

我乐得随我的伙伴儿逍遥而行，不图看花遣兴，就当是去认知这山间奇秀吧。

跳过两次拒马河浅流的“搭水石”，迈过一道荆梢柳枝篷拱的土桥，就开始进入峡谷山道。山道真是山道，磕磕绊绊尽是大小石块儿。石块儿堆里寻踏处，走过三五里，棉裤可就有些裹腿；前边项背在望，而尾随着的我却没有了逍遥。

有心喊“歇”，伙伴儿已登到半山梁。远远地，见他招手，山风里送来一声粗犷：“崖花开了哎——”

好不容易站在他立脚位置，顺他手指去望，就见光光一面崖壁上，扑扑离离，有一蓬蓬绿，一团团白。像山阴积雪，像绿云

崖花就生长在这样的高山

靠石……

山地人腿脚真是健捷！眨眼，见我这个伙伴儿，猿行虎窦，手勾崖缝，攀援而上；顷刻间，又如同驾了一片青云，怀拢绿枝，飘至近前。

疲劳之感一丝也无，拉直了眼睛去看那采来的，越来越近的山花。拣一方好平石，我们坐下，眼前放着这束盛开的崖花。簪立着的花朵，宛若大枚玉扣，白得宁静；那叶如老桑，绿得沉实；绛红的枝梗，恰如紫铜铸就般地劲挺……我端详着花，又去眺望朋友采摘之地，好生奇怪：那危崖耸立之处，裸露的全是绛色山石，一根草都不长，何以这崖花却生长得茂盛呢？自然界的伤害定然

是少不了的，旱冻两极是它的天敌，偏又不择地势，生在坚硬无比的岩石上，春寒料峭却可以怒放天香，这是生命力多么强韧的植物！如果不是身临其境，哪会看到这深山野岭里的真实啊。

感喟着，又听神奇，耳边语音温热：“这崖花……不生平川，只长京西山地。”我不觉其意，他一时无语。慢慢，旁边传来闷闷气音，“我们这儿是老区，抗战时期山地埋种下了许多悲壮……”说着，他定睛看着我，眼神里压上一道沉郁。我心倏地一紧。也就那么短暂，他恢复了原态，用手指点远山近岭，让我追看：哪道山沟藏过兵工厂，哪个村庄兴过抗日学堂，哪片洼地平西支队在那里操练，哪儿歼灭了“扫荡”的日军……尽管他把沉积在山谷多半个世纪的往事，说得轻言慢语，而于我却如同大音，在耳边彻响。是风声，抑或是雷声。

——真有了山风。我解开外衣，任山风灌进胸膛。我想让山风把胸膛灌满，灌得满满。

此时，风也吹动了崖花，簌簌作响，像是冲着苍冥歌唱。我忽然想起，前不久看过的《晋察冀革命诗抄》，书中收录陈辉烈士的《拒马河之歌》，所作注明就写于此地。我在小学课本里也曾读过他坚持信仰、忠诚人民的革命诗歌，却不知他早已是根据地才华横溢的诗人……伸手掬起被风吹动的崖花，从绿意和风致中我读出些明白：青山依旧，烈士长已，这山地之花莫非荷承天意，具有了灵性？它一年一度在清明节前开放，不思迁移，不改花期，是于此怀念抗日将士的征尘岁月，还是接受嘱托，抚慰青山之内的民族精魂？

忍住片时迭起的心澜，我扯开衣襟，眺望远山，俯视四野，心胸豁然开朗。虽是早春气候，我感觉，山地春光十分明媚。

影影绰绰，看那边一片松林正有人忙，像是在干什么事情。朋友语声快活，告诉我：几日前曾有几位老将军来过，要在那儿修建一座烈士陵园……

牵束的目光从那里移开，澹澹中，我觉得我开始读懂了崖花。这山间花草，其实就是一部指点迷津的大书。从书里，任谁都可寻到论述自己、对照人生的章句。它生在高山，长在岩隙，虽百遭枯荣，却无亏对生养大地的眷恋，是因它得到了适合自己生存土地的滋养；它登着大山的肩膀生长，因而也具有了大山一样磅礴的气量，脚下扎实而稳固。它有气节，不陷虚氛，穷不失节，达不奢逸，耐得住生命之旅的沉寂……它是平凡的，也是崇高的！

我有些惋惜左思和白居易，没有彻悟人生。左太冲的《咏史》："郁郁涧底松，离离山上苗……"何值那般离索愤世？乐天翁《石上苔》，居然诱惑"幽芳静绿"的石苔，去倾慕"曾得七香车辇来"的路草，显得多么轻佻浮薄？世上原本总是先有花，而后才有人看；倘移植人寰，只能失脱本真的灵动，逆愿为人悦目而自身也娇气起来。更何况，世界上原本就有许多花开在没有人看的地方……

此时，在苍莽的山岭，我真想把我立脚的山地当作啸台，拍打山石如鼓，呼唤我的朋友：勇敢地到山地来吧，来看山地的崖花！我要告诉你们，这山间草木于你于我，都可以壮骨髓，调脾胃，驱狂躁，正阳刚！

我还该告诉朋友，按山地土音，崖花的"崖"字读作 nié，而不读 yá 或 ái。

我确实记住了。

不必多想，做人的榜样看荷花

移位诘花
——答友人

人的习性，不容易改变，也不容易一下子说透。

世上千种花，就有千种爱。亘古以来，上数王公，下至黎民，有几个不对花草生一点“可怜见的”念想？这份情谁去给说清？

不过，世人爱花，显露人的质地，不知信与不信，林妹妹和宝哥哥肠热潇湘，总不会揽来一束狗尾巴花，表达缱绻痴情。焦大和刘姥姥呢，当然又甭想从荣府人的眼里，辨出魏紫姚黄，还能连声道：“好花……”

人与花，参商各守，合于常理，未见报不公者。

莫非，花是让世上文人撩拨，蜕化了它坦处人寰的本意？从古至今，前人后辈，相爱花卉差不多由人写尽，文人自以为是情种，凭一厢情愿，就把不关事由的青枝绿叶吟咏得神魂颠倒。其实，那把戏，全在文人耐不住闲情饥渴。有闲旷，即生闲情——

或尊崇，或嘲讪，或寻娱，或觅趣；凭栏端量纤纤楚腰依人，耿耿金刚奋力，黄昏也是，朝霞也是，蓬莱堆雪，沙江卧碧……境由心生，全凭文人来得心性。

文人之于风雅，犹如农人岁勤耒耜、妇人务炊，毫无二致。但文人的雅致，需心平气和方体现快爽。悲亦出诗，只怕过于伤痛，也难以出诗。“感时花溅泪”时，即在于区分。阶前花木忍受着委屈，行吟者衣袂却飘洒着士子的从容。国势岌危之时，只叹一声“流水落花春去也”，便无碍末世悲凉的人什么事了。尽管向日吟花，诗篇积案，辉煌偌多书舍，为寻觅芳馨也曾气咻咻、汗淋淋、泪涟涟，而灾劫降临，花前月下的潇洒全然不见了，花亦无关紧要了。翻检一次历史，未尝见爱花若痴的风雅人，抱一盆清逸颠踬于黄尘路上，或挟芳华同浸江月。田家妇人与斯文者之“二致”，即在于兵燹离乱中仍不弃炊耒——衣衣者，食食者，与风雅人的不同。

牡丹，生于太平之世，方显富贵气派。

历史上曾经有一位了不起的法家，帝王听他宏论。法家言，尊卑之属若春花摇落，落于筵席则高贵安吉，落于茅厕则身份低贱。非花应势，世态习常使然。

我就十分感动先贤虚拟的大境了。食谷而生的我，虽则今日也有闲暇品评花木，但观赏意味，却不同于闲逸之人。

喜欢着田园中随处可见的，地处一方的卑贱物种。枣，不分酸枣或大枣，只要生出小米粒大小的金黄的花，我就喜欢。还喜欢臭椿开花，秀出绿伞似的花梃，吐一缕苦丝丝的清香。单是花名，自己云“臭”而不畏人言，就足以表示家乡的花魂花魄，

真气、胆气永远在山林幽谷间

大方得彻底。有一种“农大红”白薯，也开花。至今，我闭上眼睛，还能想出花田景象：绿满坡梁啊，夏日一场透雨，绿瓦瓦的田埂上凸起蓬勃的喇叭花，一地生机灵气，就像有许多可爱的童娃，肥胖的手儿牵着薯藤，鼓嘟着希望饱满的嘴巴……

这样的农家情韵，纵是溥杰前辈有东篱之风，也体会不出。不怪老先生哂之一笑。

桃之夭夭，李之华华。夭桃秾李，为世人所倾心，自会招风流才俊驭车深入桃云垒。林下博欢，良人面胜桃花，斯时帅男温柔之梦或许比王勃飞临滕王阁一梦还甘甜、还悠长。可惜，我缺少这一梦境条件，我不喜大片桃园中如云霞迭起的热闹，只喜一株两株山桃或山杏，在崖壁上开放，花背后是嶙峋山石，花树下是壁立峡谷。想体验“人面桃花”的趣味，但是，那样的地方，美人又不肯上去。

十分羡慕功力深湛的养花人，为捕捉昙花瞬间开放的美丽，他们寝衣装束下更深三刻仍了无睡意的气概。对钦服者感喟归于感喟，这昙花呢也忒不解人意，主家这般殷勤，何不于旭日临窗，由主人一边啜饮咖啡，或茶，观赏自己的风姿呢？我也羡慕过万民卷入的“君子兰热”，一株花草，造设了域内宏阔的君子风。不养君子兰的代价，是我终未成君子。窃以为君子难从的，是在清除机关楼前的杂草时，执拗若本人者对野生花草的心理维护。那么多利器钝器，还有粗掌玉指，施加于水泥地缝隙中艰难生长着的株体上，我深感族类自信力的伟大，斩草除根精神的超拔……

让世上寄生一点野本的花草不好吗？

万事更新，既怜惜野本，就留作心底的纪念吧！

绿池塘

史书记载，这里置县比北京城早，于蛮荒中剩下的这绿池塘呢，自然也更久远。现在，这方绿池塘，怕就要沉入我的心底了。

它的位置紧靠县城，相沿两条马路，一条通往北京人的始祖地——周口店龙骨山，一条通向一个大型石油化工企业。这片滋生绿色的洼地，面积有百十亩。它的存在，既给县城平添了鲜润格调，也缓解了石化厂对县城污染的危害。在强大的污染源面前，绿池塘表现得含蓄，古朴：早晨，它给县城袒露清姿，额上抹一缕好看的嫣红；傍晚，它从襟怀里释放清凉的风……它，给小城带来了庇护，带来了湿润，带来了情韵。

小城人心上的一块绿洲。

它是大自然的影集，摄录了天上人间，乡俗画景。雁来了，塘里的冰融化，数不清的细小泉水快活地冒出沙土。靠水泉的地方，滋长出一片一片草芽儿，青青无忌；蒌蒿也趁势从松软的地皮挤出尖尖头角，憋着顽皮。看一眼，也会挠痒观看者的心。远处连绵的山，似乎迈着脚步向池塘靠近。“烟中列岫青无数，雁背夕阳红欲暮。”此番春景，自是好看。夏日里，池塘水涨，芦苇、菖蒲覆盖了水面，幽芳静绿，田地像硕大憨绿的荷。东皇未明，勤奋的垂钓者在塘边甩出了渔线；戴红字校徽的学生，支上画夹，捕捉瞬息变化的天光。耐过难消的白昼，楼群里居住的老年人，贪向这儿的晚凉，摇着芭蕉扇，话前古，话桑麻。深秋时节，池塘又一番美妙。塘水浅了，水清得一眼能看真切水底的沙砾。赭红的浮萍，浮荡水面，竟像香山飞驾的红叶，将池塘铺满。趁未结冰，有人涉水，怀里揽起芦苇和菖蒲，割倒晾晒，准备做冬日暖房的苫盖——这是池塘对菜农的馈予。说起冬天，这儿也不寂肃。塘水冻了，正好成溜冰场，它就有了颜色的喧闹。真真的寒塘春色。也或许一夜间，雪花把它埋得不见眉眼，但似乎越这样，越显得它姿质俏妍。枝条垂着纯洁的花朵，也就有人悄悄旋动相机……

恋家园，心事说不尽

池塘四季，一首无声的诗，一幅有声的画。

我从它的身边走过了十年。

现在，绿池塘就要败亡了。每天我都看见各种运输车辆向这里倾倒垃圾。那些拆迁剩下来的残砖断瓦，倾泻池塘。已经过上富裕日子的菜农，也不再满意单纯种植业的收入，致富的欲望驱使他们掘去覆盖的芦苇，挖出埋在塘底的绝好的白沙，那模样儿，快活极了——白沙不用栽种，就收了钱哪！

可怜的绿池塘，它不会反抗，它只有退却。它缩身于角落，觳觫，憔悴，似乎有一双泪眼，哀哀望着睥睨青云的吊塔和脚手架。它不理解：为什么把它给毁弃了呢！

人生的痛苦，莫过于美好的事物在眼前丧失，而不能援助。我在池塘旁徘徊，久久思量。工业区上空喷吐的火红焰舌，给我具象的兆示。从北京猿人发现火的功用，到现在灿烂的科技进步，人类走过迢迢七十万年。其间，文明驱散愚昧，理想丰实纪元；科学正以前所未有的魅力和成果，推动新生活的节奏。但是，有一个问题困扰着人类：一面是钢骨水泥建筑和现代工业的皇皇兴起，一面却是绿色田壤的迅速离失。人类文明的飞跃，所取得的功利，总不能够平愈对自己生存环境造成的创伤。这不容易谐调，也不容易克服的窘迫现象，怎能不是人类智慧的悲哀呢？

我的感情有些淡然了。我只是在想，倘延续天年，过三年、五年、二十年……我牵着儿孙，走出挤压的楼群，指着一块平洁的水泥地面，向他们述说一个不太久远的故事：“这里原来是一个绿池塘……”

胸滔涌，一时撩起多少梦幻

微雨草木新

一清早，就听出来街面石板路踩出的脚步声，比平日带劲儿，时时夹杂粗细声的谈笑。

我走出村街好远，还平不下心头的畅意。

雨也没停。

是今年的雨水早——才入春分，这雨就可人意地来了，从日落下到天明。丝丝细雨，把山村田土全笼罩在霭霭的雨雾中。沾衣欲湿，真是这样，不由得我不在这可爱情长的山村，寻觅天籁的情致。

麦苗，浅绿，向我摇着盈盈的欢喜。畦边白杨，泛了嫩青。坡上的花椒树，似被墨水涂了，黑黑亮亮，枝丫劲挺。那旁的老农，很是热情，他说："下票票呢！"饱实起来的榆钱儿，生怕人从它眼面前空空走过，虽然还窝着一盏盏的盔，却已在霏微的春雨中，扑闹了。

漫步下河滩，啄食的鸟儿，被雨水洗得一尘不染的石子，都增加我的愉悦。软绵绵的沙土上，踢打枯草，也全不忌水珠湿了鞋袜。大地萎黄之中，眼廓忽然感觉有那么一闪——脚下竟寻出逼眼的绿，掩着灿烂的笑。河湾柳，看着还疏落，远远望去，蒸一团绿烟，走近，却看不出——叹服春光萌在柳梢头。

像农民的勤劳，榆钱儿最早沾树枝

对纯洁的人民，应该像对待荷花一样敬

山乡润朗，六合迷蒙，田野抒发明秀。我感受春雨的温存，物境的实在，品味甜蜜。那边的田里，正有几家农民春作，翻畦打埂，地边放着扁担和水桶。衣裳濡湿了，还默默地干活。潮润的畦田上，趴拢三五个小孩儿，姿态或如埋种什么，姿样天然，蛮有童趣。“童孙未解供耕织，也傍桑阴学种瓜。”悠远的复合，落在了耐守与祈愿接续的土地，山青水绿，茁生新的根芽……不由对农田里的老和小引出深深的敬意。

无意中的发现，竟使我注视良久，在我的感情世界，延入力的沉压。脸颊贴着滑翔的雨丝，几分痴迷中，却把一种感应廓凸出来：悄润无声的春雨，乃是洒向人间的大爱，它不但物化人生

今日乐，北方农事江南曲

存的本领，而且确实也孕化着人怎样去认识生活。它布造了天地间的清纯，霏霏然而来，渺渺然不见，其境界、气质和精神，全在无言中寄存。它要求人，是对它有一双切实的眼睛。

可是，人，终归有自己的志趣。熙熙名来，攘攘利往，世世求乐于斯途，谁肯把精神寄托在微痕之中呢？然而，多少追求的无限，变成了寂冷的有限。市廛的嘈杂里，人终是尘寰过客。我明白了，为什么不适“俗韵”的陶令，托爱丘山，吟哦“久在樊笼里，复得返自然”那般矜喜自持。原来清纯之境，亦有趣味，只为所乐不同呢……

由衷地，我感到无比欣慰。我感谢生活，使我流连于雨境的清纯。像轻轻唱歌的春雨，静悄悄中，没有名利的喧闹，没有浮躁的熏染，它内里盎然勃生的，是对美好大地的热爱，与奔流入海的向往！

透过满目朗润，呼吸着新鲜的泥土气息，我感觉出，在那冲淡邈远的气象里，行走着一个芬芳乡女。她气色真纯，面容慧而美，穿着洗得干净的衣裳……清清芬芬闪来。当然，我也真的看见拉种子的马车、装化肥的拖拉机和满载树苗的汽车，驶过石桥，靠近山村……

峡谷春踪

自然风光的妙处，怡人养性。不同季节，产生不同感受。在十渡的沟沟岔岔钻了两年，我喜欢十渡那早早的春色。

和农民建立了感情，心温就贴在一起，看山看水，似乎都能看出山民的影像。这自然另有一番喜悦……

十渡的早春，在我的眼里，是一个身着素衣的村姑。她不事装扮，一任天然，却让你感到她的明慧毓秀，婉约美妙。她在山谷间行走，连绵的山体流动着柔畅，她在拒马河边伸展腰肢，河岸上蒌蒿、苇锥锥滋出沙土。山亲了，水柔了，天地之间，显露她的眉眼。

似有意无意地，瞧去，那长在高处低处的桑树，疏朗的枝条努出一溜儿桑拳。顺枝条看，点点鲜绿，就像一个个窥着风儿、敛着绿翅儿的小飞蛾。柿子树不像桑树那样急切招春，经了春雨，它焦墨笔画般的头顶，才洇出淡淡的绿，似一幅墨迹未干的水印画儿。地堰上，一趟儿一趟儿的花椒树，层层叠叠拢上山，认绿可就不敢相信自己的眼睛了。花椒树枝头泌出的绿，如飘逸的潮气——绿太轻了，轻得风一吹，似乎就把那绿吹跑。花椒树傻茶茶的样儿，许是在做着葱茏的甜梦？

远远看草色，才有意思呢。卧在山石上，吮着枯草，向极远的山望去，迷迷离离的视野中，捕到一种游荡的绿。这便是草色。它们就像一群调皮的孩子，藏呀躲的。你挤我，我挤你，紧挨在一起时，便给人发现了。闹闹的草色，竟能引动童心，只觉得自己也是春的一枝绿芽，山的一棵绿草。

拒马河也爽人的性儿。喜欢它，是它的清澈和温柔。荇藻，白沙，分明醒眼。河水轻轻地流，就像有一只纤秀的手，拈着梭子，织着深情的希冀，织着勤勉的生活，从弯弯河谷织向平川。

晴日，拒马河飘散着青春的热趣和劳动的欢乐。从城里来的戴大学校徽的姑娘们，是多么喜爱这条河啊！没有往时街上行走的靓姿，挽起裤腿儿，任清凉的河水把腿浸红。水花四溅，笑声朗朗，是青苔滑痒了女孩儿的心，还是鱼儿啄了她们的脚丫？青春的笑最能感染人。下班回来，乡办丝毯厂的姑娘走上桥头，悄悄儿站河边照了个影儿。难怪山村姑娘织得好，她们是把山水灵秀织在了里边。不知是又早完成了定额呢，还是另外有喜事，姑娘的脸儿红扑扑的，腼腆一笑，把鱼儿羞进水，把山桃笑绽开了苞。她走去了，款款身影落在弯弯曲曲的山道。那打鱼的小伙子，刚才还拽着嗓子赶毛驴送粪呢，这会儿一身水上打扮，把网撒得镜儿圆，落日余晖下，扎入网眼儿的鱼亮银似的抖着肚皮……

十渡的早春是美好的。淡朴里，依偎着和谐；劳动中，融入了欢乐。它在浅浅绿色间，创造着生趣。待到春深似海，夏木荫荫，浓绿覆盖了天地，我却觉得那绿沉重而且累。全不及早春，绿得纯然，绿得恬适。

这早春也和人一样，需要心灵的认同，需要真诚的爱。只要你得到她的认可，就会发现到处都是春的眼睛。

一 草木知己 一

辑三

※

五谷关天

白薯月令

一月，寒季。

秋贮的白薯，在井里窖里睡觉。

薯孩子怕冷，井口苫草捆儿、铺麻袋还不行，还要在顶上压一块很重的石板，保证一丁点儿冷风都灌不进去。半地下薯窖，门口挂一两层厚厚草帘。

欢迎下雪。下了雪，薯孩子卧处更严了。过几日，看覆盖的雪，草捆儿边沿先融化了，那是薯孩子们呼吸的热气给熏的。

二月里春脚步轻。

薯井旁苦荬儿菜醒了。茵陈醒了。还有别的草苗也醒了。

薯孩子们怎么会不醒呢？它们听到了戴虎头帽、穿毛窝窝的小孩在它身边的玩闹声。

炮仗声好大哦。春节一来，薯孩子就得到和全家人欢聚的机会。它要将自己的肉身贡献给家庭盛宴，做一道“拔丝白薯”。

地下太憋闷了，显出热了，快给我撩开一点儿棉被吧！

它在井窖里呼喊。

老爷爷有经验。把压了一冬的石板撂一旁，把两捆苫草扒开一道缝。薯娃感觉清爽多了。

想起来不远，白薯粉条过大年

三月，薯妈妈要生娃。

春分不上炕，立夏栽不上，先备产房。需要的主材料有土坯，有高粱秆儿，还有过了筛的马粪。用土坯修房，用高粱秆儿搭床，用马粪铺炕。房子一丈多长，宽五六尺。薯炕下置火道，秸秆儿上面铺大约一尺厚的粪肥，把薯妈妈请上炕，可仔细呢！老奶奶要揪下“薯拐子”（薯蒂），一块块将种薯插入肥料中。入肥的种薯姿势为斜仰，别太密，也别太松，边插边检查薯妈妈是否身体健康。一盘炕摆满，老爷爷提起喷壶，潲一遍水，边边沿沿都要潲到。潲了水，铲细肥把它们蒙上。蒙头粪不少于一拃厚。该做的做了，苫上苇席，像再添了纱巾一样。

自薯妈妈上炕，大约一个多月时间，天天要给炕加火。早晚两遍。柴要取耐燃性的，树桩和树墩。每次烧个把时辰。烧炕经验很重要，温度低，误事；过烫，种薯烧熟了。每回都要小心，都要摸一下炕温。烧过了，撤出大火炭，封上灶门，不使热流外跑。

躺在热烘烘儿的炕上，薯妈妈别提多舒服啦！

四月，薯炕有了动静，平展展的蒙头粪，一块块地显露被拱破的迹象。老爷爷潲水的时候，拂开粪肥观瞧，看见薯妈妈生了芽。

此际，烧火不勤了，一天一次。棒子穰儿、棒子秸当柴，燎一燎即可。隔日潲水，蒙头的苇席拿走了。

有意无意间，见炕面顶出芽了。新芽颜色黄不过几天，经了日照，变红变绿了。叶色水灵得很。

月末，该让新生的娃们登场了——拔薯秧。

这项活计，女人干最恰当。在薯炕两帮悬空，架一块木板，供人落身。由一端推移，移动木板，渐次而拔。头一茬薯秧，长势不齐，挑拣棵大的、壮的先拔。

拔薯秧是栽薯的前奏。

为了给栽薯腾出时间，拔薯秧选择在了清晨和前日傍晚。晚晌拔得的薯秧，要放入水盆。或戳在凉地，铺着清水浸过的麻袋。

老奶奶拔薯秧，辛苦。早晨还凉，得披着棉衣。头始终向下倾着，单条腿蜷，单条腿垂，不错眼珠儿地辨认着秧苗。一场活干完，要过一遍数，几百棵为一把儿，用稻草捆起来。一回回费着力，神态上却很安详。

头期好秧拔了一遍，老爷爷还要瀰水。还有很多崽娃没长高、没出生呢。

农家珍藏顺生而安的气息

五月，栽白薯盛季。

头一遭的农田主项，大忙。

土地耕过了，土层暄软如棉。用人工或者套牲口条埂，给薯秧提供安家的地方。

底肥必须足。最好的底肥是厩肥，人粪。

栽白薯靠合作，挑水、招坑、栽秧，大家配合。招了坑儿，挨坑浇水，待水渗下，栽秧。如果水不渗就栽，秧苗立不住，趴塌了，滚上泥浆，于缓秧儿不利。若墒情不足，浇两遍水保墒。栽秧,三根指头劲挺。捻出一棵薯秧,用指头的力将秧苗往坑儿摁,摁住了，手指向上一撩，秧随之定住。秧苗入掩，下半截造型为船底形状。

活茬太累。挑水的有男人，有姑娘。男人光大膀，姑娘的裤腿挽起，都得爬坡上坎，跃垄沟。男人的汗，看见了在胸脯和脊梁上淌，姑娘的汗，是额发打绺儿，两条小腿水光光。栽秧的有半老妇人、半大孩子，也很紧张，在等待挑水来的工夫，要把栽得秧苗的土坑全部给掩上，还要摁实、胡噜平。不能停太久，否则水分就流失了。

白薯为旱地作物。旱地的薯甜，香。有经验的农民，一眼就识出它出自何种土壤。旱田缺水，你眼瞅着浇了满坑儿的水，一扭脸，就渗没了，只听得见旱土嘬水“滋滋”的声音。

白薯是农家的保命粮，一年里，起码半年时光它是主粮。先前讥讽农民，常道“白薯脑袋”。因为于人生存重要，栽秧的时候，全体人心气一致，你奔我忙。

原产地为中南美的作物，经历了几百年的修炼，耐旱、高产、不忌重茬，是白薯区别其他种作物的良好保障。也只能是相比较而言。它的天敌两个，第一个强敌为大风。乡谚：清明刮起坟头土，一刮就是四十五（天）。忒可怕！阅历上，“五一”前后一场风。那场大风刮得人心慌。风中，薯秧成了跟斗虫，不停地甩脑壳，头上嫩叶大部分掠去了，仅留下一小截嫩尖儿。

连月的旱，也怕呀！盼下雨，盼得人肚肠儿疼。“大旱不过五月十三（农历）”，为农人期雨不得，心理承受的底线。可“五月十三”也往往被旱情闯破。苗焦，心焦：哪怕“关老爷磨刀”呢，来一点雨，也解解心宽。

终归白薯秧皮实，和农民的韧性一致。眼看成了干秧，一场喜雨淋，它的生命力就显现，团了棵，一股控制不住的欢实！

农民交给的任务，快些长；一旦爬下了埂，就不怎么怕旱了。

六月，农田里活忙了。种玉米、耩芝麻、割麦子、耪谷子、打场、拾掇露地蔬菜。追屁股的农活，一项项跟趟儿。

白薯们好管理，不用打药，不用追肥，却也对它不能忘。天一热，马耳朵草、刺儿茄、蒺藜苗长出来了，帐了薯埂一层。下一遍锄，既能够疏松土壤，保墒，还能清理薯埂上边的包袱。

生长季节，白薯至少锄两遍。

七月，白薯田一派美丽景象。

薯藤已经长长了，碧绿泱泱。有特色的薯种，比如“农大红一号”，它紫色藤上开花，开的花跟喇叭花一样。受了雨水，花朵向天空扬着，仿佛许多穿红兜肚的胖小子，抬着胖手，咕嘟着小嘴吹喇叭。农民珍惜土地，薯田边缘，或薯埂洼处，插种倭瓜。饥困时，倭瓜也当粮。倭瓜花开了，招蝈蝈，招马蜂，招蜗牛。全成为薯秧那胖小子的伙伴。

当下薯田的活茬儿，大项为翻薯秧。

翻薯秧这项活儿，是个人就能干。规则是把四向乱爬的薯藤做归拢，从左边翻到右边，让它们顺着一个方向爬。顺便清除野高粱、酸枣苗和侵夺白薯养分严重的杂草。

再个事儿，剪薯藤，筹集栽麦茬白薯。

栽种白薯，春天的叫“春白薯”，夏天的叫“麦茬白薯”。剪薯藤，要选长条，一根条剪几截，每截见个叶芽儿。栽法是一样的，只是不用多浇水。在雨中栽麦茬，更容易成活。

春薯生长期长，块儿大，“汗毛眼儿”（芽眼）少，用它育种不划算，浪费口粮。麦茬白薯形状细长，每块分量不大，但占数量。它的汗毛眼儿多，最适宜繁殖了。

八月，农田管理一天天松了。“挂锄”，为农事稀松了的迹象。

落于薯田的事项，依然是翻白薯秧。

薯秧自生能力很强。一棵白薯，会生出几根薯藤，长起来丝毫不知节制，简直是瞎长！翻过一次，乘人不备，又由它性儿来了，乱爬。并且呢，它爬下垄，沾上垄沟，就长须根，结“白薯须子”（小白薯）。一根薯藤，它扎几处根，耗去不少养分。这样长法哪行呀，还怎么结大块白薯呀？翻它的目的，主要使养料集中给大本营。另者，也为刨白薯顺利做准备。

两次、三次翻秧，每回调整方向，是右的甩左边，是左的甩右边，跟游乡篾匠打竹帘，甩纺锤似的。

天气常发生变化。伏中，雨不知啥时来，刚还响晴的天儿，“轰隆隆”几个雷，西北方上空乌云卷过来，骤降暴雨。翻秧子人猝不及防，个个落汤鸡似的。不能继续干活了，一脚水一脚泥返回，一路听见胶鞋里“咕叽咕叽”的水音。

伏雨不可怕，人不会着凉。挺好玩的，老天爷调皮：这一地界是雨，那一地界阳光；坎上坎下，气象两样。

雨水连天季节，农田不宜踩踏。踩了地，深陷的脚窝干了，硬邦邦，瓷实得像一块石头。

农民自生下来就不懒。进不了地了，安排别的活儿——山上割青蒿。割回青蒿，铡碎了，沤肥。此时，那在春天占用了打谷场的薯炕，成了多余之物，拆了它，捣碎，培在绿肥上。

再过一个月，就要种麦了。

九月，薯田不用人惦记了。

早晚进入薯田的，多为小孩和妇女。去干啥呢？“索（土话：割的意思）白薯叶”。喂猪、喂兔、人吃。做汤，薯叶口感滑溜，带一点黏，极香！

天一转凉，薯块开始“膨大”了。

垄上靠近薯根，常见裂口子，是薯块撑开的。有细心的农民，路过薯田，蹲下身抠开裂口，看一看“门薯”。你不用奔他跟前，看一眼这人是乐着，还是摇头，就明白大概了。

十月，谷子割了，豆子摘了，芝麻杀了，玉米砍了……平地和坡岗上的绿帐子全跑了，土地一片空荡荡。

白薯的庄稼伙伴不见了，并不孤单，还有昆虫就伴儿。蚂蚁穿针引线似的盘食；蚂蚱尖、蚂蚱墩在它脊背上交配、产卵；顶心里无数的是那通身绿色、带黑纹儿的大芝麻虫，逞着一根独角，慢吞吞像一条蚕，又像一头河马，对游逛场儿将失，视而不见……不管它们，咱的薯块突飞猛进地长。

昼夜温差大，对薯块增重有利。若不为腾地种小麦，谁都舍不得早刨白薯。

毕竟农时管着，寒露节刨白薯。初霜对土里薯块无影响，只伤薯叶。霜打了的薯叶变黑，变蔫，如干枯的荷，人不能再吃，只能喂猪。低洼地，难逃霜打。

收获白薯，分几个程序：割秧、刨、运输和贮藏。

第一步骤割秧。使用工具各有所长。钉镰，挨地皮近，然容易伤刃；裤镰结实，但清爽不及钉镰。割薯秧讲技巧，镰刀刃不能平拉，刀刃朝上倾斜。平拉，人弯腰动作大，显累；倾斜，姿势就直立一些。割薯秧靠手腕的巧劲儿，一手将薯秧扽直，一手挥镰照其根部斜刺一抹，薯秧忽悠儿一下，就下来了。

刨白薯工具也有两种：板镐和三齿镐。同样各有所长。用板镐费力,镐伤少。标准动作,一棵白薯下三次镐。左侧右侧掏过了，露出薯块，第三镐横着兜底，用镐面把整坨儿薯块撬出来。三齿镐只横着一下，便撬出整坨儿。三齿镐不可多抡，多了，薯块个个串眼儿。

公社化时期，白薯具多个品种：大白羊、猴儿蹲、花叶儿、农大红。特性却也不一：大白羊结薯大，量少，每棵三两块。皮和瓤白色，生吃特“艮”，熟了带沙又甜，然而有“柴”。它喜欢肥田，粪越大，就越显能耐。不佳处，须子多，出“贼薯”（即越界结薯）。猴儿蹲，皮红肉细，结薯多，薯块均匀。它“抱拐子”，不易丢薯。花叶儿，叶子与圆形大薯叶不同，叶片小，叶头尖，边缘有齿，叶心有窟窿眼儿。它结薯齐整，并且能将就地，适应性强。薯瓤不柴。农大红，为北京农科所早期推广的实验品种，红皮白瓤，产量不低。它的藤也粗短，翻秧省力。因为固有的优势，多少年来大白羊和花叶白薯，不遭淘汰。

白薯刨了多日，瞒不了人。手心上沾了薯黏子，再沾上土，全变了结结实实的黑嘎巴儿。黑指甲，黑掌心，十天半月去不掉。

所有薯种，皆先由“发汗”，经了糖化过程，才好吃。蒸一锅白薯，孩儿们最期盼的是锅底的薯黏子，称那为“糖稀”。蘸一指头，一嘬，甜透了心。

农民对白薯情意重，北京郊区称它“大挡饿”。虽然吃多了吐酸水，但无它，咋活呀！刨时小心。

刚刨出的春栽白薯，先在地里归堆。苫上薯秧，搁三天五天无妨，以后陆续运回。

麦茬白薯则不同，它娇气。在刨春薯前先刨它。刨的时候轻拿轻放，不得创皮，还必须当天运回、当天入窖。

收贮白薯讲究很多。第一步清理窖底。先使炉灰燥湿，做了清除，再窖壁、窖底撒一遍石灰。入窖需两三个人，有人装篮，有人向下系绳子，有人在窖里码。码放高度，大约齐胸。码平整一溜，叫“一批儿”，一批儿一批儿退着来，直延至离井口近地儿。

井上装篮的人，心要仔细，注意看有无镐伤，见镐伤拣出来。有时会干得很晚，井上拉临时灯照明，井里头放一盏马灯。

白薯平安入了窖，人都松了一口气。大半年的希望搁在了井里。

井盖却不能盖，要敞很长时间。白薯在井里要呼吸，要出汗。盖上了就容易受热，长黑疔，出现软腐病。

十一月，开始有闲工夫，真好！

阖家极少闹气，男女老少笑么悠悠。

操持的活儿，大小能干，切薯片儿。

白薯丰收，或处置镐伤白薯，另一种收藏方式就是晾白薯干。

老小坐一块儿，孩子们看奶奶、妈妈慈祥，看爷爷、父亲和蔼可亲，就愿意帮忙。

一堆白薯，需切片多日。一天没切完，没关系，可切好了的，要赶紧晾到房上去。家家房上都晾着白薯干。

薯干最怕雨淀。淀了雨，白白的薯干就上“黑蘑菇了”。卖，不值钱；吃，不得吃。

判断薯干儿干透没，一掰“嘎巴”出声响便是透了。入敞囤，保持通风。

另一件事，农妇乐为，是将鲜薯块擦成丝，瓦（瓦读 wà 音）“团粉”（淀粉）。后续做白薯粉条。白薯粉条的筋道，人所共知，节期炖一锅猪肉粉条，就是过年。

收储的薯干儿呢，可以拿来和平原区农民换白菜，换大米。

别忘了爷爷呀。薯干酒暴烈，却便宜，八毛钱一斤的薯干酒，

瓮桥下过往一辈辈长出息的儿男

要给爷爷换几斤。

十二月，享清闲。

月初几天，地若不冻，还可以耕一点白薯地。

这项活儿，挺招孩子们的。小孩跟着犁杖跑，捡余薯。挎小篮子追呀，乐呀，欢乐声赶走了啄食吃的喜鹊，洒在了乡土地。

吃一块着了冻的白薯，滋出来的水儿真甜！

井窖由爷爷盖严实了。

一冬里，爷爷是整窖白薯最忠诚的卫士。

（注：汪曾祺先生作《葡萄月令》，吾视为神品，仿贤人笔致，铭记林田。）

麦子照射下的天地人寰

一次在火车站旁边玩耍，我村一个在装卸队卖力气的翟姓人，称呼他四爷爷，递给了我一个馒头。白面馒头上落着黑指头印儿。当时惊喜万分，吃得缓慢。这份恩情我牢记在心……

五十几年前，我还是个娃子。

念念不忘，一如相声大师侯宝林晚年叮嘱他儿女，寻找旧时代的一位老邻，住北京西四白塔胡同里的救命恩人。当年那人在他家过年无着落时，送去了一袋白面……

两则事由促使我想给麦子写一篇文字。

一

过冬小麦浇了冻水，停止生长了。麦地干硬干硬，闪着冰花。

此际，麦子田不怕踩，不怕轧。“戏台底下长好麦”，农民口头禅。请戏班子搭台唱戏，度正月，农村风景之一。

牲口也可放入田里。摘去缰绳，任由光屁股骡马、驴驹啃麦苗。土地上冻，牲口厚嘴唇叼不出根。过了一宿，天儿快亮了，牲口个个肚子吃得滚瓜溜圆，各家这才带着缰绳找牲口。

无绿色营养补充的时候，牲口啃了麦子苗，体壮；牲口长精神。

雪是农人所愿。大雪下封了门才好。麦田盖了厚厚的棉被。屋里人烤着火，倚着炕被，“瑞雪兆丰年”的喜悦，徜徉在面容和语声上。

基干民兵发挥着作用。他们干啥？顶着大早儿挨家挨户地敛尿盆儿。雪街传来“嘎吱、嘎吱”的脚步声，传来挨串儿门轴响。一盆盆黄液汇合满桶。或俩人抬,或一人挑,大家相随着泼入麦地。棉帽耳子抖动“呼帘儿、呼帘儿”，花头巾飘展，雪田随即有了青春的亮波，颜色的鲜艳。

生产队长看准了青年人朝气。春节前的几天，也不让得闲，分配往地里运粪。小推车装得厩肥“岗尖儿”，你方装罢我来推，一字队伍雁阵似的，奔跑着去往麦地。进麦田，拉开档距，卸成堆——返青后，要给小麦追一遍撒青肥。

二

又一季红杏深花、菖蒲浅芽；

又一年春风送暖、春水潺潺；

麦苗返青。

返青以后的麦苗，远看像无边无际的绿毯，近看像笑盈盈、拨弄人儿的婴儿脸。

细心瞧，欢喜看，苗不缺，垄不断。节气关联，赶紧浇返青水。清清渠水带着心愿，没有遮拦地流入一畦畦麦田。

白日浇，风迷眼；夜里浇，人受寒。

撒入地的厩肥，碎秸秆儿未烂。捡来吧，燃一堆篝火，驱一

改用喷灌，农民浇麦不受寒了

驱寒。

旷野，火苗闪闪。指望胜过篝火红，指望胜过胸前暖。青苗应不负苦田人；甭去问，老老少少有盘算。

三

麦浇三遍水，回回是关键。

头遍水助返青，二遍水助拔节，三遍水助灌浆。在裉节儿，每遍都决定麦子命运。

返青水浇过，一个多月，春的景象越来越深刻，麦田越来越显出人气。没了人的小腿儿，麦子高啦！还用说嘛，哪块麦田都见得着改了畦口、手拄锨柄的人儿。

闲在家的妇人、孩子，背着筐，提着篮，赶来凑热闹，挖野菜。麦田里野菜，有亚葫芦苗、刺儿溜、白花菜、麦蒿。它们与麦子同期生长。亚葫芦苗和刺儿溜，挖来喂猪。亚葫芦苗在春起耕地时，晾出的像粉条一样白色的根，孩子们会捡回来煮熟吃，味儿甜，都叫它“甜根”。白花菜，春暖遇水，趴在地上的绿色散叶，渐渐转绿，挖回来，洗净，烫熟，碧绿鲜活，吃馅儿、做汤，口感好。若熬了大油，把煸出的油渣儿兑上拌馅儿，做饺子、包子、大馅儿团子，会使人馋得口水直流。麦蒿嘛，麦垄里最多，长得和麦子一般高。必须得拔。除了扔地边沤粪，还是上好野菜。梗儿粗，叶儿多，鲜嫩。回家择出来，烫好，泡两天，做馅儿蒸包子、煮饺子，口感特别“肉头”。这也是下地归来的农人的一种享受吧。

拔节水咋重要，你就听一听农谚：

三月有水兄弟麦，
四月有水子孙麦。

做何解？农历三月逢小麦拔节期，犹如民间常议论的“男长十八，女长二十”，麦子长身量的时候，最需要水分，一尺秀穗三尺高，全赖于此。此时有降雨，当然好，无降雨，就得浇。雨水或浇水适时，整块地小麦长得像一家兄弟似的，齐头齐脑。若错过机会，到农历四月方得雨或者补浇，旱况会造成小麦参差不齐，像隔着辈分似的，有爷爷，有儿子，有孙子。哪还能保持住产量？“豆打长秸麦打齐”，理儿都懂。

四

单单麦田管理，比较简单。小麦在播种和打轧时候繁琐，但在生长期并不像玉米、白薯、棉花等管理步骤琐碎，没结没完，还累。对它生长期策应，主要为掌控水肥。

肥的事儿，多一半撂在了去年，余下的，就是如何控水。

怎么样操作，只看几条谚语：

谚者一：高低不过寸，寸水不露泥。

这是说，在平整麦田灌溉，既要保证注水量充足，又不“海量”；拿捏分寸，浇了的地见不着干土。

谚者二：麦在火里秀，还得水来救。

解释是小麦抽穗扬花期，正为天气干燥、湿度小的晴热时节，麦田像火炉儿一样，需要水分多，不能缺水。

谚者三：马耳朵促，猪耳朵控，驴耳朵苗情正适中。

这个谚语传授管理小麦知识，也可看作历代农人的心得体会。当麦苗叶似马耳朵，小而直立时，及时浇水，促其生长发育；麦叶若像猪耳朵，宽大而下垂时，则立即截断水肥，不使其营养过剩；

麦叶仿佛驴耳朵，较宽大而直立，尖梢儿亦略弯时，表示肥水适中，小麦发育良好，不用再多经手。各种情形的直观性、形象性，农民给讲活了，耸立着农田文化。

再补充一条，你不仅要惊讶，更以为农人是“神”了。谚语道：欲知五谷，但视五木。听这话你是不是如堕五里雾中？风马牛不相及呀！予以解释，“五谷”，泛指稻、黍、稷、麦、豆等粮食作物；“五木”，泛指桑、榆、槐、柳、檀等多见树种。五木关五谷何事？即在于观察春天树木的花叶是繁是疏，长势是否壮，可预测当年庄稼丰歉。万物同为一体，由此即能够反映彼，农民把深奥哲学在实践中融通，多有应验。莫谓山中无诸葛，真够格的农民，你不要在他面前掉书袋。

慧命沿袭，种庄稼人孕育的灵感，也使他们免不了提前心里打鼓，提前涨起心潮。风调雨顺，风调雨顺，一番念想揳入了农民魂儿，就不知怎样出现在梦幻里。

五

你信吗？麦田有麦田规则，麦田有麦田真趣。

——浇拔节水和灌浆水时候，真趣得以显现。

浇麦子，常常搞夜战。必备“行头”，包括铁锨、雨鞋、雨布、马灯、手电筒。当然了，男人还要塞足卷烟的纸条儿和旱烟。

浇地者，一字青年军。前半夜，精神足，大呼小叫，夜间青翠麦田特别能勾引青年人的情感。白日里不爱说的，不爱笑的，此时好像脱离了思想束缚，说话变得声音大，笑声传得远。喜好唱歌的，喜好吹口哨儿的，趁着夜晚显能。有个矬个儿女青年，模样一般，还一脸“青春痘”，可嗓音好，唱起才旦卓玛《北京的金山上》《翻身农奴把歌唱》，那清亮嗓音冲破夜空，让听的人心里发颤。有个做过小学老师后被遣返回乡，沦为“贱民”的美貌男子，他把《赞歌》《乌苏里船歌》《打起手鼓唱起歌》《草原上升起不落的太阳》和《敖包相会》给大家唱得心爽无比。尤其效仿胡松华的几首带“嘟噜儿”长调，简直毕同、毕像。受唱歌好的鼓舞，唱得差劲的抵不住人蛊惑，就吼《革命人永远是年轻》《毛主席的战士最听党的话》……

在精气神儿足的时候，青年是快乐的，提着马灯麦田里串，装四节、六节电池的“白象牌”手电筒的光柱时而扫向夜空。

“豆打长秸麦打齐”，豁亮麦穗兆丰年

至后半夜，精神萎了，如同江水退潮无声。巡查水畦，就有的眼犯迷瞪，说不准蹚了水，陷进“地排子”沟。

“地排子”，过去农田常见它破坏的痕迹，真容却不多见。属于啮齿目，体型比老鼠大，形状像旱獭，而又比旱獭小许多。体毛润滑。潜行地下，地表松动的土块暴露它行走的路线。一大趟松土泡软了，容易陷脚。浇地人赶巧蹚上了，懊悔不迭，从半尺多深的泥水里找鞋子。现在，这种小动物见不着了。

一般来说，麦地畦很长。畦长两三里都是有的。困乏了，青年只想睡觉。怎么个安排呢？同时打开几个畦口。畦本来就长，再使渠水分流,更耗时间,更得睡。把马灯罩子外边的钮拧紧一些，让灯苗缩小，放身边。铺上雨布，就在干松麦垄里睡了。

睡麦垄，是仨俩找伴儿，男女青年挨着。贴身近，却谁跟谁也无歪心邪念。那种单纯，十分叫人怀恋。

天儿亮了，早醒来的推醒身边的，敛巴敛巴回家。欲返，又来了神，有个趣味不能放弃，逮畦里、渠里的小鱼儿。

水引自村边大河，天然生小鱼随水而来。有红鳞的，白鳞的，不算大，一指来长。畦里水渗了，小鱼翻了白子，这叫“拿干鱼儿”。渠里的，游着，可水泵停了，渠水浅了，追着追着就逮住了。拔下一根麦蒿穿着，或用草帽壳端着，乐乐呵呵回家。

六

肥正月，瘦二月，半死不活三、四月。

语境所道，为往昔北方“糠菜半年粮”农家生活的窘迫。

好容易临近麦秋，有指望了，可这段日子最难熬。

五黄六月，麦子似熟未熟，惹人心焦。浩然长篇小说《艳阳天》故事发生在麦秋。书中说萧长春死了媳妇，二茬子光棍最难熬，他说的这一情形，符合实际，让农民佩服。庄稼人在将要进入麦秋而未进入麦秋之际，焦躁心情与此差不多。

就有揭不开锅的农民，没法子，等不及麦子熟，割回一筐麦穗子，揉吧揉吧，连皮带滚儿下了锅，煮粥吃。

不煮整麦粒儿也不行。青麦粒上碾子，轧不出面，全成饼儿、坨儿了，铲不下来。

七

好麦不见叶儿，好谷不见穗儿。

说的啥？麦子长势整齐了，麦穗挺拔，看不见穗以下的麦叶，说明长得好。谷穗饱满粗壮，沉甸甸向下弯垂，就遮掩在谷叶下，上边也见不着谷穗了。

品相好的麦子，青葱之时，上边放根针都掉不下去。这情景出现在农民脱离了传统播种方法，小麦实现了科学密植以后。

八

阴历四月廿八，药王庙庙会。高岗少水的坡地麦子开始熟了，早熟“骚子黄”杏儿也黄脊了。以后便到了忙死人的日子。

一年里的麦收，是庄户人家数一数二的大事。

常言道：小满满满，麦粒已满；立夏三天见麦芒，芒种三天见麦茬。进入芒种节，马上就要开镰了。

一家人像筹办过年一样，从心眼儿里兴奋起来，各式各样准备着。主妇盘算着割麦子时的吃喝，预备出来送饭的篮子、送水的罐子，从游乡的山背子那儿买了山茶。小孩子跟在大人屁股后头，转来转去。当家男人要做的，是预备镰刀。挑选出了几把，摆放好磨刀石，擗好水盆，遂像做功课似的，一下一下磨起来。待用劲儿越来越小，就将要磨好。拿起来对着刀刃端量，见了白刃肯定不行，又磨几下。这番用劲儿轻，小心，怕卷刃。卷了刃，麻烦。接着，用大拇指往刀刃上刮一下，若感觉麻酥酥，就认为行了。若感觉滑滑的，还得磨。几把镰刀全磨好了，他站起身，直直腰，长长出一口气。气息匀了，逐个试验镰刀，用刀刃轻轻地拉头上的树叶、墙角的草叶，刀刃像沾上边似的，掉下来半片叶子，锋利无比。

转天，天儿刚蒙蒙亮，男人到自家麦田，望着一片黄里还隐约有一些绿意的麦垄，揣摸近几日天气，定夺开镰的日子。麦垄间走了一遭，心里有了底，选了一个中等麦穗揪下来，端详成色，看长短，看是“沟三”“沟四”还是“沟五”。若是水肥不足，夹不了“楔子”。辨别清了，合掌揉了这个麦穗，吹跑了“麦鱼儿”，干净的麦粒就像小香猪似的卧在掌心。将麦粒数了一遍，嚼了几个，思考开镰火候还差多少。咂摸着麦香，也估算出了今年的收成：若不遇连阴雨，麦穗不长“小刺猬”，应当还是不错的，每亩怎么着也得打一石麦子。

出了自家地，必然要到邻居街坊家的地转一下，看谁家麦子一领席儿似的整齐壮实，秸秆不高，麦穗大，比较起来拔头，好提前跟人打招呼，换明年的麦种。以麦子换麦种，为乡下习俗。麦种好，麦子才好，换麦种求心里踏实。去换的那一家对此也高兴，他帮了人家的忙，得到信任，很熨帖，两家关系就因此近乎了不少。从始至终听不到一声“谢谢”，农民实在。

完成了看麦子的事，男人心里还装着自己的老儿子。心上的肉儿，去哪儿都惦记。他从畦头拔了两棵碧绿粗壮的麦子，带回家。这时辰，母子已起炕，媳妇在院里择菜，小葱、小萝卜、豆角、黄瓜，摆了几样儿。娃娃问爹带回两棵麦子干啥，爹告诉，我要和你来个麦秆琴、小猪尾巴合奏。爷俩开始动手，先做麦秆琴。把麦秆儿从整棵中抽出来，剥掉绿叶子，拿来一根线，绾个扣儿，把线扣放在麦秆口处，手指摁住，线头儿往下一拉，做好了放一边。下一项让娃子挑选一棵叶子细长的葱，掐下叶，去火上烤，烤软了掐下尖，对娃娃说：小猪尾巴做好了，你挑一样，合奏吧。娃子选了小猪尾巴，衔在嘴上吹，葱叶“噗啦，噗啦”，真像甩动小猪尾巴，“嗞嗞”地响了。吹出的麦秆声和葱叶声，都在高音部，父子合奏，小院充满着欢乐。爹和娃脸上泛着幸福笑容。

九

庄稼人，任何时不会延误耍笑。割麦大战在即，事项滚滚，心里也一样放松。乡亲小叔子和乡亲嫂子碰了面，断不了胡扯六语。进了别人家，故意把放窗台的镰刀试了试，打马虎眼，像只对镰刀不对人漫不经心问：昨夜里我大哥没与你纠缠吧？女人听了一怔，绷脸回应：他呀，那心早搁在了麦子地。

待醒过了神，嗔怨由笑而逢，笤帚疙瘩将这位兄弟轰赶出了房院……

麦收青梢，不收花腰。

农业地一句行话。

告诉人，当麦田荡起金色波涛，麦穗顶部颖壳还微绿，麦粒已经变硬的蜡熟期，称“青梢”，可以割。至麦穗出现了炸芒、爆粒，则完全成熟。待熟透再割，一是割不过来，二是容易“掉脑袋儿”。

麦熟一晌，龙口夺粮，也是行话。

老人告诉你，上午还没完全成熟的麦子，经了一个中午暴晒，就能成熟。别耽搁。收割期间多为阴雨季节，遇上天气不济，不

这都是让你吃上白面的老用具

只影响收割、打场、晾晒，还会造成麦子在秸秆上就霉烂、发芽。麦穗像“刺猬”，而减少收成。以“龙口夺粮”形容与天气比速度，说明了任务紧迫。

六月天，小孩脸，说变就变，时刻让人揪心。电台天气预报按时收听，半夜里还要隔窗向天空瞭瞭，一片浮云牵心，一阵风能刮得睡意全消。遇上暴雨冰雹，麦子“伏窝”，全趴下了。敛不得敛，割不得割，黄乎乎一片，看着心窄。“麦倒一把草，谷倒一把糠”，盼了一季的麦子，落此下场，农民均会止不住“哇哇”哭！

我跟你说，在收割所有庄稼当中，割麦子应该算作体力与技巧结合最紧的农业活。

既是体力活，也需要技巧。麦子茬不能留得太高，“唰唰”每一镰，既要透彻有力，也要有节奏，步幅合适。手、眼、身、法、步五处齐关，步骤协调。挥镰步幅之舒展，仿若拳术中的“白鹤亮翅”，具有京剧艺术中的程式之美。

一个庄稼人受人敬佩，活茬上除了提耧、撒种、扬场，便是割麦。

割麦子，突出的性质，贯串着“巧妙”。如何运用技巧，如何“上打镰”“下打镰”，会说一大篇，此处不多叙。只说一说“打挽手”和“打腰儿”。这两项为割麦子要领，最关系着割麦进度。

大田里割麦子，不是随手割，随手撂，一般两把麦子够半个麦头，很长工夫在另一手的手腕上挎。割一把，攥不过来，从中抽几根，绕一下，呈半圆形，缠在虎口上。接着再割，再缠，手腕就像拖着一口猪，半个麦头也够了。这才放下，这过程就叫“打挽手”。之所以不一把就撂，是为了节省更多时间割麦子。

捆麦子草绳叫“腰儿”，方法两种，“拧腰儿”和“抓腰儿”。

“拧腰儿”，也叫“老娘们儿腰儿”“抄手腰儿”，拧得快而且实用。从挽手中抽出两绺，麦穗与麦穗和着拧，绞成一个扣，撂地下劈开，跟着脚踩一下，中部伏实了就成了捆麦子的“腰儿”。手腕上挎的挽手就放在“腰儿”上边。“抓腰儿”，是利用长着的麦子做“腰儿”，那边抓住一把，在手心里时就用手指隔开，也是将两绺拧成扣，拧好了再用镰刀割下来，劈开成为“腰儿”。

割麦子，论“档儿”，俩人为一档儿。一前一后，前边人负责打腰儿，后边人负责捆，叫“帮腰儿”。这其中，俩人要是和气，互相照应，比翼齐飞。若是心存别扭，前边的就给出难题。他打挽手，左一回，右一回，就是不撂下，撂下了已然一个麦头。后边帮腰儿的，往上续，腰儿不够长，若再接一扣儿，续上自己割的部分，就捆成了“老牛腰”；若不接，就得重新打腰儿。还得把前面撂下的给捆上。一回两回，就把帮腰儿的甩下很远。若还“使坏”，采用“抓腰儿”。腰儿本来都要割下来，他偏不，剩下半边，和地连着。帮腰儿的捆麦子，就得多下一回镰刀。这损人招数，叫“鬼扯腿儿”。

干活好的不爱干这种事。上打腰儿，下帮腰儿，打腰儿的手法要快，能割出去；铺下的腰儿，不能一拉就折，或一打就散。这样地里很利落。心地纯良的庄稼人，前边顾及后边，够了半个麦头就撂下。后边的若也是个好手，不十分盯紧，留个空当儿，让前边心里放松。俩人情投意合，前边先割到地头，会回身接几把；后边也许侧下身，把前边人的麦垄，替他割，保证他带领前行。

一举一动，几镰刀，都见人情。

十

现在，电视上有“麦客”一词，是说这种人去外乡帮助割麦子。

北京人不说“麦客”，但也找帮收的人。过去，地主家长工不够用，就去“人市”上雇工。找来的人，这里叫“领作儿”。能担当“领作儿”，必是割麦子高手。一般身材细高，四十岁上下，穿戴利索。

地主终究比卖死力气者聪明。雇用高手，就为了拉动割麦子效率。给他单吃、单住，并单给钱。对平日里的长工，割麦期间，宁肯自己减省，也舍得吃喝，小米干饭、豆面鱼儿汤，管够。

农家储物间，哪样儿不让你回味

有这么一个领作儿，让地主收买了，死心塌地为地主卖力气。他手艺确实高，入地就像一个猛子扎下河，看不见抬头、直腰。一会儿，麦地像撒了羊粪蛋似的，落下一溜儿。最远的落后半截地。到地头，摘下草帽扇汗，呵呵乐。歇过了，缓了劲，又掉头往回折，能跟半途的碰面。

说起来就感觉心酸：有那从“人市”上雇来的短工，本来肚子没食，就等混一顿晌午饭，可跟不上趟儿，这饭咋吃呀？实在是饿了，实在是乏了，只好忍气吞声放弃。地主省了饭，省了钱，还白使唤了人。

出现这种变故，长工打抱不平。打醋的找提瓶儿的要钱，肯定不放过这个“麦奸”。

从铺上起床，长工们互相使了眼色，有两个不差劲的人，跟在领作儿旁边，追着他割。其中一人多用力，腾下另个人追击。用“二打一”的方式，双人拦网，终于让他感受到压力。这一回，领作儿再也甩不掉后边人了。后边人还故意折磨他，既不快，也不慢，像猫逮住老鼠，不一下弄死似的。只跟在他脚后边；再稍用一点力，就削了他的脚。

这个来的人原本就招人恨。忒艺高人胆大，他镰刀头上拴一个铃铛，像是“镖号”，割麦子时，“哗啦、哗啦”响。腰上掖的蓝布汗巾，如了“镖旗”摆设，飘飘摆摆，也不用。这不明摆着欺负人嘛！他五官上美中不足，是一只眼。这是乡亲们向我传授故事，做的交代。

技艺再高，甩不下人，也心慌。尤其跟随者，一边“呸呸”啐唾沫，往手上“膏油”，一边唱高调：别看你是一只眼，今儿我让你双失目！彻底击垮了他的精神防线，最终向长工们告饶。

还有惩办“麦奸”的办法，是给他碗里下“巴豆”。巴豆是泻药，吃了死不了人，但起作用。这让长工窝火的人，入地就蹿稀，半晌手不离裤腰带。

你说这样的故事好玩不?

十一

割麦子，乃一项累活。怎么累？民谚佐证：脱一天坯，拉一宿稀，拔一天（割一天）麦子……四句话儿，后边一句不好听，别说了。

麦子,既然在阴天割不了,那日子必定是响晴天气。六月中旬，那得有多热呀！

割麦子，就得弯腰——弯半天，弯一天，弯几天，一连多日，腰疼得不成样子。

麦芒儿扎胳膊，扎胸脯，每天上面都是红斑，密密的红点儿。

从听鸏鸡儿叫唤“吃水儿,打水儿”起身,年轻人边揉眵目糊，边走，迷迷瞪瞪进地，到晌午，都是一个姿势。“唰唰唰”，割麦声响成一片，身后的麦捆儿连成串。

过了十点，太阳开始毒。麦田里白光刺眼，两个时辰后，镰刀也钝了，麦地尽是放炮仗般的“叭、叭”响。烈日暴晒之下，身上衣服湿了又干，干了又湿。天黑透了才能收工，回到家里头晕眼花，浑身像散了架儿。一个麦季下来，往往脱几层皮。

口渴厉害！有那“井拔凉水”，一个人能喝下去半筲。喝了这么多，也不会去小便，水分全从汗水中排泄了。

半桩小子撑不住了，见那麦田里的蜻蜓、燕子，飞得轻松自在，便喊“渴”、喊“腰疼”。五六十岁的人会调教他：你哪有腰哇？人到八十才长腰纽儿！说着，一指刚从麦垄中捡的，放草帽壳里的几个“黄老闷儿”蛋，笑道：将这鸟蛋喝了，你小子“中间儿”就舒坦了。

哈哈哈，半桩小子不嚷腰疼了。

十二

割了麦子，大家怎样用禾叉装车，车把式怎样登车码放、上绞棍绞，马车怎样进场，怎样脱粒、扬场、晾晒，怎样分粮，都是和麦子有关的琐碎事务。不写了。留待以后单独写一篇打麦场。

记忆清楚，端午节能吃上新麦子。

能得到这口粮食，老少欢悦。

大人领着孩子推碾子。大人嘴角挂笑纹，孩子听话，肯卖力。

头通白面进了家，那才是欢！包饺子、蒸馒头、擀面条儿、烙饼，就小葱、萝卜蘸大酱，啃黄瓜，自己给自己改善生活。那几天，见了的人，一个个面容光亮。

我要跟你说，这样的饭食，连续吃不上几顿。即便是产麦区，各村也不是撑足了给社员分麦子。大部分麦子去了国库，交了“公粮”。

我就还记得，半山区的我们这块儿，分麦子更少。除了春节，除了来客，除了家里人闹病，存在小柜里的那一点白面，不舍得

寒凝大地的时候，享受一年劳动的甘甜

动。白面为“细粮”，城市居民凭购粮本供应，也是玉米面搭配，有定量。流行的粮票，粗粮票买不了馒头。庄户人家吃白面，更为遭难：去别人家借面，端一个小瓢儿；向集体借，得有生产队长“批条儿”，一回只限几斤。

小的时候，我的“心愿”，就盼得病。有了头疼脑热，奶奶给我做一小把儿锅“片儿汤”，我吃得好，吃得馋，恨不得把锅底儿几个油花，也舔了去。

爷爷不在了，奶奶不在了，他们待我那么好，可最终连个相片也没留下。我想他们，有时走在大街上也想，当着行人，我的泪水就流下了。

十三

我是新中国成立以后出生，排序，我应是新中国的第一代孙。

农村困苦，农民心酸，我是经历过的。

了解农村社会，和莫言差不多。莫言于2015年5月作为中国作家代表团成员随李克强总理访问哥伦比亚，他做了一篇《幻想与现实》讲演，说到在村里干活时的一桩往事，曾跟一位老伯讲今后割麦子、掰玉米、摘棉花，这些沉重的农活，都可以用机器代替。老伯讽刺他：将来还会有一种机器，一按电钮，包子、饺子、鸡鸭鱼肉都会热气腾腾地冒出来，你等着吃就行了。多年以后，老伯遇见他钦佩地说：大侄子，你了不起呀，你能预知未来！再让莫言预测三十年后会是什么样子，莫言说：休说三十年后，连三年后的事我都不知道。幻想依托现实，几年前我在家乡也听到新鲜话，比当年莫言村庄老伯的戏谑之言还超前：以后哇，北京饭店、长城饭店给郊区全通上管道，想吃什么，一摁遥控器，好吃食就来，就跟宇航员仰脖儿吃航天食似的，直入肠胃，连床都不下……这个愿望不知能实现否？

当今农村社会变迁，难以预料，梦幻成真竟是如此之速！

十四

麦子，是中国南方和北方共同重要的粮食作物，是共同重要的粮食。世说无论百谷、五谷，都含麦。繁体字“麥（麦）”与“來（来）”通，《说文解字》解释为不期而“来”的瑞物。麦比粟（小米）好吃，对它心念尤重，新中国成立半个多世纪，麦子都作为国之大计来考量。

有一帧照片，意义深远：开国领袖毛泽东戴着一顶草帽，笑眯眯出现在中原麦田。

我们这里是首都，当年苏联专家和苏联青年访问团，也来京郊参观小麦。

麦收时节，各行各业支援农业。机关、厂矿、师生、解放军打着红旗造声势，支援麦收。小学生放麦假，提着篮子捡麦穗。

农业科学家、农村干部，费尽脑筋，盼望小麦增产。

时代所限，却也曾走过弯路。

手头有一份资料，取自地方农业志，记载了小麦“高产卫星田”的笑话：

1958年秋播时，周口店区委书记、良乡人民公社书记、坨里管理区（工作站）党支部书记和坨里生产大队党支部书记，共同在坨里生产大队 2.7 亩农田进行冬小麦亩产五十万公斤的“高产卫星田”试验。在 2.7 亩农田上施入粗肥一百万公斤（相当于两百亩麦田的用肥量），然后深翻约 1.7 米，把新翻的土在农田上堆成三个梯形大土堆，在土堆的顶面和四个侧面播种冬小麦，共用麦种一千五百多公斤（相当于两百亩地用种量）。在各土堆上搭高架，把水提到高架上喷灌浇水。由于播种密、肥重，造成冬小麦旺长，大部分倒伏，翌年麦收只收获小麦五十多公斤。

这么鼓捣，当初在试验田里就有人表示不信。这个人是另个村的支部书记，对此鄙夷，嘲笑：回家赶紧把白薯井填了，井盖大的地儿种麦子，我们全家吃不过来……

笑谈过去多少年了，仍能够记得此事的人，现在寥寥无几。发生那天方夜谭的故事，追责何人？怨科学家糊涂、怨干部抢风头、怨记者盲目鼓吹？

那一时段过去了。现在麦田情形，机器耕作，机器收割。一会儿工夫，一片麦子就收得干干净净。几千亩小麦，两三天收完。花钱不多，机主就手把麦子送到农户家里。种麦，收麦，国家还有政策补贴。实现了良种化、科学化，一亩小麦单产，平平常常八百斤，多的一亩达到千斤。下半年再收玉米，两茬总产能至一吨。现在就算最贫困的地儿，往饱了吃白面已不成问题。住了楼房，买了汽车，乡下人过上了城市人生活。推算起来，将来比城市人过得还会更好，根本理由就在乡村的空气保持新鲜，脚下有开阔光明的土地。

吃不厌，自家蔬果滋味鲜

怀念中的黍子

农谚说：处暑找黍，白露割谷。

进入秋季第二个节令——处暑，黍子成熟了。

在广大华北和西北，黍子是大秋作物中成熟最早的庄稼。

说起来，与北方风习接近。《诗经·魏风·硕鼠》篇唱道："硕鼠硕鼠，无食我黍。"黍米起兴，位于"无食我麦""无食我苗"，循环往复之句首。由此可以证实，起码自周朝，就已经大面积种植，与麦和稻并列为主要粮种。先民对它感情似乎还重，不然，表达背井离乡痛苦，怎会有"黍离之悲"一词呢？

仓中物，包拯诗"仓充鼠雀喜，草尽狐兔愁"，黍子也勾连着我的身世。

长在田地，它是庄稼；收获了，它是粮食。

碾去了黍壳，圆滚滚的黍粒爱蹦爱跳，金黄耀眼。整米煮粥，比小米粥黏润。磨了面粉，蒸年糕，性质仍黏得厉害，超过南方糯米。它做的各种食品，不易消化，耐饥。根本不用多想，毛泽东当年在延安窑洞领导全民抗战，他这一南方人肯定没少吃了陕北老乡的黍米。

我也是种过庄稼的，早年体会，黍子另外特性，耐干旱且不算，再生能力特别顽强。玉米、谷子、麦子、稻子，割完就算完了，

这儿除了长短锄，最招眼的便是黍杪笤帚

别指望秸秆、根茬重新长芽。黍子不是这样，去了黍头，日后还能从茎上生出新芽！二茬新芽持续期,至土地上冻。颇有“头如韭，割复生”的气概。在光了的，黄叶飘零旷野，那黍子田里直立着大片秸秆,由黍秸丫巴又滋生出的无数嫩芽,鲜绿鲜绿,特别招眼。二茬芽为牛儿、羊儿、兔儿、驴儿的美食，它代表土地供给了食草类生灵最后的绿色大餐。多么强壮的生命力，多么灵爱、仁义的庄稼啊!

我们完全有理由相信，凭着对黍子的记忆，能助使人对身世的识别和心性的认知。

好了，闲话休提，我还是着重讲述黍田风情和打谷场上的趣味吧。

黍熟之际，形态是好看的。黍田可能和谷子地挨着，弯弯的谷穗、黍穗各显其美。谷穗半尺多长，一根穗排布着谷粒疙瘩，毛茸茸，像一截儿井绳，又像狼尾巴。瞅它憨粗的那股劲儿，显了北方男人雄强之美。黍穗则相反，它是由多个黍梃组成一个大穗，垂下来像小瀑布，像姑娘秀发那么柔美。天然长成了温顺模样儿。我注意过，农民路过谷黍田，态度是有区分的。到谷地边，只把谷穗掂一掂，露个喜色，就拔脚走了；见了黍子，是一只手揽过黍穗，托着，另只手摩挲，细细地感觉那份爽滑。

黍子在收获之前，挺让人操心。因为它熟得早，田里属头一份，特别容易招鸟害。对付和人抢食的鸟儿，想出来的办法，在黍田里插假人、挂布条儿，或者敲铜盆吓唬。这也挡不住机警的麻雀。麻雀识破这些伎俩，人一离身，就又像战斗机群一样俯冲而下，继续盘踞黍穗位置。经麻雀啄鸽的黍穗，轻飘了，空黍穗就挺了起来。麻雀这种为食而忙的斗争方式，被我们抗日军民所采纳，战法就叫“麻雀战”。

收黍子的说法和工具，也特别。收获其他大庄稼，说割、说砍、说刨、说招，它跟谷子同一个类型，却说“找”。找的道理在于，同一地儿的黍子，不是一次性成熟，需要隔开数日，分两三次进地，方能将熟穗搜罗齐。使用工具，土名叫“爪镰”，形制简单，与出土文物石镰仿佛。一块薄铁板，大约方形，长约一拃，上端两个斜角，靠上平行两孔，上沿儿裹布，两孔之间穿一根襻儿。使用时，绳襻儿挽在单掌的掌背，虎口卡住上沿，拇指在里侧，四指在外侧，用拇指向外顶，四指向里拉，对黍穗形成包抄合力。爪镰的刃不锋利，但经刃儿一勒，五指一拽，黍穗就扽下了。过手轻灵，合成动作非常快捷。一把黍穗到手，夹在左边胳肢窝，陆续地夹，夹足了，够一个黍头，就拿榆梢或细高粱“打腰儿”，捆起来。随着劳动脚步推移，一排找黍子的人，身后出现了一趟趟黍子头。

这一项农活，女人兴趣大，干得也漂亮。

当天运回，黍子在场上让风吹几天，更干爽了，搓黍子就开始了。

清晨，红红的太阳刚露头，霞光布满场院，场里就上了人。有在场上干活的，有来搓黍子的，大家见了面，都一脸喜气。

生产队长在场上亲自指挥。他数了数各家来的人，告诉“场头”几项规则，就一边观察去了。场头即吩咐场里干活差的人给搬运，按黍头大小搭配，人口多的适当照顾一些。队长这样维持，还算公平，防止仨亲的俩后的闹争吵。若行事不公，弄不均匀，妇女

背过了岁月，创江山的人你该歇一歇

就有的哭闹，有的甩闲话、骂大街。

搓黍子是义务劳动，不记工分。得的报酬是把副产品黍子杪带回家，留着刨笤帚。过日子，谁家也离不开笤帚。妇女掌家务，人人乐意干。

上场带的家什，各式各样。篓子、簸箕、搓衣板、小笸箩、麻石头，啥都有。带去什么家什在什么上搓。篓子、簸箕、小笸箩是倒扣着，两手搓在凹凹凸凸的麻面儿。连搓衣板在内，这些家什都比不上麻石头。麻石头没弹性，又结实，又给力，效率高。各家分得了黍头，就各自挑选地儿搓去了。光滑的黍粒纷纷而落，人脚跟前黍粒堆增长，淹没了脚脖子。

本然急活儿，各家主妇原有一摊子家务事，所以干得很快。小半晌，自己一份黍头搓完了。抖了抖裤腿儿，倒了倒鞋窠儿，掴打掴打家什，她们或者胳膊夹着，或者上筐背着黍子杪，忙不迭地回家做午饭了。

队长是不会放松看守的。从搓黍子开始，就当面要求把黍子搓干净；临走，要查一查，对于印象里爱占集体便宜的人，盯得格外紧。其实，队长和社员都清楚，带回的没搓干净，于自己没有好处。因为，黍杪进了家，不会立即找人刨笤帚，搁很长时间。没搓干净会造成什么损害呢？招耗子。耗子鼻子灵，它会去嗑，还会在里边做窝，生小耗子。“大老家”也会去啐，去弹，把成束黍杪糟害成草鸡窝。

搓出来的黍粒，没筛，没扬，先大堆地堆着。这里需要说明一下，召集妇女搓黍子，主要解决家庭用笤帚，但所用毕竟有限。更多部分依然靠场上轧。笤帚够用就行，多了，同样招耗子。队长安排轧场的人还没到，场里干活的提前吃了饭，等着。在等的工夫，老的、少的几个人便坐在场边大桑树阴凉儿下，听老人扯闲篇儿，这挺有意思。

年纪最大的一位，官称“老爷爷”，七十多岁了，身子骨硬朗，不咳嗽不喘，腰板倍儿直。在生产队，称得上是有阅历的人，受尊敬。干活儿间隙，经常卖卖“古”，给大伙讲故事。比如“‘女子’为好”“人有斗糠之力，即有贪色之心”“人在河边站，就有望海心”“南京大柳树，北京沈万三”等等。此时小年轻围着他，不用央求，老人讲故事瘾上来了，对着开场的黍子，清清嗓子，给青年信众讲了俩故事：

先前，某村，有一个姓胡的人，外号叫“胡捣鬼”。很特别，一人喝酒，酒桌上预备俩酒盅、两双筷子。酒菜摆好，酒倒满，端着酒盅站起来，对着空空的那边说：“请！”一仰脖把酒喝了。然后掉转身，到对面，再对他这边站立着，说：“请！”又干一盅酒。这成了他的习惯。某日，在院里月亮地儿，又这般演练。酒盅端起，“请”字一出，就见对面酒盅“呼”地起桌了，听到同样一声“请”。胡捣鬼并没害怕，反而兴趣倍增，一盅盅和对面畅饮。如此两三次，杯盏奉酬，胡捣鬼和那个只听声音未曾谋面的人竟成了朋友。那天胡捣鬼忍不住问对面是干什么的，声音说：我是青苗神，掌管每季的青苗。胡捣鬼问：今年种什么好？青苗神说：种黄豆。嘱咐在黄豆秧开花疯长的时候，必须到豆子地蹚一蹚，叫“花里翻金”，豆垄儿透风，多结豆荚。胡捣鬼听信，真这么做了，别人家不知此法，一季歉收。他家丰收了，卖了好多钱。第二年，依然如故，青苗神依旧赴宴。胡再问种什么好，青苗神告诉种黍子。

黍苗长到一寸高时，河滩泛水，黍苗全淹了。别人幸灾乐祸，胡捣鬼照吃照睡。谁也没有想到，黍子不但没被淹死，反而漾了好多杈儿，黑油油的，像使上了一茬粪。秋天又丰收了。第三年，青苗神没来。一个穿土布、推侉车的人向胡捣鬼的院里扔了一包东西，胡捣鬼病了，吃了好多药，穷了，日子又如以前。

青年人还在咂摸故事含义，老爷子攥着滑溜溜的黍子，往下讲另一个故事。

秦始皇灭六国，统一了天下，他觉得没有办不到的事，但想快乐，想长生不老，还不如愿。于是，就有人出主意，叫秦始皇坐旱船。旱船怎么个坐法呢？皇宫院里铺满黍子，放上船，秦始皇坐在船上，由五百童男、五百童女脸对脸拉船，跑起来。船在黍子上滑动，刺溜溜地像安装了滚珠，皇帝乐不可支，连声嚷："快！"童男童女脚下也滑，个个相对着摔倒了。皇帝哈哈大笑。日后，派这些人到东方仙岛为他找长生不老药，他们再没回来，有了日本国。

连讲带议论，大伙尽了兴致。此时，太阳正晌午了，轧场的人来了，老爷爷掴了掴一个青年的头，捡起草帽，起身说："咱该干活了。"

轧黍子就得趁中午，人员各就各位。场上有了碌碡转动的"吱吱"声，赶牲口的吆喝声，骡马粗粗的喘息声。

黍子终归比谷子量少。轧黍子场小，黍个子摊得薄，轧场不费力，也省时。碌碡在黍穗儿上轧四五遍，只仨俩钟头。随即起场。两盘大眼儿筛很快就把搓出来的和刚轧的黍挠子过干净了。秋天风多，老爷爷瞧准了风向，逆风一簸箕一簸箕地把黍子扬出去，在天空划出一道弧线，像彩虹那么好看。用木锨给老爷爷供料的人，一劲儿紧铲，铲起的当儿，那空簸箕已经在等待了。这么配合，不一时，一坨光滑的黍粒即像鱼脊背似的卧在场中，发着紫黑的亮光儿。

三五个十来岁的娃子，逮住了这机会，在扬黍子时冒着黍子雨，追追打打，撒泼打滚儿，尽情玩耍。黍子蹬倒一片，干活儿的大人非但不制止，还抿嘴乐——哪个没从童子时候过过呢。抄木锨、撞板儿再归拢一遍，也不费啥力气。

留一张照，碾黍米已为陈年

太阳离山还有一竿子高，人影儿在场上变得越来越长了，队长领着五六个人进场。最显眼的是仓库保管员，他扛着大钩子秤，又提着带盘子的小秤，隔老远就跟人打招呼。出纳挎着花书包，书包里装一个红色印油盒。会计的胳肢窝夹着纸夹子，夹子里是一沓儿做好的分粮表。各家各户带着口袋，兴致勃勃，脚跟脚地进了场。

分粮之前，队长不再讲话，只跟身边人轻轻说一句：“咱们开始吧。”于是，保管员把大秤拿到大伙面前，秤砣压在秤盘星上，

条凳和扁担都已经苍老，我们怀念使用它的人

高高地吊着。“心明眼亮，心明眼亮”，他不停地叨咕这句话。

场上分粮的人，有来有走，很快新黍子就进了各家的门儿。

“刨水分的事儿，等到公社批了，再告诉大伙儿。”这是开场分粮，队长冲着走散的人群，说的最后一句话。

话说到这儿，似乎差不多了，可眼底春秋，黍子扩展的风情，感觉还未道完。丝丝缕缕，牵掣情怀。

究其实，农民在有限的土地种黍子，既为取得一季粮食，也为做笤帚一年使用。后者更像是目的。在未住进楼房，未使用墩布、吸尘器时代，农家洒扫庭除，净化宅舍，素日均为一把黍子杪笤帚。黍杪儿细，扫院子比竹扫帚干净。关键得说那一门手艺，快成文化遗产了，再不说就要失传啦。

进了腊月，春节一天天近，家家户户除了推碾子、蒸年糕忙，其外慌慌的就是等待刨笤帚的了。

来刨笤帚的，是不太远的外乡人，乡情乡风他很熟悉。进村，不用过多吆喝，一趟街的宅门就打开了，走出来梳纂的半老妇人。去了你家去我家，招呼手艺人像接应亲戚那么的热情。

刨笤帚是怎么个刨法呢？手艺人束着围裙，坐在屋子当中板凳儿上，胸有成竹，身边堆一摞黍子杪，一盆温水。他的工具叫“蹬拐子”，“T”形，横掌两端为脚蹬部位，中间竖着的短木杆儿冲他怀里，不太长，顶端打孔，穿一根附着绑线的牛皮绳，用牙叼住绑线。这牛皮绳抻直了，缠绕在他腰际。做好了准备，拿起一绺黍杪，捋齐，放在腿面，再拿一绺蘸蘸水，附在头一绺前部，两只手掐着黍杪，缠绕绑线，裹着牛皮绳往上绞。绞着，绑线就勒紧了，勒成了藕节一样的一道箍。经几手重复，几回甩动蹬拐子，一箍箍勒，就成笤帚了。刨笤帚过程，也是相互珍惜情意的过程。主家妇女接待周到；坐近了瞧，一句句夸赞，并聊家常话儿。手艺人技艺熟练，虽有时仰起脸对答，可手上活儿一直没停下。靠身的煤炉子，火苗儿很高，炉口蹾着一把铁壶，烧开了的热水汽催得壶盖儿“呱嗒、呱嗒”响。屋里暖，情绪佳，环境、气氛融洽。不知不觉，黍杪刨完了。接下来，手艺人用短把儿镰刀把所有笤帚重新归置一遍，挨个将笤帚把儿顶端削成浑圆，工序遂全部完成。主家儿拿起一把，捋一遍，甩了甩，表示满意。这之后，他离了身，屋的主人把新做的笤帚统统潲一遍水，摞起来，再压一块槌布石。搁几天，就完全不走形了。

那时期，刨笤帚收费低廉，每把也就几分钱吧。“刨笤帚赚杪子”，一句俗语，当年也不知是何指向。

我就是不明白，庄户人家对黍杪笤帚怎这么亲！扫院儿扫短了，清洗一遍，用来扫炕；扫炕扫短了，再清洗清洗，用来扫碾子。它一世流程，就像收割了的黍子，生命力无尽无休一样。

时光过去远了。许慎《说文解字》解黍：“禾属而黏者也。以大暑而种，故谓之黍。从禾……”只记个大概。而深刻记忆的，乃小时候受家长管束，屁股挨打，就是这一款笤帚疙瘩。对于黍子的记忆，和唐代孟浩然《过故人庄》诗句“故人具鸡黍，邀我至田家”中的情景，表现得欣然，也截然不同。

关于荞麦的风习

小时候，看过一本故事书，别的内容记不住了，只记了一篇，叫《荞麦梗儿为什么是红的》。

故事说：很早以前，仙人下凡，想试一下人间品行。初冬的一天，化身为瘦弱老头儿，要过河。谁见都不管，他很无奈。这时，青葱的荞麦小伙儿大步锵锵地赶来了，背起老头儿就走。河宽，水凉，中间也深，差不多没了脖子，荞麦小伙儿不退缩，咬着牙把老人送过了河。到岸，老人将要表示酬谢，可他不容谢意表达，跑走了。受河水冷浸，他身子冻红。从那以后，原来为绿的身体就变成红的了。

故事在心里存放几十年。为何没忘，我也想不明确。

长大看了一些书，诗文对荞麦形态、用场，夸赞都很美妙。比如，白居易《村夜》："独出前门望野田，月明荞麦花如雪。"温庭筠《题卢处士山居》："日暮飞鸦集，满山荞麦花。"陆游《荞麦初熟刈者满野喜而有作》，开篇："城南城北如铺雪，原野家家种荞麦。霜晴收敛少在家，饼饵今冬不忧窘……"几首诗，诗人的表面印象很准，可我觉得还是陆游的诗句好，涉及了荞麦于灾年解忧济困的实质。

外国作家，安徒生《荞麦》童话也很有意蕴，模拟荞麦执拗性格。

天南地北，域中域外，荞麦被人喜爱。

纸上得来终觉浅。他们并非庄稼人，只说对了视觉上一半，而荞麦自身是寒苦的，农民播种它实属无奈。

——它的产量低，一亩地荞麦，打粮食顶多几十斤，解决不了温饱，农民不愿接受。

可它的优点和缺陷一样突出。并且，优点还多方面。

生长期短，只俩多月，就长成粮食。耐寒，耐旱，耐瘠薄，北方可以广泛种植。好管理，不用除草，不用施肥。也基本不受鸟兽侵害。此外，收获后耐储存。

它此生，就是心疼人来的。农谚说："头伏萝卜，二伏菜，三伏种荞麦。"为何赶在"三伏"呢，难道春天不行吗？这其中的酸悲，不便明言。大凡年景，荞麦种得少，一旦多种了，定然遭遇了当年冰雹或洪水灾害。面临颗粒无收绝境，唯一指望就在于它。收成无论多或少，总聊胜于无，这也是我赞佩陆游"饼饵今冬不忧窄"的明情所在。

"三伏"为何夕呢？又农谚：秋后有一伏。这个"伏"卡在八、九月当中，"立秋"前后。给它恁短时间，长成大庄稼，这不是难为人吗？可荞麦像临危受命的义士般勇敢，不管不顾地上场了。“疾风知劲草，板荡识诚臣。”农民是含希望、噙泪水，送它登程的呀！

荞麦争气，撒下种子，热土里卧几天，就出芽儿。再经几天，小腰板就挺起来了。再往后，“突、突、突”地猛长，一长就长到人的多半腿高。长到这时，叶是圆的，花是白的，梗和叶是绿的。挂粮食了，荞麦皮由青转为灰黑，梗儿由绿变红，就到了深秋之际。进十月底了吧？这时见荞麦梗上的杈，都顶着黑帽盔似的籽实，一嘟噜、一嘟噜地晃起了响铃。

在籽实能掐出水儿的时候，粒儿里外是绿的，硬实以后，外皮转了黑，里边就变成白的了。

荞麦花赏景，是闲人的事。“有闲即是有钱”，鲁迅说的就是这样一类人。农民并不喜欢多看花。他们求实，愿意看秋后的收成。待漫坡荞麦摇铃，悬着的一颗心终于放下了。窃喜:这回“破鞋缀带儿，有襻（盼）啦。”

——心真放下哪成啊，在收割之前，荞麦最怕大风。秋天风多，大风一刮，荞麦惹不起，梗上挤嚓嚓那么多铃铛，你碰我，我蹭你，最饱满的就磕落了。这多要命啊！夜里睡不踏实，听见掉了个树叶，心里都激灵一下。

赶紧割。荞麦好割。它梗儿柔，中空，间距稀，上镰刀一拉，往怀里一揽，就割倒了。秋风爽，人不出汗，天作美。

割了荞麦，当日运回。捆了捆儿，放驴驮子上驮，上筐背，各加着小心。上了场院就不怕了，竖着码好，择日脱粒。

脱荞麦，不必上碌碡轧。靠摔打。麻石头上也行，笸子篓子

张家门进，李家门出，来刨笤帚的走过无数回

的外帮也行，抄起一绺儿，朝下一摔，粒儿就下来。然后，将甩净的梗儿捆好，留待处理成肥料。

荞麦挺身而出，它是以完完全全的牺牲精神，来挽救人类、挽救生灵的。荞麦花，是蜜蜂的最后一道蜜源，采过这场蜜，就彻底休息了。荞麦花蜜，也是蜜蜂过冬的保命食。人的吃粮最主要，它容易碾，不费劲，碾出了外皮，粒儿不碎，把皮儿簸出来，就是实实在在的粮食。粮食是好东西，皮儿也不赖，用它填枕头，松软、舒适、吸汗，就不知荞麦皮枕头，中国人使用了多少年，多少辈。

我小的时候，过的也是穷日子。过年盼望吃饺子，可饺子皮有黑有白。那白皮的是白面，黑皮的是荞麦面。白的少，黑的多，我就看盘儿里的白面饺子馋，想多吃几个——荞麦面糙，剐嗓子呀！童蒙无知，对于荞麦能够度荒年的真实性，真的不理解。

现在，我佩服荞麦的卓荦不群。那么多种粮食，长的、短的、扁的，都有圆的成分，而圆粒的又最多。唯独它个性突出，不随方就圆，永生保持自己棱角，以三棱形蔑视三维外的圆滑，翘立于种属之群。生得笃挚，持得清坚，一脉相承，真了不得！

气节使然。世间万物，凡能够保留个性的，皆不尚苟活。“千夫诺诺，不如一士谔谔。”其心其表，显示高贵的气节。起源于中国的荞麦，老早的农书、药书上就有记载。考古发掘陕西咸阳杨家湾四号汉墓和甘肃武威磨嘴子两汉墓，分别出土了荞麦实物。这段历史两千多年。律吕调阳，天道回环，荞麦风骨不变，这一点使人恻然：今人啥都不缺，真正缺的就是气节！

人世上的伤心，伤不过来。我伤心，伤在与我出身一样，却“变脸”的同类。现今，还有人提起一则谣谚，谓“狗蹚荞麦”。省略的下半句为“小事一桩”。这情景很好想象：狗进了荞麦地，荞麦梗儿柔弱，垄儿稀，狗怎么跑不绊脚，很随意。如此比喻，够形象，可我总转不过弯，总感觉欺侮了仁仁义义的荞麦。闻人大言炎炎，我也有一句先辈流传的话等着，谓“整吞鞋帮，心里有底”。我想提醒他：别忘了自个儿是一个“庄稼孙”！

当世人享福享多了，杂病丛生，尽管忘记了自己身世，忘记了荞麦的心量，在择食上却百般亲近保健元素众多的荞麦。“都记筷子打人，不记筷子夹肉”，这是遭了上天惩罚的症候。

我刻骨铭心记忆的，是母亲当年为我蒸做“碗坨儿”。那个情景和口味我好想啊！如何做法呢？将兑了五香粉的一碗荞麦面和好，稀溜溜儿上屉蒸。冒出长时间热气后，掀开，拿根筷子扎一扎，看碗坨儿是否蒸实。蒸实，碗坨儿就熟了。熟了的碗坨儿出锅晾。在晾的过程，泼芥末。母亲把调好的芥末装入纱布袋儿，夹起一块红煤渣，把湿芥末袋儿放煤渣上熥，上边扣个碗，一熥一捂，原始的辣辛味就发散出来了。芥末再调一调，即着手切碗坨儿。用筷子把芥末和切片拌匀，浇适量的醋蒜汁，就用个盘子给我端上来了。母亲青丝满头，见我吃得欢喜，鼻子尖沁汗儿，她的发丝都挑着喜气。

昔年烟景绕目，我仍喜欢吃荞麦碗坨儿，但手艺没有母亲细致，吃着也不像先前适口了。

九十岁的母亲，如今还算硬朗。住进了养老院。还能再支使母亲给我做碗坨儿吗？那个美味，我只能从梦里想了。

谷子年谱

“忙时山看我，闲时我看山。”文天祥诗化的飘柔感受，合我心况——到“闲时”年纪了。

闲人闲写，给谷子这位亿兆祥主注一份年谱。

身世和故里：谷子古称稷或粟，原产本土，若干年驯化，是中国古代主要粮食作物。粟与国土、宗庙并列，俱为国之要素。夏代和商代，属于粟文化时期，漫漶于周，即有了周天子分封诸侯千钟粟食邑一节，有了伯夷叔齐“宁死不食周粟”故事。粟的稃壳，有红、黄、白、黑、橙、紫多种颜色，习尊“粟有五彩”。各种粮食和粮食作物，以粟引领，统称“五谷”。粟去壳，叫为“小米”。从出土实物中发现，新石器时代遗址如西安半坡村、河北磁山、河南裴李岗等出土的粟粒，表明粟的大本营在黄河中上游及以北区域，距今已有六七千年。“陈谷子，烂芝麻”，俗语也在说明谷子经得起存放，天下粮仓储藏它最多。

古代中国人自称“粒食者”，粟、稻都是粒食，但中原粟文化是正统。最早的纯农定居以周部落为代表，《史记·周本纪》说其先祖“务耕种”“在戎狄之间”，经营农业与游牧民族形成区别。黄河文化，是中国文化的腹心；黄土地孕育的谷子，打上了黄皮肤中国人烙印。它的生发，它的气度，它的品质，与中国人精神

秀姿迎，青青谷穗弯着身

基因，同出一脉。

依我看来，南方的稻子，北方的谷子，最受中国人拥戴，今后人口无论再演变多少茬，稻子、谷子，不会让人忘怀。

从小到大，从种到收，谷子忒追随北方人性情！北方人顺生，它有；北方人诚实，它有；甚至连北方人的乐善好施，它也有。尤其在生长过程中，与北方人不同时期的相貌，仿佛。

种谷子哪讲究忒好的地呀！如同“贫养儿，富养女”，好地块尽留给了麦子。

“谷雨前后，种瓜点豆”——民谚以谷子带节令。在梨花、杏花盛开的山坡，在杨柳新绿的沟谷，牛犊儿哞哞叫，羊儿啃青草，一派生机中，种谷子了。种谷人时隐时现，耧铃声像雨点儿，“嘎嘚儿，嘎嘚儿”绿荫里响，叫人好奇。

房檐下挂的谷穗为了当种子

谷苗儿长出来了，似头一个娃儿出生，给人报喜。可土薄哇，地旱哪，月窠儿里的谷娃娃奶水不足，娃儿腿线头儿似的，很细。有的腿晾外面，瞧着可怜。它们仰着干巴小脸儿向天空要水喝。春雨贵如油；等来了雨水，娃儿们伸胳膊蹬腿好快活！一场春雨，面貌一新，持一身朝气。可是，问题也来了——谷苗儿精神，草儿也精神，垄背、垄眼儿的"马耳朵草"屼了一地。蒺藜苗开起了黄花，像庆贺自己家族添丁的胜利。这么欺负咱谷苗哪行啊，农人要保护，坚决把这些杂草除去！

锄头一遍，叫"镘荒"，只锄垄背。这回，蒺藜苗不笑了，别的草也息声儿了，单见谷苗眨眼，淘气。

谷苗神气了一度，又遭垄眼儿里草欺负了，杂草像钻进羊群的狼，惊吓得谷苗缩身。

别怕，锄第二遍。锄这一回，不仅仅清理谷苗队伍，还要给谷苗定身——"间苗"。谷苗那么多，不择优汰劣是不成的。人多有本事啊，知道谷苗怎么长才舒展。它不喜欢孤独，也不喜欢过度拥挤，间苗口诀叫"一二三的黍子，四五六的谷子。"四五棵在一起，凑一个单元，留下一个空档儿，一单元、一单元地合成一垄。间距清晰，适宜生长，也为秋后收割容易，奠定了基础。

谷苗欢迎落锄，但心里也忐忑。有那小庄稼人儿，分辨不出"莠子"，把谷苗挖去了。看同伴无辜受损，它好伤心！老年、壮年落锄，眼里有准儿，别看莠子像妖精变了人，可他们一眼就能够识别，哪容莠子有藏身机会？

锄地辛苦，谷苗看在眼里。那一时，庄稼人穷，为了省鞋，往往把鞋扔在地头，赤脚锄地。五、六月，地晒得烫脚心，又有隔年蒺藜狗子。蒺藜狗子扎脚，热辣辣疼，手不胡噜不掉。大太阳底下，青壮年男人光膀，蹲着身子，踮脚尖一撵一撵，身子一屈三折，你追我赶，旱地暴土狼烟。下了工，光肩膀男人黝黑色背上浮满泥土，老年人和姑娘后衣洇着汗碱，一片片儿白花儿。

谷苗看得心疼。它们的报答，就是努力生长。长成半尺来高，显出了秀丽，像男孩，像女孩，心地单纯，又魅力十足。

刀在石上磨，人在难中练。一世成人，要经百般磨难，谷苗也同样。老天爷存心折磨，一连多少天高温无雨，谷叶亚赛干了，点个火儿就着。瞧这样，谷苗也不怨宿命。咬牙硬挺！信念和毅力并存：只有青山干死竹，未见地里旱死谷！

救援队来啦。救援方式，还是锄地。“锄头下有火，也有水。”锄过了，土壤中气孔顺通了，谷苗的根更能向深处扎。

绝路又变成了成功的灯塔。闯过旱关，谷子长高了，长壮了。大姑娘、小伙子似的，招人爱看。再锄草，谷垄蹲不下了，就需要耠子耠。呈品字形、三个犁头的耠子，也叫耘锄，比犁轻巧，在中耕使用，人扶着把手，前边牲口拉。耠过了这遍，垄背的蒿草、酸枣棵子进一步消除，又给谷垄两侧培了土，增加了谷子抗倒伏能力。

棉锄三遍白如雪，谷锄三遍没有糠。需要人的勤奋和诚实，舍得下力气。多锄它一遍，谷子“打重”，上锅经得起煮。

“六月六，看谷秀。”农事里这句话，进了戏词，节候为公历七月。此一时，农人心里美，谷子形态美。谷穗子拧成了疙瘩绳，弯弯垂下来，像壮小伙子虎实，像大姑娘眉宇秀气。农人上地做别的劳动，一天比一天心气高。

“处暑找黍，白露割谷”“谷黍上场，核桃满瓤”，这个节令的物事宣张。谷穗逐渐转变为金黄。人此时看穗子展露的气象，越来越像自己慈眉善目的老爷爷、老奶奶。

绝不敢轻易动手。“麦割伤镰吃白面，谷割伤镰一包糠。”要沉得住气，给谷子足够的照晒时间。

白露风儿刮，白露节气爽，晴空万里，白云悠悠，好一个割谷时节！

九月初的谷子地，谷叶基本干了，谷穗更黄。上手一掂，沉甸甸的。如同奉请亲人回家，农人心里滚着炽热，滚着敬爱。

长足实了的谷子，没腰，割谷人匍着身。别以为只是劳动姿

谷穗作标，让你认家门

势，内中含有深深的敬畏！这是对天地、对和自己一样命运的庄稼，由衷的礼拜！你以为跪拜皇帝、跪拜权贵，是世代农人心甘情愿的吗？

驴儿驮着，马车装着，筐上背着，仿佛一支旌飘伞盖的仪仗队，威威武武、风风光光，平安护送谷子进场院。

正气高昂的谷子，是连同秸秆一起回收的。因为接续下来农活，还有玉米要掰，高粱要砍，豆子要摘……所以整捆谷子进了场，不立即掐穗，不立即脱粒，将它们先码成一人多高谷垛。

找准了空闲，男男女女投奔场院，一起掐谷子。掐谷工具比较独特，村里人叫它“钐镰”。一尺多长，木头把儿，刀形带弯儿，有点像小型“倭刀”。刀刃也不太锋利。因为谷穗干了，一折就断，人抱着谷个儿，谷穗冲下，钐镰朝外一抡，谷穗就带出去老远。谷场上专有给掐谷穗的抱谷个儿的人，一趟趟往返搬运，真需要有力气的壮汉。

掐一回谷穗，轧一回场，不积攒。临近“秋分”，也容易碰上雨天，轧一回，心里踏实一回。其余掐不完的，将谷个儿码成“苫子”，上面浮摆的一层倾斜向下，谷穗朝外，避免下部分着雨。连日雨，盖不严，谷粒子受潮，也会发芽。

谷子主产区，轧谷穗是大骡子大马，大场，大沉碌碡。拾掇谷粒，工具是抢叉、撞板儿、大眼筛、扇车。

边远山区，受场地限制，沿袭老祖宗早先发明的器械：连枷。在窄小地头，或者院儿里敲打。如同武术兵器两截棍，山民运用娴熟。杨万里有诗，道是：“一夜连枷响到明。”

金灿灿谷子入了户，农民心里更踏实。因为，连旱谷子都没

大槐树见证勤劳乡亲

有收成，年头儿必定很差！

种过地的人还清楚：春谷分量大，油性高，营养好；夏季的“热苗谷”，又称“麦茬谷”，不经煮，汤儿清，味道寡。

谷子一年里的生长期，除了遭遇干旱，或许还会遇上蝗虫、黏虫的灾害。

谷子传统品种，北京地区有九根齐、白苗柳、红苗柳、贼不偷、谢花儿黄、绳头儿紧，多种。新中国成立后，北京地区又陆续引进了紫根白、大白谷、大黄谷、小青谷、鞭杆白、大肚青、大寨谷、猫爪黏、丰收红、冀谷888等等。

旧时每亩谷子产量，仅为一百斤上下。

谷子进仓入囤，农事未了。雪花飘飘了，又一项有关谷子身影的事列入年表——“打苫子”。过去，没有塑料布时代，苫子是覆盖粮食和杂项的遮挡物。在打谷场上打苫子，远距离的两端各揳俩橛子，绷直两条细绳，沿着两条细绳，把抽取的好谷秸秆儿，一根一根地用“麻筋儿”勒绑。遮盖、拦挡的物什有多大，就加工多长。掰下来的老玉米那么多，就用它遮风挡雨做“棒子拘帘儿”。

除了打苫子，谷秸还是喂大牲畜的好饲料。给骡马大牲口的饲草，数它是“细粮”。只有在最需要牲口出大力，耕种、沉重运输，才喂。“寸草铡三刀，无料也上膘”，指的也是这谷草。再掺了麸子、料豆，牲口更来劲头儿。谷糠也是好东西，是猪就爱吃。稀汤寡水，只要撒一把糠，你看吧，猪脑袋伸进猪槽，不抬头，“锵锵”吃得欢！

小米不会像肉那样可以用火烤熟，只能水火交攻。外邦古文化的陶器多用于盛水，而中国的陶器，万年前就带有烟炱。《太平御览》引《周书》说，先民以煮粥、蒸饭为食，发明了鬲、甑。甑是超前的蒸汽利用装置，而西方至今没有蒸法。

中国人的一生，不可能对于“国粮”没有记忆。小米营养好，煮粥有一层油儿，润肠。蒸饭，“拿时候”，顶饿。过去地主使唤长工，紧要关头上聪明者不会吝啬，预备小米干饭、豆面鱼儿汤，让你往饱了吃。乡下人生小孩，产妇在“月子”里的饮食，就为搁了红糖的小米粥。老太太询问孕妇，不问她怀孩子了吗，问：该喝粥儿了吧？

农家人，由生至死，小米儿一程陪护：“月窠儿”时，喂米汤；“老了”的“倒头饭”，灵前为一碗小米饭。小米是农人本命食，在世时，以它度命；人没了，魂灵还想端一碗小米饭走。那食谷而生系下的感情有多深重！

“公家人”出门在外，新中国成立前后一段时间，所得薪金用小米价值计量，披星戴月地奔忙，每月仅为几升小米。

为新中国打江山的人，终身不忘小米之恩，有那么多的“沂蒙红嫂”，舍得小米粥给他们调养，疗伤。开国将军甚至感慨地说：是农民对子弟兵的支援，用小推车和小米帮助，打胜了战役，打下了江山。我读过贺敬之的《回延安》，那一句：“羊羔羔吃奶眼望着妈，小米饭养活我长大。”我想象，写入这一句时，他眼里一定是噙着泪水！

我思量，谷子的品质值得学习，它身上有一种不被人理解的善良，而这种善良的存在又是深厚的，蓬勃的：它历尽千辛万苦，取得成功，只是为了粉身碎骨去献身；“春种一粒粟，秋收万石粮”，成绩越大，头低得越低；给了人巨大力量，态度反而十分谦抑。人的评判，以“沧海一粟”弱化它的形象，竟也加以认可。这个形态，这般体谅，倘若看进眼，入了心，对于治疗人的“幻妄”，大为有益。真的要像敬戴功臣那样给谷子，并且给为谷子增收创造奇迹，如“水稻之父”袁隆平、育谷专家李东辉和崔文生们修一修“志”啊！我的本事小，干不了大事，所凭仅为一年里的谷子农事。朝思暮想谷子风景，我真愿意再回到农田，挨一挨蒺藜狗子的扎！

——能再挨一下扎，都是福气。

人安否，谷穗能识你的心

草木知己

辑四 ※ 睹木情深

向老桑树致敬

日出东山隅，照我秦氏楼。

秦氏有好女，自名为罗敷。

罗敷喜蚕桑，采桑城南隅……

这首人见人赏的《陌上桑》，两千余年朗照人寰，不仅使今世人窥得了古代“自有妇”使君骄矜，也令今人识得古时青年农女天资聪慧而且内外殊美的品格。

风情画，世景画，桑和人交集，汉乐府通篇保留了农耕文明状态下的影像。

——风流出逐代，江山占英才。现代的叶圣陶老人在他早期童话《玫瑰和金鱼》一文中，以两个段落的篇幅，描述老桑树，发玲珑之声，表缱绻之怀：

老桑树在一旁听见了，叹口气说：“小孩子，全不懂世事，在那里说痴话！”他脸上皱纹很深，还长着不少疙瘩，真是丑极了。玫瑰可不服他的话，她偏过脑袋，抿着嘴不作声。

老桑树发出干枯的声音说：“你是个孩子，没有经过什么事情，难怪你不信我的话。我经历了许多世事。从我的经历，老实告诉你，你说的全是痴话。让我把我的故事讲给你听吧。我和你一样，受人家栽培，受人家灌溉。我抽出挺长的枝条，发出又肥又绿的叶子，在园林里也是极快乐极得意的一个，照你的意思，人家这样爱护我，单只为了爱我。谁知道完全不对，人家并不曾爱我，只因为我的叶子有用，可以喂他们的蚕，所以他们肯那么费力。现在我老了，我的叶子又薄又小，他们用不着了，他们就不来理我了。小孩子，我告诉你，世界上没有不望报酬的赏赐，也没有单只为了爱的爱护。”

叶老代桑树发声的一席话，真切，精准，击中了世俗之心。

观叶老文，你以为桑树还是树吗？它不是了！它是个人。将桑树当作人看待，敬桑爱桑的地方才能够贴近。

于立身之本，文化熏陶，世界上还有像桑这样与我们血脉交替、相依为命，挨得如此之近的吗？“沧海变桑田”，流光之策使同胞切感前痕巨变；桑梓、桑麻、农桑，桑榆晚啥的，哪一个穿越了光阴的持桑的组合，不让你感觉心头紧，怀丝而念缕，泪痴而欲滴呢？

聊及此，即想落泪。

神驰丰荫古国，心蜷双亲一脉，总要说点啥。种桑，大用场是为了养蚕。养蚕吐丝，是为了制造丝织品。“锦衣红夺彩霞明”，用丝织物做成的衣裳，庶民是穿不起的。庶民只可以穿麻布衫。件件锦衣，沤着桑农血汗，织女辛勤。因了生产力的低下，丝织物的华贵、稀缺，古代帝王的赏赐，除了金钱、礼器，便是粟和帛。

我国以农业开基，农业立国。“士、农、工、商”，农排在了

心安静，你听得到山地语音

社会阶层第二位。农业所要解决的，是人口穿衣吃饭。无有衣穿，形同禽兽；没有饭吃，会饿死人。蚕桑丝织是中国的伟大发明，是中华民族认同的文化标识，这一非物质文化遗产包括了栽桑、养蚕、缫丝、染色及丝织等整个过程的生产技艺，生产过程用到的各种精妙的工具和织机，以及由此产生的绚丽多彩的绫绢、纱罗、织锦、缂丝等丝绸产品，也包括了这一过程中延伸出的相关民俗活动。棉花传入我国，是公元纪年后的事情，以往穿衣靠蚕丝和麻缕。缺少衣穿年代，我们一件衣缝缝补补，要传几个家

庭成员。上世纪六七十年代，流行化学物布品“的确良”“腈纶”，伴八亿人过了物资紧张的“过渡期”。

“农桑”“桑麻”，昂然之既往，在宇宙闪光。

孟子曰：五亩之宅，树之以桑，五十者可衣帛矣。

亚圣所授，以自家庭院种桑五十棵，即可达到稍安生活（以切近指征表述，旨在其衍生“货殖”）。

贤人话，当然出自良善，然为肉食者所鄙的食谷者，无缘使用劳动产品。源源不绝的丝帛去向了公子王孙。有古诗反映权贵朝夕淫乐和升斗小民度日的酸悲："一曲清歌一束绫，美人犹自意嫌轻。不知织女萤窗里，几度抛梭织得成！"世道不公，为古人所认识。

我很纳闷儿，现今，舞台歌女常讲把什么"献给你"，好像施舍的谦辞，很让我憋闷！你的献，是用彩钞换的；你不献，日子该怎样过，还怎样过。无纯正文化品质的泛娱乐，把世界搞颠倒了。

古代中国，丝绸为文明符号。张骞通西域，郑和下西洋，我们的瓷器和丝织品，让不同国家开了眼界。国家现在讲"一带一路"战略，也意在接续传统，通过和平外交，展现大国姿态，展示国家实力，引起当今世界各国对于我们文明历史、礼仪之邦的尊重。

自古而今，中国任何智慧发明，都贡献给了地球人类。追述这些事例，我就感到沉痛！

不愿讲这些了。愿规规矩矩地敬拜老桑树。

桑树，属桑科桑属，落叶乔木。树高大，可达数丈；树龄长，可历数百年。我国是世界种桑养蚕最早国家，桑树栽培有七千多年历史。商代，甲骨文中即出现桑、蚕、丝、帛等字形。到了周代，采桑养蚕已为常态。春秋战国时期，桑树已成片种植。

由我国中部为始，桑树栽培范围非常广泛。东北自哈尔滨以南；西北从内蒙古南部至新疆、青海、甘肃、陕西；南至广东、广西；东至台湾；西至四川、云南；长江中下游地区，栽桑育桑尤为普遍。

桑叶，为家蚕饲食料。桑木，可以制作家具、农具。桑皮，可以造染料、造纸。桑条，可以编筐。桑葚，可以酿酒。

另外，桑叶、桑枝、桑根、桑树皮、桑葚，俱可入药。桑树上寄生的木耳，古代药书称桑耳，可治疗肠风、痔疮出血、衄血及妇人崩漏、带下、心腹痛诸症。古人以为药用类生物寄生于桑树者，持效最佳。

以蚕桑为业，中国北方不及南方。

可能是水乡造化，可能是缫丝、织丝业态的精细，培育出了江南人灵秀、温婉的性情。

北方人粗手大脚的豪放，或许直观了高山旷野，及粗糙的大田作业驱使，成就了其本真性格。

一方水土，一方见识。我生北方，对于在籍的桑树种质分属十五个桑种三个变种，多所不知。识得两种，地方话称“花桑”和“葚桑”。花桑，叶片有斜向且深的豁口，长穗扬花，不结果实；葚桑，叶圆而实，叶边齿纹细，结白的、黑的桑葚。

识别桑树、桑果、摘叶养蚕，农家后代自幼而知。

吃桑葚的快乐，其在跟黄鹂争食。桑葚熟了，散散落落的桑树全被黄鹂霸占了！桑树下面净是它们啄落的桑葚和排泄的黝黑带白的粪点儿。孩子们去摘桑葚，惊恐的黄鹂绕着树扇翅膀，一个劲儿地悚叫，把它的叫声翻译过来，就是:“吃我桑葚红屁股——喳！”公冶长的本领，农村孩子无师自通。

也见过桑树的皮实。一棵桑树挨了雷劈，或者被山石砸折了，它半拉身仍能够存活，总还能出芽、伸枝、展叶，不管压上怎样的石头！有生命力的枝丫，你在这边折断它，它也会在另一边爆出一片新绿。

养蚕是个趣儿。北方人家很少成阵势养蚕，养一点儿只为添乐。蚕这种活物，农人虽然熟稔，但讲述起来不一定细腻。荀子在《蚕赋》里描述过蚕的形象，马首而女身，蚕不吃桑叶的时候，头抬起来很像马的头，而蚕的身体非常柔软，很像女孩子的身体。荀子说的就很逼真。看一张蚕种纸，密密麻麻，像小白芝麻粒的蚕子儿，萌发生命，由小黑线头儿似的开始，渐渐细长，渐渐胖，渐渐肉身变白，变亮，钻进了蚕茧成蛹。从小到大身体有一万倍的差别。孩儿们晓得了它生命过程。挎个小篮摘桑叶，懂得了劳动甘甜。蚕作茧自缚，是人的胜利，蚕的悲哀。

修建梯田，常刨出桑树根来。那种根，又柔又长，皮色细腻金黄，赛若金鞭。它护生的本事，直可用“十丈龙孙绕凤池”来形容。

北方人，并没有处心积虑种桑。可是，你看吧，有人烟无人烟的地儿，都有大棵小棵桑树。食了桑葚的鸟儿，葚籽不得消化，天空上拉屎，做了义务的飞播。

八百年来的帝都，形成了京味文化，对于桑树既不娇惯，也不抛弃，赋予理智。民间谚云:前不栽桑，后不栽柳。大概是“丧”的谐音和柳姿的随风摇摆，不适合京城文化心理。

历来，桑树不进阳宅，进阴宅。不分大门小户，坟地里尽可以栽桑。桑树树荫广阔，向来含有荫及后世，财丰业盛之义；桑葚累累，贯顶如云端圣果，喻示子孙兴旺无极。坟地寄生的桑树，长成大材，锯了做“三五”棺材（棺材两帮厚三寸，棺材盖五寸），氏族最见光彩。

南人、北人的通识也是有的。持同于桑木本质的认识。桑木持重，耐磨损，纵向纤维长，有韧性，在粗重农具、家具上置身，巧妙处也用。巧妙使用说两例。过去，打谷场少不得木杈，最好的木杈就为桑木。挑起多重的麦头、谷个儿，轻盈如许。即使三四个杈齿磨秃了，也不忍废弃。以桑木标皮板制作扁担，轻捷胜于榆木的十倍！它，不僵硬，重物挑上了肩，颤颤悠悠，亚赛揣着快活跳起来。一霎霎空间弹起，会减轻劳动者负担。多年前，湖南传来的歌曲《挑担茶叶上北京》，头一句“桑木扁担轻又轻”，意味儿准极了。

桑树，以其多能多用，秀出乔木之林。它敦厚仁义，陪伴了中国吞天吐地的五千年。没了桑树，中国的农业史没法写；没有了蚕丝，世界就失去了一大发明。沈从文的服饰研究，或许就因此发生断代。桑于人再生之德，它涵养的精神，十足教人敬佩：它为劳动者一员，身姿伟而不争，集上德而不言，佩高功而不骄，

守岁

没有制物之心，懿行却像无形的巨网那样广大无边。此德，唯桑树而已矣。

老桑树是我们祖宗树。宁卖祖宗田，不卖祖宗言，老祖宗喜怒哀乐、生死歌哭的经验告诉我们：留下钱，有花光的一天；留下牛马，或别的肚子底下过风的，难保全；只有留下树，留下荫，后世人福祉才无尽无边。

人间多美好。时下，国家的生态文明建设踏上了新程。以桑树的树冠丰满、枝叶茂密、秋叶金黄、适应性强、易于管理等诸多良性考量，真应该抵制不着调的“洋杂种”混入京城，让桑树成为我们城市公共绿化的优先树种。用它营造风景林，素日林荫淌淌，果实成熟了，又招来了鸟类，那会是怎样一派鸟语花香的自然景观啊！

“维桑与梓，必恭敬止”（《诗经》）。“人间正道是沧桑”（毛泽东）。有多少物事，在“天欲其亡，必令其狂”中倒下了。而我们老桑树还在，我们勤恳的劳动者还在。我们要像尊重劳动人民一样，向桑树致敬！

依托的理由其为：永远，永远，它不屑于人类的争斗、贪婪；永远，永远，它比人的脊梁坚韧、强劲！

古槐御风过我庄

要说的槐树呢，两种。原本生于我们国土的，官家称“国槐”，民间叫“家槐”。国外移植的，已七八百年栽培历史的另一种槐，官俗人等均称“洋槐”。

国槐，家槐，虽然称呼有别，但都透露了相应情感。

民间，就某一事物，向来有缩语习惯。若称槐树和它的材质，只道一个“槐”，你根本不用盘算，就是国槐。据此再称别的槐，那一个“洋”字或其他前缀，断乎是省不了的。

以国为姓，千百种古今树木，你看有几例?

槐树的资格，恰和国祚相妥。古代记事较详确，起始于周。周天子在位，以仁治天下，国槐被赋予了诸多高贵。“公卿大夫之树”，由周朝而知。所谓“面三槐，三公位焉”，是以君王为端，皇宫外植槐三株，如视太师、太傅和太保三大臣。谓“登槐鼎之任”，意为三公之属重臣。古代汉语中槐与官职相连接常见，除了槐鼎，语汇还有槐位、槐卿、槐兖、槐宸、槐掖、槐绶、槐岳、槐蝉等等。称槐府，槐第，非平民之居。有唐一代，槐指代科考，通例如：考试的年头，称槐秋；考试的月份，称槐黄；赴京赶考，称踏槐。因了槐隐喻着称心之道，故给后世士子带来很多幻想；且“槐”“魁”字形相近，更引求取功名者望而生念。

槐老阅古今

另则槐典，时人知道得不多。早市、夜市、书市、人市、股市能详，而析“槐市”，大有不明其意者在。周朝，最高学府称“太学”，太学之旁簇一大片槐林。士人和太学士每逢初一、十五，于此以家乡特产或书籍进行交换，称“槐市”。槐市入了典以后，泛指历朝国子监，“槐市众生”，也就是国子监的学生。

一席树木，何值以国相许？我自问，且自答：招槐树为尊，在昌、在吉、在质、在诗、在史、在荫、在寿……诸缘际会，施以国姓定当无疑。

先述其昌。槐树生身之地众矣——广于中原，广于北地，逼至岭南。知之者，周纪年就已很早，然几千年来，何曾见得槐的绝灭？籽实能播，根系能芽，子子孙孙无穷尽，怎不谓其昌？

在吉。前文已述。今日纵观，凡帝都、凡宗祠、凡庙宇、凡名屋，有几多不见槐树？若非至信于此，植它何用？况其貌端庄、大气，树冠如翠亭，树叶若金饼，吉貌豁然。

在质。槐树材质，为刚柔相济出众者之一。与洋槐做区别，洋槐木质虽然坚硬，但是“脆”，刮大风枝干易劈裂，而家槐断无此弊。且耐磨、耐压、耐日晒雨淋，非樗栎之材可比。且木纹漂亮，纹理光滑恍如金线。举凡乡间所用，譬如斫轮、柁檩、家具、门扉，皆以它当作上品。顶小的用场，见木工的刨床——你见过哪一代木匠，他把槐木块儿做的刨床磨穿？

在诗。多有所见。北周庾信作《奉和永丰殿下言志》，诗有：“绿槐垂学市，长杨映直庐。”唐白居易诗云：“人少庭宇旷，夜凉风露清。槐花满院气，松子落阶声。”宋人陈与义复吟：“槐花落尽全林绿，光景浑如初夏时。”以岁时槐风纪胜，历代还有唐王维、

武元衡、元稹，北宋黄庭坚，南宋范成大等多位诗人。

在史者，记录神话。其共同点，均视槐树为神，交集人事。记载槐与人间情事的古籍，有《太公金匮》《春秋纬·说题辞》《汉书·五行志》《南柯太守传》《太平广记》《夷坚志》《续夷坚志》《因话录》，以及《唐山县志》《保定县志》《唐县志》《汾阳县志》等多部地方志书。将槐人格化，看待槐神慈悲善良，古代戏曲《槐荫记》(即《天仙配》)最为典型。毛泽东《满江红·和郭沫若同志》，一句“蚂蚁缘槐夸大国，蚍蜉撼树谈何易”，乃化典临情，使尽人皆知槐魂的元脉。

在荫。树荫之广大，北方树种唯有银杏、大青杨和槐树堪与南国樟树、榕树相比。数百年古槐，独木成荫，可覆盖数百平方米。槐叶密实，槐风习习，是人们纳凉的好地方。只要不降暴雨，树荫下该玩棋，玩棋；该耍闹，耍闹——当空的细雨，湿不了衣。

在寿。任谁见到古槐，都会肃然起敬。是生命的持久，征服了你。古槐经历了千年，有的剩半个身，有的树身成洞，上面的气象依然枝青叶密。松柏延年，广为人知，可北京民谚的俏皮却若中庭一戏：千年松，万年柏，不抵老槐踟一踟。“踟”字，是北京人形容胖大鸭子走路的，以此来描摹老槐悠悠恒生之态，与高挺且仿佛健步凌空的松柏作比，显露了智趣。槐树生洞，是时间久造成的，可容纳仨俩顽童的树洞，也接纳其他绿植入列，“槐抱榆”“槐抱柳”“槐抱椿”“槐抱紫藤”……寄生的树都育成大材了，老槐还像在青春期，和消亡隔着长长的距离。

……

槐树的典范生象，上面列举了昌、吉、质、诗、史、荫、寿

老槐树是一庄人神祇

等优长，但绝不止如此。每人对槐树的印象，都有不同。我认为槐树之所以历代受褒扬，是它浸透了国民性，洋溢着中国的贞德，人们在精神基因、精神标识、精神命脉上的认同。我无法测知别人怎样想，我端详一株古槐，端详出了温蔼和盛大气象。由它的内敛、温蔼，我想到蔺相如，想到自己的祖父；由它的盛大森然，想到了持金戈、跨铁马的武将。它的老而不衰的精神，我还想到了赤胆忠心的廉颇！京西某村落，一株槐年深日久，干如黑铁，虬挺青枝，摄影作品制题“大将军”，联想力的真确让我赞佩不已！

走过大江南北的人，或许因了带槐的地名，对那一地留下记忆。“槐树岭”“槐树庄”“槐树庵”“槐树院”“槐树街”“槐树巷”……心灵深处，耸着温馨。

对于槐的尊崇，民间长盛不衰。给儿孙起乳名，小名就叫“槐”。

有古槐的城市，就有悠久的历史；有古槐的村庄，就有深厚的积淀；有古槐的街巷，就有瑰丽的智慧。一地保留着古槐，会使人想到此地民风淳朴，人心向善。

在北京市，古槐的数量是很多的。

北京城里国子监的古槐，树龄都在七百岁以上，其中彝伦堂西侧的“吉祥槐”，相传为元代国子监第一任祭酒（相当于现在的大学校长）许衡所植。原是清醇亲王府，后为宋庆龄故居的“凤凰槐”，据说栽植于明代。石景山地区，有一村叫衙门口，街巷两侧均为古槐。京西房山有两株古槐，为此地槐树存世代表，一在良乡城纸房村东北处，身腐朽成洞，内中可容四五儿童玩耍；一为窦店村北的东岳庙前的古槐，明朝碑石纪年，阎间亦传“尉迟恭下马观古槐”，量此槐在唐初就被称作了古槐，年限更为古老。

上世纪 80 年代，槐树被评为北京市的“市树”，作为城市的象征，市民对它的爱戴愈加其深。一百年以上的槐树，都挂了标牌，以示爱护。修西便门快捷路，为了保留一株古槐，宁肯改变线路，在立交桥中心留一块很大的空当儿，维持它生长。来来往往车辆行人，都因见这株古槐，而萌生对北京的敬意。

北京应该算移民城市的祖宗。确切的史料，朱棣定都北京以后，明朝廷采取了多次大的移民行动，北京京门脸子现今叫“营”的地方，大多和移民背景有关。

现在看，生活在一国之都北京，是北京人的幸福。但在数百年前，那个由“窄乡”向“宽乡”的远程迁徙，纯是一场灾难！“问我老家在何处，山西洪洞大槐树。”“问我老家在哪里，大槐树下老鸹窝。”这两个类似童谣的句子，当今孩子们可能觉得好玩，拍着小手演唱，但在当年岁月，那真是黍离之悲的哀调哇！

多少代下来，父传子，子传孙，记住了大槐树那一端，乃先辈人生养栖身之地。

移民北去，开垦了田，修建了房，原来的大片蛮荒，听得见鸡鸣犬吠，又创造了一个人间。

不忘记先祖，不忘记家乡，在新家的门口栽槐，在新村的路口栽槐，“念家槐”也就具体成了移民的沉重心怀，通向“无穷的远方，无数的人们”。

自古而今，官是官，民是民。安顿下来的移民，适应了新的生产生活环境，也渐渐磨去心灵痛伤，就往“黄土哪里都埋人”这一处想了。众生所求，安稳过日子，茶、米、油、盐、酱、醋、茶，啥三公，啥六卿，关俺何事？把生活希望寄托于树：门前一棵槐，不是招宝就是进财。

槐树是乡情，槐树是日子，槐树是趣味，影响着一代又一代。

离家远归，一程上思念家乡的物什，远远地看见村口的槐，一声浩叹：可见了家啦！

儿孙染疾，月光中屈身古槐下，求助神祇。

挑水担柴为常事，一条槐木扁担是随身伙计，颤颤悠悠减重，不管担着星星还是月亮，不觉重量压身，心情还挺美。

家庭里有老人，常见他抚摸槐树，测量树围。大树放倒，他两眼紧盯着木匠的大锯，看他们是怎样为自己准备寿材，眼光里流出无比的快慰……

“槐树槐，槐树槐，槐树底下搭戏台。人家的闺女都来了，俺家的闺女还不来。说着说着就来了，骑着驴，打着伞，歪着脑袋上戏台……”童音绕着大槐树，歌谣伴着满天飞。

还有一首歌谣，与大槐树无关，在大槐树下演唱、打游戏。

游戏动作，四个小孩可男可女，各自倒钩一条腿，钩叠着，每人一只手倒提着屈腿的裤脚，另一只手和斜对脸的手拍巴掌，绕着圈朗声唱：“盘、盘，盘脚莲。脚莲花，卖棉花。脚莲苦，卖豆腐。脚莲北，发大水。脚莲东，刮大风。脚莲西，掴驴驹。脚莲南，划大船。路水东，路水线儿，大小脚儿去一扇儿。”一边跳，一边唱，中途倘若谁倒钩的腿在跳到“大小脚儿去一扇儿”时候，“吧唧”掉下，就算他“出局”，由别的儿童替补上。瞧他们四只脚倒来倒去，四只手欢扬的样子，恰如一朵团团圆圆莲花瓣儿。简单的游戏轮着玩儿，能玩半晌。于午时或晚晌玩耍当景，常会传来各家母亲唤着乳名，“回家吃饭”“回家洗澡”的喊声。娃们

叶满地，意满膛，不忍原欢上屐痕

大门口依稀听见母亲呼喊“回家吃饭”

能听得出那个熟悉的、清格朗朗的声音，不像着急，像压着乐腔，母亲在宽敞大街放飞她自身的心胸畅明。对此，或充耳不闻，或即刻风流云散，“呱唧呱唧”跑回家去。大槐树像扮演着老爷爷一般亲，用光阴的手抚摸童儿的头，一茬茬娃子，在它眼下一闪一闪长大，长成了大姑娘、庄稼汉。大槐树也是乐的！

槐树是真能让顽童增长知识的。六七月开花，九十月结籽，花串密，种子荚也密。花期降雨，槐花落地，仿佛降了槐花雨。槐花顺流而下，漂着金黄，穿过街道，像把一途琥珀送给了江河。种子荚，乡人叫“槐树胆”。串珠种子包藏在“胆”里。槐树胆的内浆含着胶质，黏黏腻腻，不敢多摸，摸了，手指甲、手掌染了黄，久久不容易褪去。因了槐树胆的特性，不光奶奶、妈妈把它当成染料，现代染料工厂也不可缺少。槐树胆在树上能挂很长时间，过了冬，刮起很大的春风，树底下能落一层。乡村郎中也看见了“宝”，槐叶、槐条、槐根、槐角，皆可入药。即使是槐花蜜，品质也有与其他蜜种的不同。

孩童们的兴趣在昆虫上。念了书的孩子，懂得了他们爱玩的槐树虫，“吊死鬼”的大名叫“尺蠖”，这绿色肉身的细虫子太好玩了。七八月份从槐树枝上垂下来，吊着一根长长的细丝，它能顺丝垂下，还能吸回丝自然而然盘上去。见它将要垂下来，离得还很高，仰头用食指对着它，跳着脚，口里发出“嘟——嘟——”的喊叫，唤它下来。不知是“吊死鬼”听明白了指令，还是叫嚷声产生空气震动，它下降的速度加快。在它垂下挨脑门儿的时候，孩童们就逮它，放在手心、胳膊上，看它一弓身一弓身地爬。瞧它那拱桥式的蠕动，心里太舒服啦！

这个季节，自然少不了天牛。属于鞘翅目的天牛，它头上有两根一节一节连接的须子，像舞台演员头盔上的雉尾翎，又晃悠又长。它长着翅膀，并不常飞，两片翅膀掩藏在鞘甲里。它虽然时常躲藏在槐树上，但孩儿们捉它有办法。三下两下爬上了树，将鞘甲摁住，它飞不起来，听凭小英雄玩耍。看你的天牛和我的天牛抖着须儿掐架，小英雄心里乐开了花。

槐树下游乐场儿，常相忆

一片语絮，一片时光。

乡村遍地是学识呀。单是一种槐，就让你嗟讶。觉解了槐的品质，槐树的大恩大德，你会心胸放开，增加“岁月静好，现世安稳”的信奉。唯善而行，唯美而崇，自己强大了自己。投放于社会，投放于时光，便是担当精神的恢弘远大。

对槐理解也是容易和前人沟通的。明朝人吴彦良于帝京登高之际观槐的两句诗，“行吟秋老处，槐古阅今人”，妙极。他怀着深沉的感情在说，槐古了，有道行了，就如沧桑历史的承载者和见证者，就有了审阅评说当世之人事的资质。“槐古阅今”的蕴义，无论何时，都会有人因走进了古木般若，蔚然心动。

亲近乡土，亲近家乡的槐，温习了乡悉，人性的软骨病、多疑病、萎靡病、浮薄病、贪婪病，多种乖谬烟消云散。

多一个老人，多一层福。多一棵古树，又何尝不是呢？

没忘了老树，是你的良心。

温故香雪海

回老家去掰香椿。这时，香椿刚抢鲜，洋槐花还未开。中午吃过了母亲亲手炸的香椿鱼，我和妻子拎着满满的几袋儿香椿芽向母亲告辞，说好不要送，但我们绕过了院墙，再回头看一眼老屋时，却见老母亲站立屋门中央，手扶门框向我们张望。适而，我心里酸酸的。

回到了县城，度过“五一”，一天傍晚，忽然发现我工作的大楼旁边一棵洋槐树开花了。当即，一丝惊喜，一分诧异，牵动了心绪。慢吞吞地往家走，家乡洋槐花盛开的情景，断断续续于脑海间闪现……

就中国北方树木而言，洋槐树是一极普通树种，城市乡村皆可识见。不同之处，是它在半山区的农村生长得更为旺盛；山坡上成片，各家各户亦含其观。

迷恋半山区，源于它适宜在那里生长。凭着根系滋生新树，完全可以实现自我繁育。乡下把这一特性,唤作“串皮根”。另外，生长速度快，木质坚硬，又不易受虫害，一二十年可成为顸顸实实的柁檩之材。在农业社会阶段，这很可贵，是世代农民情意相投的一门庭院经济。

有这般生存土壤，广阔天地，你想让洋槐花不形成气象都不成。

我说：洋槐花盛开时节，那就是“香雪海”。我青年时期农村生活的体验。

说它香，清幽的香气无可替代。那是天地孕育，又合于农民常性的一种清香，不温也不火，引嗅者心仪。谁若能把这种清香意味描述出来，定然是一位语言大师。处此间，只一树清香，还不会使你心旌摇荡；但如果千树万树的清香汇合起来，那可是强大的振奋力。十里闻香，说少了，数十里地范围内，都可以感受清香。

说它是雪，很合洋槐花体貌特征。摘下一串洋槐花详看，它斧钺形的花朵，绿萼部分包裹了亚黄颜色，由上部花唇到基部渐次加深。而从远处去看，尽呈着团团素白。有的洋槐树，花与叶同期，花也开，叶也生，而有的则花儿在先，几乎不着绿叶。花势繁茂，就像覆盖着春天的雪，形态美观。在没有月光之夜，一树树槐花堆拥的白，让你感到大街小巷里没有黑暗，篷门筚户充裕净朗。

关于对洋槐花海的钦仰，登高望远便知。你此时走上就近的山坡，抬眼四顾，就会觉出这真是一片槐花的海洋。观如海的槐花，兴许你也心胸如海。在滔滔花浪前沿还能看到些什么？我对你说，能看到浸润乡情的田畴、连接天际的绿茵茵的麦野。这时，最容易被田野景象感动：这是生养之乡、衣食之邦呀！

我心笃意诚地把槐花胜地视为“香雪海”，尽因我农民情愫化不开，到什么地步也不肯降解这份情缘。清朝江苏巡抚宋荦因江苏吴县邓尉山多梅，“花时一望如雪，香闻数十里”，而称许梅

真想喊大山一声“母亲”！

林“香雪海”，我不以为是多么了不起的发现。那只是衣食未曾忧虑的“雅人”，或“一阔脸就变”的变身人的认识；他自己感觉甚雅。好东西吃多了，不雅也要装雅，自古成习。被农民认可“香雪海”，我看非槐花莫属。

我的故乡坨里村是洋槐花馥郁之地，那里的人民亲和，民风淳朴如共命的槐。槐花飘香时节，天气暖和了，昔时乡亲们有端着饭碗在家门口吃饭、叙谈的习惯。街坊老爷子端一个粗瓷大碗，不管饭食稀稠，乐意在宽敞地儿边吃边与人交谈。这时兴许头顶的槐花被蜜蜂吮落，一朵两朵坠入碗中，这老爷子不会搛出扔掉，而是一扬下巴颏儿，伸筷子把它送入嘴里。晚上，躺土炕上，奶奶于身边专心守护，我闻着槐花香，甜甜入睡……

一年复一年，虽然我的生活已与乡间拉开了距离，可是我仍对寄意故乡的“香雪海”充满了期待。越是日久，趋望之心越切。今春回老家掰香椿，那回头儿一瞥，让我看到了母亲的衰老，她满头的白发犹如下了季发黄发暗的槐树花，令人心碎！我脱离了农舍，归入了城市族群，而生我养我的母亲却如繁育了无数子孙的洋槐树一样，守望故地……

面对苍天，我还能说什么呢？在这城市喧嚣的夜晚，霓虹灯闪烁的时刻，夫复何言……父亲去年走了，母亲也早过了奶奶在世时的年纪。今岁，老母亲八十有三。

皮豆角儿挂树上

京西莽莽大山里面，山涧中，地堰上，有一种灌木，生来一扑棱一扑棱地威猛。土名叫“护山锥”。

它生长的地儿,除了凶险可怖,就是石头累累。它显示的霸气，连长着刺儿的酸枣树都受欺负，更别说野蒿野草抬起头了。别类草木休想在它跟前讨到乐趣。

按身量，它不算树木中的伟丈夫，顶多不过八九尺，可是武装到头顶的颗颗寸把长的刺锥，锋利，粗硬，谁也招惹不得。它的威慑力源于自身强大，不像小矬子日本人，孬种充好汉，跟美国人身后，狐假虎威。

它的强硬姿态，完全以防御为目的，杜绝了人世间“人善有人欺，马善有人骑”的现象在草木世界重演。

颂扬它雄性荷尔蒙充足，没错儿，但也只说对了一半；它还是侠骨柔肠，一腔贞德，柔情似水。

首先夸它的叶儿虽小却厚实，不张扬。叶子呈羽状，若鸟翎，给人的印象谦抑。

其次说材质，是很好燃料。烧火做饭，比煤炭火力强。把它砸成披儿，绑成火把，点上火，迎风儿一晃，就起火苗儿了。当然，拿来枝杈插菜架，爬黄瓜和豆角秧儿也是不错的选项。

但是，它此生给人最大的念头儿，并留下一串故事的，还是吃它的果实。一辈辈流传，喊它“皮豆儿”！

藏着吃食的皮豆角儿挂在枝儿上。单个儿时少，多为三两个一簇。如瘦长扁豆角形状的皮豆角，内中排列三四个不等、不超过七个的豆粒。往往两边的豆儿瘪，中间的粒儿大，鼓实。大的豆儿比黄豆大，冒儿冒儿的似金鱼眼。

又怎么说皮豆儿呢？这就是它特殊之处。豆儿包裹着一层胶浆外皮，煮熟了，外皮愈发膨胀，胶皮的感觉更加明显，像猴皮筋儿似的，嚼在嘴里有弹性。

入夏以后，皮豆角儿逐渐饱满了。闲不住的山里人，不分大人小孩儿，去摘皮豆儿，当吃食。

吃了皮豆儿，可就出乐子啦！

这玩意儿少吃尚可，吃多了，容不了一会儿，连连的响声会由“谷道”排出。“吃皮豆儿，放野屁！”并非用来骂人，只在阐明实际。山民之间虽以此嘲笑，但彼此彼此，谁也不把这句谚语说出。因为响声虽大，但并没有使人掩鼻的气味儿。

农村那时爱放露天电影。在没有电视机的时代，这是大众唯一的文化选择，全村人都去。那时看电影，不全为看新鲜，还图男女老少聚会。也不像现在，小青年们看演出，兜里装着很多种零食，那时的人还没听说过泡泡糖、巧克力，而花生瓜子属于油料，给人给己全舍不得，应季节揣在兜里的只能是皮豆儿了。

当电影机投放粗大光柱映上银幕，青年人便一边看着，一边各自开吃了。过不久，就互相鼓舞，以响声追随。尤其从大姑娘堆里发出的声音，格外引人注意；一处声儿响，七八双眼光追。

农家风景四时新

干豆角儿上坠殷勤

大方的姑娘，将头发一甩，根本不当回事儿；而羞怯的姑娘，脸会热辣辣地不安。

有男孩儿多的家庭，半大小子躺满炕。晚间都吃多了皮豆儿，那便是一阵连环雷炸响，震荡土炕。

还有时候，月上柳梢，青年男女趁黑儿去约会，那男的也是吃了皮豆儿。刚与姑娘坐稳地头，欲摸姑娘手，不料控制不住的声音使他忙把手缩回。姑娘掩着嘴儿笑，他浑身的不自在……

话也说回来，皮豆儿终究功多过少。解饥是必然的；丰富的

我们村成了旅游地

营养物质更不可忽略。皮豆儿外皮带有弹性，一定具备胶原蛋白，不然，山区小伙儿体格不会那么结实，山里姑娘脸蛋儿不会那么洁净、那么爽利！他们那种自然美的肤色，是现今城市人靠羊羔素、大宝 SOD 蜜换不回来的！

成长在动漫、cosplay 和网络游戏中年轻的一代，是多么需要了解一些本土上稀奇，却又逐渐被工业社会淡忘的物种知识啊。

而今，乡村旅游搞得很火，什么炒青倭瓜条儿、氽葫芦、腌野蔓菁皮、盐水苲草等等，过去一些没有引起注意的野菜，今时成了城里人的美餐。但为何不开发“皮豆儿”呢？来个盐渍皮豆儿、肉末皮豆儿、茴香皮豆儿……怎么样？你只要明白城里人是冲着乡村野味来的，把原生态讲清楚，然后再吹男人吃了强肾、女人吃了美容，大话聊天一番，不信他们不理睬。至于他们吃饱喝足，在路上发生上述故事，既与主人招待无关，又使他们切身难忘，决不会招怨——他感谢还来不及呢！

回过头再来说护山锥，这是多么适宜干旱少雨的北方地区栽种的绿化树啊！首先，它是原生地物种，适应北方气候和环境，有利于栽培。再者，它除了能起到防风固沙、水土保持作用，还可以提供充足的清洁能源，两三年一茬，很有保证。至于人类在它身上可利用的食材，应该有研究和开发的广阔前景。又何必花大笔钱从南方购买苗木，栽那只见栽不见长、一坡一坡细皮嫩肉的应景树呢……

是否舍近求远，是否南辕北辙，有些想不明白了。

大杨树叶儿“哗啦啦”响

我上小学的地方，是我们坨里村的老爷庙。殿里供奉的关老爷塑像早已没有了，只剩下中间大殿和两厢配房。

大庙院儿里有几棵古柏、古松，庙外两旁有几棵古槐。

这于我的记忆并不重要。重要的是在大庙外，街道另一旁，庙门口正对着的那一棵大杨树。那才是我心中牵挂，永远放不下的思念。

这棵大杨树到底生长了多少年，谁也说不清。高度在方圆百里绝无仅有，站树下把头仰平了，才能望得到树顶；淘气孩子，用最好的弹弓，石子也射不到树顶雀儿鹰窝。它的粗大，五六个人手拉手都围拢不过来。村里人的爷爷问他爷爷，都说：我们从小就见它这么高，这么“奘”。

最可贵的是，大杨树虽然年纪这么大，却没有一点儿衰老迹象。它的树干从上到下几乎一般粗，通身没有一处疤痕和窟窿。树皮纹路均匀，周正，不皴不翘，黑铁皮似的颜色衬托着大树的文静与安详。树冠枝叶茂盛，遮挡了很大一块天空，炎热夏季，就是再毒的日光也照不透，巨大浓荫下，清风习习，非常的凉爽。

大杨树成了我们村的标识，外乡人见了我们村大杨树，都夸此地风水好。

大杨树旁边有一条穿过村庄的河沟，河沟将村庄划成两部分，一边靠东，一边靠西。夏季河沟里有水，冬季干涸。因为坨里村处于全县北部百里山川的门脸，是河套沟门户，所以从很早起这里就是商品集散地。物资交流十分兴隆。冬日，这条三里地长的河沟就汇成集市，越临近春节越热闹。大杨树下是卖炮仗的地点，从河北省来的卖炮仗人很多。他们为了争抢生意，纷纷竞试鞭炮，实力强劲的炮仗商站在装满鞭炮的马车上，用竹竿挑着长长的挂鞭呐喊着燃放。每一轮鞭炮响起，就会惊起树上的雀儿鹰和喜鹊们“呼啦啦”盘旋，“喳喳喳”地惊叫一片。

老爷庙除了做学堂，还兼做大队部使用。冬日征兵季节，各生产队送新兵，都在大杨树下集合。各队送兵骑乘的大白马、枣红马都是一副好打扮：马身上刷得干净，马铃铛擦得锃亮，马头上佩戴大红花。英俊的坨里村后生跨上大红马，在锣鼓声中与家乡亲人道别，旋将奔向四面八方。热土难离，几多欢畅，几行热泪，我们那代表神灵的大杨树都看见了。

大杨树给我的童年带来欢乐也是在冬季。立冬以后，天气一天天地凉了，说不定经哪一场霜冻，大杨树就开始落叶儿了，能听到半空唰唰的响声。霜冻再重时，厚厚落叶铺满大庙院。这杨树叶是玩耍的宝贝。我们将比家长手掌还大的叶子表皮捋去，只剩下梗儿，用它做相互拉扯的“赛老根儿”游戏。方法是：用你的梗儿搭在我的梗儿上，十字交叉后呈“U”形，使劲拽自己的那一根两端，看谁的能把对手的勒断。新刮下来的树叶，叶梗硬、脆，为了比出好成绩，天生聪明的我们将捋好的叶梗用脚踩着在地上揉一揉，或者在火上烤一烤，让它具有了柔韧性，再拿出来比。如果一根梗儿连续勒断了同学的赛品，会像得胜将军似的快活。整个冬天上学期间，这是我们课下最精彩游戏。课桌的桌洞儿里、干瘪的书包里，全藏着我们倾心的“武器”。

小小一根叶梗儿，带给我们快乐无比，是现在人想象不到的。

大杨树从春天掉“邦邦狗儿”（杨树穗），到夏天浓荫欲滴，秋天带来欢歌，冬天飞翔着乐趣，从没离开我的眼睛，它温馨了我童年乡村生活四季。

大杨树对历代村人都是有恩泽的。在我们村三四千口农户人心目中，它占有神圣地位。过去，村人远离家乡去谋生，向它告别，求它保佑出门平安；经年而归，回家来的当天晚上，要向它焚香祭拜，感激神灵佑护了他的家人。甭管远走他乡多少年，大杨树在他们心里装着。回家半途只要远远瞧见了大杨树，那浪迹天涯所遭逢的屈辱和创伤会被大杨树的身影抚平；感觉就仿佛已经到了家一样。

我们村人讲情讲义，温良敦厚的性格形成，不可否认与大杨树教化有关。

一年四季听得到的，大杨树叶儿“哗啦啦”的响声，在我听来，是最淳美的家乡音乐。它声音里分泌的慈祥，对学童是一种心智上的砥砺，催促其发奋学习；对成长中的青年是一种提示，提醒他们怎样做人，怎样敬祖。大杨树里边乡音，承载千秋灵性，是天与地的和鸣……

我非常的惋惜，相伴了我二十多年，大杨树滚起的涛声，竟然在我这一代成了绝响！——写到这里，我的心在流泪……

“文革”中，它被残忍地伐去了。

据说，当权者做出此项决定的时候，在村民中引起很大争议，然终因胳膊拧不过大腿。“文革”的战火燃烧,“祖国江山一片红”，谁又能多言，谁又敢多言呢?

大杨树就在一片岑寂中被放倒了。

有好几十年经验的老木匠，都判定树心空了，却没想到大杨树那么仁义，树心一点儿不空。最让木匠们惊骇的是，按常情杨树拉出的锯末，应该是白色，而这棵树锯出的却是血一样的鲜红!

这般奇异，谁也解释不了。

大杨树倒下后，锯成板材，好几个木工几盘大锯足足干了一年零八个月。锯成的木板堆成了山。可是,皮开肉散,那么多板材，最终流向哪里，又谁也说不清。而我还听说，当初主张放树最坚决的人，夜里有白胡子老头儿托梦，惊吓得他睡不好觉……

作为坨里村地标和文脉的大杨树就这样失去了，渐渐地无人提起。然而有一天，一位解放军大校归来，又掀起了有关大杨树的议论。

这位解放军大校，是我同村的上一届同学。他的相貌，我还记得清楚。个儿不高，爱流鼻涕，冬天棉袄袖口被他左一道儿右一道儿“龙须”杠抹，杠得油亮。“小时流脓，大了成龙”，此说对于他是对的。入伍后，由穿四个兜上衣军装（上世纪 70 年代军官制服），到以后佩上两杠四颗星大校肩章，当上了军分区司令员，一直是我们坨里村人的荣耀。他的归来，自然受到最高礼遇。一桌丰盛的筵席，敬酒殷勤，谁料他数杯下肚，像孩子似的放声大哭，涕泪交流，左一道儿右一道儿“龙须”又冒出来了。他连连质问村干部:“为什么把大杨树给放了?”一迭声儿追问，让村干部好生为难，却又怎么去向他解释呢？

这就是出门在外的热血汉子、家乡子民对故乡的一片情意啊！

我别无长技，平生只有一支笔杆儿在身。我是坨里村长大的娃娃，正根正秧儿，说话无忌。我要嘱告的是：好东西毁了容易保留下来难啊！我们要对自然山川、老祖先留下的物事怀有敬畏之心，不得任由性子来；要以敬祖报本一样的心去爱惜它们。这，我们注意到了，就是我们留给后世人的德气，让后世人好生生活的根基。

撩人情怀的酸枣树

我说我见过脸盆口那么粗的酸枣树，很多人不相信。质问我：真的吗？我们见的可都是小酸枣树呀！

那么，我郑重地跟您说：这是真的。三十几年前，这几棵老粗的酸枣树就在我老家坨里村生长着；它长在翟家的老坟地。小的时候，我曾爬上摘过酸枣儿。后来，在木材紧缺的上世纪70年代，这长了二三百年的酸枣树，被他们族内人伐去当盖房的木料了。

酸枣树长成盆口粗、两三丈高，是一个了不起的奇迹。按照常情，不容它长那么大，就被农民割去砍去当作他用了。

酸枣树当然还是以小矮棵居多。中国北方的山区丘陵，哪儿哪儿都能见到酸枣树。

这些地方长大的孩子，酸枣树是他们最早记准的树种之一。你想啊，小小年纪，吃过它酸果儿，挨过它上边刺扎、蟪子蜇，揪过它嫩芽喂家畜，怎能不最早记住它呢？

但说起来，因酸枣树引起的那点皮肉伤，远不及它给予乡下孩子的快乐多。

四月底，天气暖和了，就到了小孩儿们结伴到山坡打兔儿食的时候了。刚长出的酸枣叶，从绛红色枝丫上伸出，采叶时，只要小心躲着枝儿的直刺和倒钩刺，一点儿也不会伤到手。从根部滋生的一墩墩儿嫩芽，油绿油绿，其中虽然也混合着酸枣刺，但因其绿茸茸的很嫩，合把攥起来软绵绵的像娃娃的手，不扎人。用镰刀割回家，羊儿、兔儿最爱吃。

“枣芽儿发,种棉花。”老年人口上的农谚,让打兔儿食的孩子,从小记住了农时农事，并将自己的命运和生养他的土地早早儿缚在一起。

黄绿色的酸枣花先是像小米粒球球似的，在叶梗与叶片的连接处簇成团儿，然后像碎星星似的绽放。花未开，扎一堆的花苞像机灵鬼男孩儿晃动着的小脑瓜；而开了时，那自由自在活泼的花姿就像顽皮小子又长出了翅膀一样。

酸枣树是在花儿将谢未谢之际坐果儿。一开始,很小,不必说。随后几个月,果实长大成型。酸枣青时,吃不出味道,长成“白背”以后，才有了味儿。待到它顶部果柄处出现一轮红圈儿，表明它接近成熟。这以后红颜色由上而下蔓延,先红一半儿,再整个儿红,就完成了它的成熟期。

“七月十五枣儿红圈儿，八月十五枣儿落竿儿”，那是对大枣说的，酸枣儿比大枣儿熟得要早。

酸枣儿有不同品种，果型、果色、口感各自不一。从果型上比较，有的扁圆，有的滚圆，有的长圆。果色上，处在青春期的，大部分翠绿，而有的就像美人脸，肤色爽净。有大有小，大个的比一般的大上几倍，叫“猫儿眼”，个儿大，吃起来脆甜。个儿小的酸甜程度也不同，有的甜胜于酸，有的酸胜于甜，还有的刚咬一口，酸得口腔就冒酸水……

酸枣熟了时，太好看，一树一树，像挂满了红玛瑙，十分诱惑人。采摘最好赶在落叶前。可以提篮子下手捋，也可用小笸箩接着，用小棍儿敲打。过了采摘期，树叶落了，熟透了的酸枣儿就掉在树棵下草丛里。有长得结实的还挂树上，直到来年春季。

农村的男孩子，只要扎堆儿，无论摘吃什么都会争抢，唯独对摘酸枣儿争不起来，也不发生吵架。你一棵，我一棵，友好相与；你摘你的，我摘我的。你觉得这棵口味不好，可以踅摸下一棵。

酸枣树属于野生资源，归那一地段的农民共有。它在我的老家叫“圪针”，过去有这么一句谚语：大坡的圪针，谁爱割谁割。表明了它的自然状态与可随意支配的属性。

酸枣树都可以嫁接成大枣树。各地形色不一的大枣，都是由酸枣树嫁接了变化出来的。以酸枣树做砧木，把意愿中的大枣树芽做接穗，成活，以后想吃什么枣儿就有什么枣儿。结出了大枣，原先酸枣树这个野姑娘，就成了人心目中的贵妇人，受人尊敬啦。

酸枣树在未改造之前，处其他果木树种中，它实在没有那些体态、容貌都姣好，亚赛果林士大夫一般的果树那样的风度。它单薄，卑微，瘦骨嶙嶙，但是，它自始至终维护着人间理想和永久正义。

它造福人类，使枣儿家族绵延不息；它的枣仁具有健胃、安神作用，记入药典，已逾千年。这是它光辉的历史业绩。然而，它更眷顾农民，它挥洒性灵表现在了方方面面。幼树期，供于牛羊，长大了，做农家生活屏障：割下来，可以围栅栏，拦猪、拦狗、抑豪强；当柴烧，它油性大，就是青圪针，燃起来火苗儿也旺。还因为酸枣树木质坚硬，耐磨损，所以碾盘上碾轴、马车上刹车杠、牛驾辕拉车或耕地拉套时套在脖颈上的牛鞅、铁镐的镐柄都用它。用它做木梳，是木梳中上品，经年使用又红又亮。据老年人说，在坟地栽酸枣树，爱活，还可期望后代闺女口才强……

还有一种农田用项，需要我说，现在很多人不记得了——那就是用它做成的“盖”。新翻过的农田，有一道道泥浪，把它耙平才好播种，而这耙地的农具就是用酸枣树茎条编成的“盖”。耙地时，使用骡马拉套，人踩在“盖”上面吆喝牲口行走，通过人体重量和三尺多宽“盖”的幅度，来回扭动身体，经无数往返把地耙平。

我太熟悉“盖”的炮制过程了。盖条是酸枣树的茎条，到山坡先去寻找适合规格的酸枣树。见了多半人高的酸枣树，一手用禾叉将它固定抵住，一手挥镰刀削去枝叶，然后从根部割下，就是一根基础材料。打成了捆儿背回家，便进入制作盖条的工艺程序。架起柴火，把砍回的茎条一根根过火熏烤，茎条中间部位一定要烤热。烤好后的茎条变软，拿下火，双手用力将它对折成弯，脚踩着，中间容一只脚宽的间隙，拧成“U”形，这一根盖条就算制作完成。待所有的茎条都弯成形，就按二十根一把儿斜码着用榆树梢儿捆好。为避免回性走形，上边再用大石头压住。隔不了几天，就可以卖给供销社了。

而今，农业时代的工具已经过时，这种制作技术现在也就用不上了。经我所历，人世苍茫，却还见酸枣树有了没、没了有地生长。制“盖”的技艺失传，我并不十分惋惜。但我始终忘不下我的爷爷当年在灶火旁用力拧着盖条时的情景，忘不下灶火映照中他凝重的面容和沁着汗珠儿油黑发亮的肩膀……

山荆花之恋

我太爱这山野上的山荆子花了。

童年，村子不像现在有这么多住房，我家对面几步远的山坡上生长着一丛丛的山荆子。这面坡就成了我和伙伴们玩耍的乐园。最有意思的是折下嫩荆条儿，编一个帽圈儿，套头上，学边防军那样打土仗，翻跟斗摔跤。春夏季节，我们头上、背上总沾挂荆子花。中学毕业后，参加生产劳动，正是“学大寨”震天动地的时候。过了麦收，锄过第一遍地，为播种小麦的底肥做准备，生产队就该组织青壮劳力进山打荆蒿了。在黎明前睡觉最香的时候集合，晚上八九点钟回来。几十里路程，青年男女坐在高高荆蒿垛上,听马蹄“嘚嘚”敲击山谷,一路歌声笑语不断。一时的畅快，忘记了日间割荆蒿的劳累，忘记了饮荆棵下积水、水坑漂浮羊粪蛋儿、荆花籽儿的艰涩。

青少年留下的印象，因为和衣食相关，所以记忆很深。但不足以达到刻骨铭心的程度。真正对山荆花喜爱，是在有了一段山区生活经历之后。

坦白地说，当初来到百里深山，进入十渡山谷，我有股屈辱情绪。好端端从城市圈儿滚落基层，迫于一种无奈。白天文化站还有人来，晚间偌大院落仅留我一人。睡不着觉，听院里屋里蛐

进了山，荆子花儿先入眼

开通灵秀在深山

蛐儿合鸣，内心凄苦和愁闷可想而知。

渐渐地，我适应了山区生活，和山里人感情一步步贴紧。纯朴的山乡父老待我如同儿女，在远离城市嚣音的山乡一隅，得到他们抚爱，寻找回了人间温暖。于是，我独处黑洞洞小屋不再孤寂，把自己看作大山的子民，写出了一批渗透情感的散文，洋溢山野清香。在大山怀抱，异想天开，竟又组织起了一个连接三乡的文学社——“绿谷文苑”，请来了浩然、张志民两位前辈，请来了北京不少报刊编辑……

我毫无夸张地认为，是十渡村姑和少年、十渡大伯和大娘、十渡拒马河边打鱼人、十渡相熟的朋友和青山绿水，拯救了我的灵魂。一声声山音让我心热，一处处山岭让我萌情。情感充实着我，精神世界倾向了大自然。仰卧龙山草坡上，阅览天空一朵一朵白云；散步拒马河边，看水里鱼儿自由自在。流连在山荆花蓊郁的山谷，竟从蓊蓊郁郁气象中对应出了心底的眷恋：我分辨不出那隐于山荆花气象中的淳厚慈和，是属于我家乡父老，还是山里乡亲；分辨不出那跳跃于荆花之上的蓝色精灵，是我童年情境的重现，还是山村青年朋友智慧的眉眼……那融融气象里，我觉我的存在，是那蓝莹莹花色中一星花雨，一颗籽粒。

在我真以为我的感情交与了大山，可以读解山民底蕴，自许为山里土著的时候，从一位青年朋友身上觉察出了感情距离。换句话说，是他对山地的眷恋和他被山地培养出的赤诚震撼了我。

我这位朋友是石景山一名工人。当生活光环照耀他头上，从此远离山村贫困轨道时，还很年轻。在城里有了家，有了孩子，很幸福。可是，我慢慢发现，每月他都回山村度假。常常是他进家日子，那个小院的欢声笑语格外高涨。他走访山村伙伴，或在父母面前，都十分开心，流露出孩子一样的天真。而每次离别，总感觉他有一些心情郁郁，常常是父母一再催促，才依依不舍地动身。去火车站十分钟路程，他要让弟弟妹妹陪着，送他登上火车……

就这么一个和和美美的人家，命运给他们天伦之乐以沉重打击：他得了重病，而且不治。在他病困的日子，乡亲、朋友、亲人都去看望。他每一次在家人面前发火，不是因为他的病情，而是他嘱托的山木手杖没带到。他答应了一位病友，据说持这种山木手杖有益身体康复。他行着怒色，父母亲人连连赔小心，同室的病人和医生落着眼泪。他哪里知道，大限已经不远了啊……

在听了这个情节之后，我心灵受到前所未有的重创。他的容貌在我面前悬浮，我脑海里涌现的每一个意象都是山荆子花！山荆子啊，它健生时依恋山地，与山地难割难舍，而它损伤，竟与别人的护生愿望连在一起！山地，山荆，山地养育了一辈辈人，山荆子花啊，它的温温融融交还给山地一脉质朴，一脉纯情。山地能够永存，山地给予人的禀赋便永远不会消失。我脑海里意象一霎霎抽紧，终于挤出了一句心音：山荆子花是山民的精魂……

我惭愧，最终还是离开了山地，尽管是怀着撼心动魄的敬仰离开山地的，但今生今世对于我，离开山地，无论如何不能说是一种幸福。

山荆子开花儿蓝湛湛

我的心里生长着一片对山荆子的热爱。

像怜爱亲人，总想蹭蹭它的头，摸摸它的脸。

但我这一愿望，已不像青少年时期那么容易实现了。

在小的时候，山荆子培育了我的感情。我老家住宅对面是一面阳坡，坡不高，离家也不远，我和小伙伴一年四季常上那里玩。山荆子从滋嫩芽，到叶儿落，都看到了我们在那里的玩耍。

最好玩的季节是在山荆子开花儿以后，草色芊芊，所有野生植物都舒眉展目。光着脊梁的我们会做各种游戏；最开心的是打土仗。每人编了一个挂荆花穗的帽圈儿扣头上，增加英勇气概，一对一搏斗，看谁能把小对手摔倒。摔躺下的也不撒手，乱抓乱舞之间，就把强悍对手的小裤衩揪下，露出他的光屁股蛋！不论时辰，分不出输赢，得不到奖励，就愿意这么玩。直到各家家长叫着各自小名喊“回家”，才住手。进了家门，打散了的帽圈儿还在头上歪咧着，汗湿的后脊背沾着荆条花。

这童话般的山野情趣，注入我的童年，使我终生都记着这一儿时快乐。

山荆子激起我的天性尽情发挥，我不会忘掉；但我能牢固于心地记住它，却还是因为它的编织物让我从小认识了劳动，并触及了我的体温。后一种感受，甜蜜蜜地滋养在我心里。

或许是在腊月吧，奶奶的娘家人来到我家串亲戚，带来了一些山果和荆编用品。我记得的，除了干活用的背篓、背筐、篮子、畚箕，养鸡用的鸡笼，还有用老荆条篾片编织的、带菱形花格的烘笼。这后一种事物现在很多人都已隔膜，农家后代也想不出它的用途。在早，它就是冬天架在煤火上烤衣服使用的“烘干器”。有婴儿的家庭冬日用它炙烤褯子。我冬天怕光筒棉衣穿在身上冰凉，懒得起炕，奶奶就提前把我的棉衣搭在烘笼上，待全部烤热，才催我起。奶奶看我穿上暖烘烘的棉衣，嘴角上兜满了慈祥笑容。

这以后我也参加了生产队劳动，割山蒿，打青草，什么活计也都干过。但我并没感觉十分辛苦，而是觉得有祥瑞照应，山荆

蓊蓊郁郁，山荆子花香结天阵

花的花香、山荆条的俊朴，温存着我。

对于人间草木，是要用一种感恩的心，一种剔除了世间芜杂、势利而归复童真的品性，把草木当良友看待，才能发现它每一分的谦抑、实善、纯真和美来。

山荆子开花是大自然造就的一道美景。凡是不做耕地使用的山冈坡岭，都能够在季候中观赏到这应时的美丽。山荆子的花儿不大，但是花梃儿很长，缀满了花序，开数不清的花。山荆子叶儿细小，花开之际，花儿能把它的茎叶笼罩。漫山遍野数不清的花梃儿组合，便氤氲出了好似卷起波涛的山荆花的汪洋大海。嗅着清逸的花香，注视蜂飞蝶舞，静心去体悟，就觉得这山野间有一种温温融融的盛大情怀，一种天与地交合的蓬蓬勃勃的正义在生长。

怀这样感觉，去看蓝莹莹的荆子花，一时会怜爱交加。就觉得那不大的花朵有灵气，花色和花姿，特别像我们小时候的顽皮。

山荆子花期长，从六月一直能开到九月，这在木本类植物中稀少。所以，北方的山荆生长地，南方的放蜂人最为心仪。他们追逐花期，依山而居，蜂箱放于路旁，摇出的新蜜随时向路人出售。据经多识广、精于美食的文坛一代大家汪曾祺先生介绍，荆花蜜的品质，任何蜂蜜都比不过它。

山荆子是边开花，边结籽，过了花期，山荆籽儿也硬实了。一颗颗像咂过的鱼眼珠，微黑色。它油性大，肥力强，将它用大铁锅炒了，是种小麦最好的底肥。它有药味儿，还能预防蝼蛄危害。以前生产队常在处暑节前后派社员去山里捋荆籽儿。

山荆子以善意陪伴人类，人类从它身上获得了不少利益。

它还帮助守望家园，减少水土流失，功劳甚巨。但是，我想不明白，这么一种良性植物，却未落得好名声，自古以来，人们对它鄙视。以它组成的词汇，生活中大多含有贬义。比如，古时称楚国为“荆楚”，称楚民为“荆蛮”，就十分不公。就算从屈原起，楚国就人杰辈出，更何况半部中国近代史是由楚人写就的呢？再如，称常人的住所为“荆室”“荆柴”“荆扉”，称贫女为“荆钗”，称己妻为“拙荆”“荆妻”“荆妇”等等，都明显带有贬抑倾向。甚至，还株连旁物，和“棘”连一起，衍生话题……这太离谱了！我为这颠倒了的山荆子的名声，觉得可惜。

翠岭浮瑞霭，层山有乾坤

麻李疙瘩的风光时代

看来，这种野生灌木，京西农民从未重视。从小到大，从树身到树根，合用一个名——“麻李疙瘩”。让人一听，想不出有何美样儿。

按说，它和护山锥有相似之处，也长刺针、结果实，只是它的刺针没有护山锥粗硬，果实也不能吃。

要说区别，最明显的，在于生长环境。护山锥光听名字，就觉出雄性意味，其生长的地儿选择在山石险峻之处，而麻李疙瘩则趋向幽冥，于庄户人家的老坟地生根长大。即便山岭、地堰上也长一些，但终不如坟丘地带茂盛。

看一个村庄某个家族，子息是否兴旺，落户是否久长，看什么？看坟地。坟丘若是累积了一大片，不用说那是一个历经久远的繁盛家族；若坟头稀稀疏疏，必是小门小户，落户时间浅，或子嗣不蕃茂。

当然了，乡绅财主家的祖坟地植松种柏，添加龙爪槐，气象岸然；小民百姓，则信奉入土为安，以寒贱得不能再寒贱的山荆子、麻李疙瘩之类野植与先人为伴。

蛐蛐儿要活，蚂蚱也要活。贫寒之家，唯一能傲视有产阶级的，是他们那一层一层被麻李枝子护满了的祖坟地，比上等户的坟场大。在看似寒微的情景中，麻李疙瘩生机十足，那秋天的枝条挂着许多黑溜溜小圆果儿的丛林太密了，中间钻个人儿都很困难。树下不长杂草，旁类顶多有马兜铃爬上树梢儿。

乡下人有怕鬼心理，这种场地不轻易去。擦黑儿以后，白日看着坚挺挺的坟场灌木林，至晚间黑魆魆一片。间或有夜鸟叫、磷火闪，更瘆人。除非绕不过去，否则，能躲避就躲避。及至跟前，也是手心捏了两把汗，恨不得会使用缩地术，三两步迈过坟场去。

照理说，生长在此处的麻李疙瘩，如同世上从不招惹谁的草民一样，应该万保无虞了吧？恰恰相反，它竟有遭劫的时候！

20世纪有一个时间段，颂扬“破四旧、立四新”，神乎其神地讲说“造反有理”。这股风潮弥漫到乡间，先是拆老庙，后是掘老坟，贫下中农怕担“封、资、修”罪名，也不敢违逆。

不知从谁开始，发现了麻李疙瘩新用途。上百年、几百年生长的灌木，根系结了疙瘩，木质坚硬、细密，有的大如斗，有的团如拳。在那物资匮乏的年代，造反派中的乡下人子孙想到了用它来制作烟斗。工厂已经“停产闹革命”，造反分子们就开动了电锯和旋床，生产私人用品。大的疙瘩可以制成几个、几十个烟斗，小的也可以做成一两个。

粗加工一遍之后，转入打磨，烟斗表面光滑了，纹理便显现出来。黄黄的，或浅黄的光面上，出现了有如铜丝烙刻的图案，有的像狮虎，有的像菊花，还有的像仙翁。日精月华形成的木疙瘩呀，人间的奇景、人世的传奇，都能和烟斗上花纹对应上。

这么一只烟斗，为了防止木质爆裂，还要经过机油浸泡、完后封蜡的工艺。待这个工序齐备了，就可以镶有机玻璃烟嘴，随身用了。

那个时代，无论城乡，谁握有一只巨型麻李疙瘩烟斗，谁就有“范儿”，就如同今日谁指头上戴一枚钻戒一样风光。

长了多少茬儿的野树，埋了多少辈人的坟场，做梦也想不到土跄跄的麻李疙瘩风光一回呀！过去说，谁家老坟冒青烟，是讲受祖上荫庇，后人发迹。而当时，麻李疙瘩受追捧，风光了一把，却不是青烟所致，而是荼毒人间的罪火啊！它的风光是毁灭。同世上一时发迹的风云人物一样，随着风光到来，折向运程的终结。

麻李疙瘩凡体雕成掌上珍

秋眷，秋思

苦香香的臭椿花

麦梢儿黄，臭椿花开。

我闻臭椿花长大。

在我家乡，很好见的是臭椿树。虽然杨、柳、榆、槐把村庄遮得严严实实，但你穿街走巷，还会识见夹在绿荫里的一棵、两棵臭椿。它像我故土乡亲一样微贱，也像相处几代熟识的邻里一样普通；它可以让人结识，但又难以恭敬于它。

现在，我拾笔要写这篇文字，是因为臭椿花特有的香气已经飘到我的书案，口含腹吸，自把一段人生嚼得苦涩苦香……

和别种家材树木不同，臭椿是长盛了叶儿才开花。新叶如盖，是它的花期。远望时，会看不出花，只像是绿装上罩一轮亚黄。近了，才看出茂盛绿叶中射出一个一个花梃儿。花梃儿上娇黄的花很小，朵朵连串，像镏金的簪头儿装扮一树青春。这时，你在街上走路，就会觉得有一股苦丝丝带草药味的清香吸入脏腑。你还会发现，谁家屋檐下、矮墙根铺一片儿碎星星，灿黄得像丢撒了许多未脱壳的谷粒，惹你怜爱……

当然，这都是我现在的观察。其实，在我的记忆历史上，并没有这样详确，于我血肉本色相连的，是那早抱春枝的臭椿芽；甚至我还这样猜想，我之所以血脉旺盛，不惧寒凉，是因为我的躯体里有臭椿芽营造的纯浆。

无论如何，我是不会忘记那个年代的。上世纪 60 年代初期，天来横祸，连续三年大旱，粮食大幅减产。偏偏这时，“苏联老大哥”发脾气，瞪着蓝眼睛要账。一切好梦都做过头了，留下来是没有好梦接续的伤痛……

天地间一张大幕。村庄一家屋门拉开，走出一个挖篮子的半老妇人和一个男孩子。那男孩儿一边走一边揉眼，有些不情愿似的。这是饥饿的村庄里最早出现的一老一小：少年和奶奶。赶早出门是为有些野菜能把篮子装满。那时候，村里村外能吃叶儿的树都是秃的，甚至榆树皮也被剥光，只剩下一截冷白树身。少年清楚地记得，为了砍下老榆树尖上几个小芽子，不惜爬上两三丈

乡思在彼

高，后裤腰别一把镰刀，顾不上老树把肚皮蹭得又痛又红。那时刻，奶奶在树下仰脸看他，张手追逐旋落下的树芽子。那面容被他看见，她笑得恓惶，笑得挣扎……

早早儿的日头就那么毒。被人搜寻过多少遍的旱山坡光光的，反射着阳光的炽热。少年很希望在别人看不见的地方发现一棵刺儿菜，或一堆由秋天爆荚、今春自生的黑豆芽。然而，他很失望，瘦瘦的胸腔不停地喘息。奶奶对他说："我们远点儿去吧，离村远些，总会有东西填满篮子。"少年不语，赤脚划拉烫土，生起一溜土烟儿……

祖孙二人来到的地方叫"老虎圈"。荒坡野谷。奶奶不走了，停停，喘一口气，指着一处说："我们就掰臭椿芽吧，这季儿臭椿芽好吃。"听了这话，少年高兴了，撒开眼睛四处寻找，果然看见地阶上、石堰上有一小棵一小棵臭椿苗，人参娃儿似的顶着紫红新芽。他像野兔一般跑出去，奔向他看到的地方。跳上跳下，石片儿伤脚，不觉疼，就想着快让篮子满起来，快把还没人摘的树芽弄回家去。他一回回跑出去，一回回把掰下的小把儿嫩芽送到奶奶的篮子里……天地寂寂，他是快活的。他不再矮小，而是脚踩云石，高高壮壮起来。近午，奶奶牵手拉他离开山地，半坡处，他还不时回头张望……

苦乐童年。

时过境迁，时间的旧土似乎可以把很多人生记忆掩埋，从而使很多人失去回望的标记，可是，年少时采摘臭椿芽的情景我却还历历在目。在我感觉长大以后，也曾想，这救人济世的臭椿树，为什么叫这个名字？是它幽幽带苦根儿的花味呢，还是比照香椿，不及香椿树俊美？反复想来，终有一得：不是人们对它厌弃不恭，而是它生来卑贱，如同草民，叫它“臭椿”乃乡俚之言，一如农家给孩子起“狗儿”“臭儿”乳名，不刻意修饰。语淡情直，但表白亲切罢了。

越上三十几年，为了学拿笔杆儿这门手艺，我进了城。时运所及，后来也弄得一个红色封皮的“购粮本”。刚揣上它时，很有些得意，因为我知那里面不但有标准粮油的供给，还有一种令人自豪的标定让人沉溺，挺神奇的。渐渐地，兴奋少了，反生一丝凄凉：一个两三页的小本子就把我从父辈流汗砸坑的热土上拔出来了吗？如同魏延反骨般的冷念在心底游动，折磨我的内心。眼观城市诸般华萃，我却没有城里人那样潇洒，大街再宽，我觉得挤，楼房再高，也不觉亲。高和宽构成的生存空间发生的许多事情，不管是风云人物满座的酒会，高谈阔论的名士沙龙，还是绮罗香泽的“卡拉 OK”……于我全不适合，就跟楼群里偶然发现一棵两棵长势不舒畅的臭椿树一样，我感觉，这原本不该是我立脚的地儿。我至今仍跃跃于怀的，是我时时不敢忘记我是吃臭椿芽长大的农家子弟。

冥冥中似有一种感应让我察觉到了。几年前，身归故土，收拾了老宅，在父亲身边盖了三间新房，作为操习文墨的小作坊。开始不经意，后来发现了奇迹：新宅落成的第二年，旧地基东隅竟冒出三棵臭椿苗，葱管似的条直。我惊愕了，一生都很迷信的父亲告诉我：咱家是一块活土。活土与否，不去论，我相信的是这个真实——没栽没种，长出了有出息的树苗。几年光阴，葱管状的椿树苗，出落得小碗口粗细，像几杆绿色的旗，生机欢畅地超过东邻的房脊。对这几棵椿树的爱是可想而知的，它给我带来欢乐。当春时节，我在树下读书，我在花下默想，常有这种情形，不知是因为鸟雀跳跃还是鸟儿歌唱碰了花枝，新打开的书页，常溅落几颗碎星星，小精灵似的向我表示顽皮。这时，我心绵软极了，每每百思不得的一些语句，在此时泉水般冒出来。毫不夸张地说，我写作的一些灵感，常来源于这几棵臭椿树。

像过去父亲点拨我，而不再有他的迷信那样，我今时以做父亲的资格，用我的感觉，还有人生体验，教导我一双儿女：人生全部充满欢乐，不一定是一件很好的事情，人只要不饿肚子，不失去真实，人世间或者自然里收藏的美好就能发现，世界上原本不存有的东西，也能靠人创造出来。这道理最简单，也最合乎实际。

当然，我也没忘传授给他们科学知识。据现代科学测定，臭椿树对现代环境污染有良好净化作用。

臭椿树还真是挺宝贵的。

椿树荚一枝觅知音

我思念的香椿树

他的突然来访，搅动了我的思乡之念。他是我小时的朋友，眼神里有着乡下青年的质朴，也有着久经生活磨砺而闪露的精明。我与之有过一段不愉快的往事，但出于少小情谊，我热情挽留了他。他告诉我，这次来一是为了看我，二是要买塑料薄膜。买薄膜大概是盖房用的，我没有细问。“五一节赶家来吧！”他止住我送行的脚步，面色上袒露着真诚。屈指算来，已是两年未归故乡……

公共汽车行驶在郊外京周公路上。凭窗远望，万物复苏，柳烟逐春水，麦苗翠田畴。绿野深处，三三点点的花头巾就像一簇簇山桃花；一声声吆牛声随风入耳，撩起我熟稔的乡情。我把小儿扶在膝上，一同领略这田野风光。心里欣慰，百多里路程不知不觉走过脚下。

我算不得什么“老大回家”，一路上遇见乡里长辈同年旧友很多，大家寒暄说话，二三百米的街路，走了足有半个钟头。仅仅两年，石块碰脚的街道铺上了柏油，闪着银光的电视天线高耸在我熟悉而又陌生了的庭院上空。大队部门前矗起了一座小楼，门楣上的新字真真切切：农民俱乐部。亲眼所见，惊叹不已！

几天休息时间，被接待乡里亲朋来访占满了。我吸着他们递

头茬香椿最招人羡

给的过滤嘴香烟，听着在我来说的“稀罕事”：“养鸡状元”双喜进门；“当铺狗不咬的”抱回彩色电视机；报社记者吓跑“五财迷”；张家媳妇揭了“皇榜”，电磨坊“长腿”变新章；李家嫩小复员回村领“执照”，修表铺夸富要夺魁；陈四奶奶“溜”出敬老院，瓦瓮豆芽起了“祥云”……天上地下，五谷六畜，柴米油盐酱醋茶，说者开心，听者兴奋！这天晚上还是大队长顺兴叔止住了纷纭的话头：“过去种菜的有句讲儿，‘快马赶不上青菜行’，那是说菜市。现如今党中央把富民政策的缰绳头儿交给咱们老农，还不像一夜的春风，谁知绿了多少片地，多少花骨朵儿吐了红？农村的稀罕事，别说快马，就是超声波也赶不及哩！”老人说得幽默，却也实在。送走了众乡邻，我躺在土炕上难以成眠，有一种道不清的情感在心怀交织、拂荡。

天明起床，母亲早为我打点好行装。挎包鼓鼓的，透出幽幽香气。我抽搐鼻孔，用目光问询。“刚才四儿摘了点香椿，带回给同事儿尝个鲜吧！”母亲站在屋的一角，手指拢着鬓发，蔼然地说。哦？香椿！难道牵萦游子梦魂的竟是这香椿？

我撩下肩上的披衣，扑出门，立定在庭院，茫然地审视这生养之地。院的四周，幼树匝墙，返青的枝儿上香椿芽尚不足拃，鲜亮亮有如村童的眉眼。院中老椿，嫣然峻然，那百枝生节的云冠，似祖父捧起一双结实的大手，枝端凝出的一顶新绿，又犹如他老人家不易察觉的笑痕。细望老香椿树临风之姿，也很像祖母安详时的神态，树干那皱起的表皮，更像她面容上温和的皱纹……

我怅怅然，徜徉院中，忆念的潜流从心房汩汩流出，渐渐注成一潭清水，明晰地照映出童年的我……

丽日春阳，我和田顺、春根儿房前玩耍，瞥见爷爷背着筐来了。他喜气满面，花白的发茬上汗水闪着亮光。我忙跑上去，用头抵着爷爷的腿裆撒娇。爷爷一手搂着我，一手护着筐，唤出父亲，就在房前迈开步丈量起来。他定好方位，父亲刨土，他把一墩看上去像鸡爪一样紫红的根从筐里捧出，轻轻安放在松软的土坑里。不远不近，一共埋了两墩。瞧着爷爷那专注的神气，比“拨洋人”赌输赢，我弹小伙伴的脑门儿还认真呢！我趁爷爷弯腰培土，扳着他的脖子，爷爷高兴地挣动脖颈，侧脸喜悦地说：“这是香椿树！”“咦，是香椿树？人家栽的树苗都有枝有叶，这鸡爪似的红根会是‘树’？”“嗯，是树——不过现在不是树，可很快就

上学走过的路勾咱神儿

会长成树，它长得比你快！”爷爷用他指甲缝塞着泥土的粗糙的大手,摩挲着我的头顶,显得轻松快活。他再嘱咐的话我没用心听，一“拨浪”脑袋，跑了。

没过几天，湿润的土堆儿冒芽了，鲜亮亮、油光光的嫩芽。这时，我高兴了，跟随着爷爷用小瓢给树芽浇水，爷爷说：“香椿芽儿特别好吃。”可是香椿芽挺出好高了,我还没尝上什么滋味儿。

这年“伏凉儿”叫在树梢的时候，我上学了。再两年，小树真的比我高了。在上四年级那一年,香椿树的枝杈搭上了房檐——不用说，我早吃上香椿芽了！我吃上了奶奶亲手做的香椿拌凉面，我吃上了酥脆喷香的“炸香椿鱼儿”。真的，嫩嫩的香椿芽在稀面碗里那么一搅，顺手夹进油锅，“刺啦——”，翻过俩身，喷鼻的香味儿就出来了，瞧那焦黄酥脆、咬一口露出嵌进酥皮的片片细叶，可不跟鲫鱼背的嫩肉似的！怪不得馋得田顺“摩登摩登”直瞪眼儿（当然，我这里也有他一份）。

树长高了，树下就成了我们小学生的“伊甸园”。乡村的小学是半日制。夏秋之季,放学吃过午饭,小伙伴们跟脚来了,有“机灵鬼”田顺、爱“抹眼儿”的春根儿，还有八斤、牛脖儿和二蛋。不过，最要好的要数田顺和春根儿。田顺教我淘气，春根儿会唱歌解闷儿。我们聚在树荫下的矮桌上头碰头地写作业，在石板上画生字。写累了，就去逮树身上带翅儿的“花媳妇”。有时，还用香椿树渗出的像松香一样金黄的黏液粘课本。我们几个，就数田顺“招儿多”。那年春天，他爬到顶尖的树杈，把一个鸡蛋壳扣在枝头上。等到香椿冒芽儿，拱出来一个黄澄澄的大茸球！可把我们乐坏了。

哦，香椿树，给了我那么多童真乐趣，给了我那么多着迷的记忆，世间万物都是金灿灿的呀！

慢慢地，我觉察出来：早晨碗里的玉米粥渐渐稀了，中午的饭食也搭菜多了——这时下厨房的是奶奶，我真“气恨”奶奶了。

这年的香椿芽冒得格外早，格外整齐。那是冬天下过几场雪，我和爷爷用院里雪堆积过的。当长到一拃齐的时候，奶奶在一个早晨推醒我，叫我去掰香椿。清晨的风凉飕飕的，我骑在“树卡巴儿”上，用“巴钩儿”瞄准嫩芽一杈杈掰，只一会儿，我便有些手脚麻木了。有时，手不听使唤，偶尔掰下一个枝子，我就会听见树下奶奶嘴头发出“嗞儿嗞儿”心疼的声音。一两个早起拾粪的老人走过，露出的都是惊羡目光。奶奶却不敢抬头，不愿与人说话。香椿芽掰齐了，奶奶疼爱地接下我。走进屋，只见脸盆里浸着一束稻草，妈妈在给香椿芽捆把儿。我一切全明白了。我执拗地要奶奶留下吃“炸鱼”，却挨了爷爷一巴掌。过后，奶奶告诉我，这是为我升中学做准备，攒的学费……奶奶挓着装满香椿芽的篮子颤巍巍地出了院子……

一晃三年，香椿树伴我上完初中，伴我度过了艰辛时光……

动乱之秋，在城里接到家信，说是“红卫兵”们来砍香椿树，要做“语录牌”，领头的竟是吃过我们家香椿芽儿的田顺！“要砍树，先砍了我！”田顺的斧子还张扬着，奶奶抢步上前一拦，挡住了树身。爷爷和田大伯拿起镐头,吓跑了田顺那帮浑小子……

哦，我的香椿树，自然界的电光石火没能摧垮你生命意志，你无求于人，但惠及乡里，愔愔一隅，你得到的报偿竟是屈辱的斧斤之痛吗？你诞生于新中国成立之初，辛勤长大，难道你也要经受人间的劫难吗？虽遭乖舛而蓊郁于今，你可是历史进程的见证？！

由于工作条件的方便，这几年我走过不少地方，走到哪儿，我留意寻看的总是香椿树。只要适时，也爱尝个鲜。但我总觉得，别处的树形没有家乡的舒展，别处的味儿不及家乡的鲜美，即便是称誉京西“上方山三宝”之一的香椿，也不及家乡的中吃。

我定定地站在老椿前，任凭忆念的流水在心头盘回。蓦然，老椿腰身的那一处斧伤，颤动了我的心！当年砍下的斧头，凶狠可见，却也慌张，未得伤及树心。这时看去鼓起一道显示活力的再生肌。老椿是顽强的，它以顽强生命力，抗御了人为强暴；它以年轮注出的血浆愈合了刀伤。我扑上前去，闭眼摩挲着老树，一如感应老祖母的慈爱……

我觉得后身暖了，上衣披在了我的肩。“该去车站了。”耳边传来母亲的柔语。

“哎呀，再赶不回来，老同学就该怨我爽约了！”话到人到——他来了。手上提着柳条篮，罩着一块蓝花巾。

“你猜，我给你带来点什么？”出了院门，他漾着童真神情把篮儿举在我眼前说。

“怎么，猜不着？猜不着弹脑门儿！”他见我疑惑，一笑，一字一腔，“大——棚——香——椿！没想到吧？”

“春上买薄膜，我还以为你盖房呢！你这机灵鬼，从我们家挖走树儿子，自己还要巧生孙子！”我使劲弹了他一个大脑门儿！他揉揉脑瓜，乐悠悠地说：“要致富就得有新门路，大棚香椿可是个珍稀物。你知道咱七十二行不沾边，就对花啦草啦带叶儿的感兴趣，这也叫扬长避短嘛！”从香椿的营养知识，到市场行情，他一路滔滔不绝。“你探家之前，咱也‘讲学’去了，真正是‘贤人七十二，弟子三千’，一耽搁就是好几天。咱可不是猴儿拳小架势，科学普及传给万家，锅里有肉汤才肥嘛！就是为了回来看你，连夜走了八十里。”说着，他嘻嘻乐了。从他挂着风尘的笑模样儿里，一个净化了的田顺形象在我眼前清晰起来……

公共汽车又欢驰在京周公路上。这条宽阔大道，一头连北京，一头连着远古先人的故乡。望着绿遍山川的美景，我的心也揉进那一派绿意之中。春风拂过我的面庞，庄子的《逍遥游》油然荡出脑海：“上古有大椿者，以八千岁为春，八千岁为秋……”

观秋

秋之观者，宜至深秋。

霜降节前后，最得大观，乃独有之体会。

这一时节，该红的红了，该绿的还绿，漫山遍野为秋的热闹。

世人喜观赏红叶者居多。红叶也仿佛暗中鼓劲。山林红叶充谷之时，游人赶趟儿似的，日日山阴道上不绝于旅。一些老人，似图抢占光阴周期。

其实，观赏自然，须心气平静，身闲，心闲，才有意思。

云腾致雨，露结为霜；自然界景物，一年四季均有可观。春，绿芽百发，看它的生机，势如顽童恣意。夏，绿叶沉郁，恍如苍生乞天，恒久之累。秋，不同了，且红且黄且绿，混合了多种颜色，仿佛人间百味。入了冬，万木萧索，苍邃峻冷注入眼帘，由不得人不生对天地的敬畏。

秋叶绚烂，常人这样以为。尤其观看红叶，发痴发迷。而红叶在我目中，不是特别的好，我觉得像有名利心的人自我留恋，有很多心俗割舍不下。生命周期已无可奈何了，但那份尘念仍起作用。

“霜叶红于二月花”，你信吗？“一年一度秋风劲，不似春光，胜似春光”，那也只是伟人的旷达，浪漫，当不得真啊。

童年旧景瓦雪新

我偏喜欢黄叶。不知你仔细观察了没有，在红叶辐辏的山坡，在溪水伴流的沟谷，你会看到一树树黄叶。它不与红叶争喧，自觉保留本来面目，嫣嫣静美，镇静而且自然。有红叶在旁，你会觉得那红叶寿数短暂，虽红凡众多，红纵一片，却挤压不住黄的沉稳，黄的平和。那份黄啊，充满了禅意和慈祥。

远远观望，山林之上漾起的佛黄，特别勾我的眼，撼我心魄，我就想起了年方幼时，奶奶领我去山坡捡豆儿、拾谷穗儿。奶奶微笑时的面容，特别和一树黄叶儿相似。

“陌上花开，可缓缓归矣。”这个好句子谁说的？一位帝王。我想这个句子可以改一改：“陌上叶黄，可缓缓归矣。”这样儿，可能更符合人间百姓心肠。

终归去了，红叶的红，黄叶的黄。然则黄叶于我的感动，却永远放不下。

天问屑语

一

再高的山峰，能量它高度；再大的海洋，能探它深广。宇宙中天体，可以测知运行轨迹；人类占有的星球，不难勘查地壳深处构造，推算出它的地震周期。“厄尔尼诺”到来，总先显露征兆；台风登陆，当有时间规律可依。鸟语兽言，人世间公冶长坐而得秘；山巍水茫，仁智者持来明达之见。亘古洪荒，一块化石便推断了年限；时空虽远，利用光年也就计算了距离。人是否由猿演变而来，平心静气探讨，等待更科学的结论；时代兴替，俊彦皇皇阐幽发微。可是人，纵使把世间万象都包容了的，对任何事物都能做出解释的人，对于同类的一颗心，彼此间是否能探得仔细？

二

笑，形于面，人类生来就会笑。现代生物技术可以把人“克隆”出来，可是笑，还没有用克隆技术单单制作出来的先例。

笑既依附于形体，又依人的习性、品行、时运、地位、长幼、机变等等，有种种不同。心理环境、生存状态，能培育很多种笑。俗言道“笑比哭好”，但有的笑未必比哭来得舒服。又言“笑一笑十年少”，这要看是否有笑的机缘，果真少了的，未必都是笑的结果。人七情之中喜悦为首，用笑组成的语汇，从广度统计，可能最多，而从心理分析，又最富有蕴涵。

笑在芸芸众生，是一种世代的重复。见于史乘，明于典籍，既可猜度情景又起典范作用的笑有诸般色彩：孟尝君焚券，笑得仁智；荆轲西行，笑得悲壮；颜回箪食瓢饮不改其乐，笑得陶然；谭嗣同横刀向天，笑得豪迈；“力拔山兮气盖世”，项羽的笑令时人喝彩；魏武挥鞭东征，笑出一副王者气派……在女人方面，富贵者笑出典故的有褒姒和杨玉环两位，平民中只一个乡村酒肆的吴姬喜气盈怀，被谪仙李白写入诗章。还有两位古人的笑值得计数，一为和珅，二是刘墉。但结果可见。和珅那样的笑，太累；刘墉那样的笑，太吃亏。既落实惠又得欢忱的，有两个，那是东方朔和阿凡提，但这样的笑一般人不易效法。

笑之百端，人生万千，任何笑都有它存在的理由。

“克隆人”也应该有笑声，到那时，我们有关笑的语汇和笑的色彩，是不是会更丰富些了呢？

三

那次进山，是深秋季节。走了许多山路，我被山谷中浓重的秋色震撼了。纷然色彩，它不似春天的热闹，春光融地欢欢淌淌；也不是夏天的平静，万木葱茏过于沉郁。而是鲜活中有宁静，平和中掩藏着晕彩。山杨树叶那黄的色调，更让我钦慕不已：它透明而且娇嫩，丰盈而且炫亮，一如进入禅境，它以和睦与翠绿嫣红交流，充满了慈祥、抚爱。

今年的夏天特别闷热，为度过难眠之夜，我常坐在临街大门口和邻居闲谈，其中也有来此地打工的外乡人。聊着聊着，就见萤火虫眼前流动，外乡人的小孩儿就扬起小手捕捉。不知由谁发了感慨，说人就跟虫儿一样，随季节来了，到季节走了，何谈“牛马比君子，畜生也是人”哪！那么说，还把人高抬了呢。我专注地听着乡间哲语，想起说萤火虫“提着灯笼在走”的《天上的街市》那首诗，郭沫若青年时期的发现多么浪漫。年岁不同，身份有别，意念竟这般歧异，我忽然感到了一阵酸涩。

在北京，与文坛上一些朋友交往甚厚，一些睿语常默记于心。刘震云谈孙犁作品，他觉得孙犁老人通体透明。震云乃当代作家中一名才俊，得此论是他与孙犁心息相通。我与震云成就不可相比，但此论却持同。我还景仰张志民，我认为他也是和孙犁一样通体透明的人。读他的诗，品他的文，我尊奉他是中国当代的大诗人。结婚二十周年时，求老人题字，老人白话入诗，写道：“酒肉朋友常分手，柴米夫妻共白头。”平凡一语，深意存焉。真佛只说家常话，人到老境，思考会更切实，我把这意思想明白了；但是，相声大师侯宝林垂危之际说的那一句话：“大人物不可一日无权，小人物不可一日无钱。”不知大师所感何发呢？我又犯了糊涂。

四

知我者谓我心忧，

不知我者谓我何求。

噫嘻叹哉！

辑五

※

闻果醉心

—

草木知己

—

柿子红了

霜打柿子红如火。

柿子红了，美！

能道出一个“美”，就判定了你曾经和乡土风物有过交集，我随之同你心醉。

它是劳动，习与性成，发挥的美。

柿子红于啥季节呢？民谚：七月枣，八月梨，九月柿子红了皮。按公历折算，十月之末。此一时，或于庭院，或于坡冈，柿子们都红了。

——如果不红，喜鹊、斑鸠的连连叫嚷，也会催促它红。

农宅，希望有一棵柿子树。凭着它显露的和悦，足能给宅门添松快、添喜气。

坡冈上的更不用说了。一枝枝红灯，一袭袭红衫，一岭岭红塔，一道道红川，轰赶着你的纯正之心向那里去。

摘柿子了，村村乐，家家欢。果筐，把东坡西坡装遍；马车，把红的黄的拽完。铁杆儿庄稼增收，岁岁盛景，年年迷恋。

柿子红，模样儿美，胖胖憨憨的柿果，像女孩腴润、香甜的脸，像庄稼小伙儿憨厚的心田。还有啥果子像自家人一样，瞅着如此可亲呢？

柿子交你一颗心

亲手劳动了的果实，吃着美。观察吃相，迷透了你心、我心。

刚摘下，选了一个艳的、软的，先献给了爷爷、奶奶。爷爷单手托着，未吃先乐，好半天，才用另一只手搌搌柿子皮，咬下一口儿。咬了一口，咂咂滋味儿，还不急着吃，看看树，看看人儿，眼神里充满了慈爱。吃了这个柿子，偏红的柿子汁儿，沾了爷爷满把胡子。奶奶比爷爷爱吃柿子，乡间本来就有俏皮话，叫“老太太吃柿子，专拣软的捏”。递过来的柿子，够软和的了，她也要再试一试,捏一捏。然后叼一小口,嘬出了一兜儿蜜的柿子汤，“吸溜、吸溜”带声儿，往嘴里吸。两道淡眉堆起了甜蜜。

娃娃吃柿子，得选特殊的。有的果形，像倒扣的香炉，“田”字形果面，有红扑扑四个胖尖儿。娃娃的判断力，在见了玩具般可笑的柿子，一脸粲然，更不乐意撒手。大人把柿子放入木碗，给端着，娃娃不依，就想自己吃。会吃成咋样呢？哈，手心、手背、小脸蛋儿、下巴颏儿，净是红红黄黄的柿子汁儿！伸出舌头让大人瞧，小嫩舌头边咂着柿子络、柿子皮儿。娃娃得意地笑，心里话儿：不用你们大人，看我会吃不会吃。

柿子红，红在了树，是美；红在了窗台、屋顶上，也是美。柿子进了家门，大部分晾上房。窗台摆了一溜儿，备随时吃。祥光环绕房宅，敞亮如水。

劳动者觉不出依存的美，美的发现，让给了外人。逛山村来的，由山坡往下而望，见了家家屋顶红色的蒸腾，村落飘浮的安谧，人间朴朴实实的美观使他身轻似纸，心丸似仙，羡慕感油然而降临。

老人脚上一颗趼，后辈儿孙一分福。一棵柿子树，生存百余年，

老葫芦与斗，多少人辨不真哩

庭院中的柿子树，往往为上一辈，或上上一辈所植。树死了，烧炭；人死了，成灰。人生辗转，代代都如是。在柿子树尚显生命之际，能够让爷爷、奶奶静静地深情地抬眼瞧，能够让他与儿孙在树下同处欢乐，吃上一个由他们手上种出的柿子，乃是晚辈人的福源哪！

京西三种梨

京西的梨，种类多。这次不多说，只道者三：杜梨、白梨、酸梨。

杜梨，京西乡土也称“杜梨子”，为原生野树。生长区域泛于大江南北。适应性强，肥田、窄地、山坡埄，均可一见。

比较起家梨树，它体格要小一圈。周身长刺。刺为枝条上抽生的变态小枝，长约一寸，坚硬，护生牢固。古代先民制作木器，难以取材，只用它的枝干堵住院门，防止走兽入侵。

这一点，可能是这一果木被称为“杜”的原因。《尚书》《国语》《周礼》等章用“杜”字表示“关闭、堵塞”的意思，其谓盖此。成语中“杜门谢客”“杜口吞声”“杜口裹足”等等，“杜”字的涵义，就是“关”和“关闭”。今日还见一些农村，保留着把带刺的树枝，堆放在存柴草的院门或养牲畜圈口的习惯。

凭我的阅历，人们喜欢杜梨的少。农人去割谷子、收豆子，经这树，躲离很远，唯恐被它的刺扎头、划破衣裳。

杜梨叶比家梨叶略小，开花儿比家梨早，碎白花开得虽多，但挂果儿不密，一嘟噜一嘟噜的果实和大个儿山里红差不多。颜色土黄，带麻点儿。味道“艮”而涩。无人看管，也不用提防丢。

少年之初，试着吃过它。咬一口，涩得伸舌头。也不多摘，摘一兜带回家，用氽子煮了，味道还可以。也见了它挂树时间长，树叶落了，梨果还在枝儿上坠着。

长大了，知道这么一种不起眼的果木竟然是果林之“母”：那么广大的梨树系统，包括苹果、槟子、海棠、沙果等等，全然通过了它的嫁接而成！那些好滋味,源于它的母体“发酵”。由此，我也想啊，向周天子敬奉的梨子，给孔融留下的“让梨”美谈，若不是通过了它，哪儿能成啊。

冲杜梨树这种生长力强健，不挑拣肥水的习性，用作防护林，街道、庭院、公园绿化，值得推广。

说白梨,值得说。因了它的籍贯于北京,冠“京”字头的果品，它是唯一的。

京白梨，扁圆形，短把儿，汁多，甜。果皮始为黄绿，日后变黄白。果面平滑有蜡质光泽，果点似秤星，稀少。肉质粗而脆，易融于口，香甜宜人。个头大，一般小的二三两，大的在半斤以上。丰产稳产，树龄长。

有个传说，某年乾隆皇帝踏勘永定河决口情况，到了京西，值白梨成熟季节，呈上与他，觉滋味可口，遂下“千年之梨不毁”口谕。御驾回銮，乾隆责令地方年年朝贡，岁岁来举。下旨保护这一带老梨树，并敕广植数千亩。

今时，乾隆路过的园子，梨树依然枝繁叶盛。春季，雪白的梨花翻滚如涛，一望无际；秋时，果实累累，金山相似，十里飘香。赏玩者踏青步秋，乐趣无穷。

京白梨，喜阴湿土质。“旱枣涝梨”，前缘笃定。谢了花，雨水大，挂梨最适宜。

梨花上有诗，梨园有雅集，这股文腔我不讲，我述山里的梨树传说和童年趣事。

拒马河边，有传说：过了五月初五端阳节，大小梨树的嫩尖，丢了不少。说是王母娘娘爱喝梨叶茶，仙女给掐走了。王母娘娘的慈貌、仙女们的颜值，全因了年年饮梨叶茶，饮出来的。就此吓唬山里娃：“初五晚上千万别去梨树地，小心让仙女带走！”孩儿们终是好奇，初六早晨去看梨树，看到底掐了没有，蒙了不少童孩。

说着说着，我就想到淘气少年时的趣儿。农家孩子，经不住诱惑，想偷梨。生产队那片梨园叫“七坑儿”。看守梨园的我称“大爷”，一个拄双拐的人。下棋好，跟他学过下象棋，觉得他腿脚不灵便，我和伙伴想碰一碰运气。是个雨夜。侠客传中讲了，“偷风不偷月，偷雨不偷泥”，我认为大好时机来了。摸进果园，听不见动静，“嘁哩喀喳”都上了树。摘得起劲，塞满了背心和裤筒。其间，听到了三五个“树熟儿”落地，溅出了的水音儿，其他声响全无。心里正乐着，树干上传来“啪啪”的敲打声。低头一瞧，拐子来啦。我们赶紧躲闪着他，从四角跳下树，“咣咣”紧跑，背心里挨着肉的京白梨甩了一地。慌不择路，缠了黄豆秧的菟丝子绊脚，个个吃了“嘴啃泥”。跑远了，缓过神，听拐大爷那边“哈

哈”地乐。

我没有经历过单干户时期的状况，但生产队时期的果园场景是经历了的。

“七月枣，八月梨。”梨在农历八月成熟，远看一片金黄。生产队长和看梨的也并非死厉害，赶上活茬累，口渴，就派人捡来一筐，或者看梨人用草帽壳兜着，让大家吃“落梨”。别看落梨

有虫眼，吃起来真甜！滴在手上的汁，粘得手指头拉不开黏儿。在梨园旁边干庄稼活儿，耳听“啪啪”落梨坠泥水里的声音，现在想起也特别走神！可惜，只能在梦里了。

收京白梨季节为何景象呢？说起来醉心。男的、女的、老的、少的，尽入了梨园。有的摘，有的接篮子、递篮子，有的装筐。树下铺着几领苇席，摘的梨倒于席上，让妇女劳力筛选。拣果形周正的、无伤无虫眼的入筐，剩下的次品留给社员分。装筐非常仔细，筐底、筐的边沿和顶盖儿都敷着蒿草，怕薄薄的梨皮创伤。一大堆白梨，几摞摞的筐，装满了一字排开，青壮年沿果筐盖儿用细铁丝拧严，就等着启程了。

玉面芙蓉樱桃花

刚才忘了说，熟透了的白梨，特别容易招马蜂、招蜜蜂。有一种大马蜂，黑色，叫“蜇死牛”，它的体量和蝉差不多，最不敢惹。之所以有落梨，是它们这些东西吮食，梨果受伤，才落了地的。梨园里的马蜂、蜜蜂比人多，比人忙。

这期间，最牛气的为车把式。装车时，他很悠闲，吆五喝六地支使别人挪筐，放稳实，他扮装得“大爷”一般。一辆车装好，该他抻劲，自己拿大绳前煞、后煞，煞紧果筐。装车时辰在下午。装好车，已至傍晚，车把式还不着急走，跟女社员“逗贫”，直到挨了狗屁呲儿，方才一捋鞭杆儿，抽一个响鞭，做个鬼脸，嘻嘻哈哈赶着马车驶出梨树园。

他们的一程，为一整夜，天明时分到达北京广安门那叫“六股道”的货栈。

多少年的梨秋，都是如此过。都是这般情景。美吗？说不上。只图一个乐乐和和。

京白梨进了北京，连外国人都吃上了。周恩来总理设国宴，国庆节招待天下来宾和各界英模，京西的京白梨，全国知名，露了大脸喽。

酸梨呀，还有的说。京西老百姓说它“命贱”，可由心里谁都舍不下它。这感情，是否专属于农民呢？我也说不准。

酸梨，学名叫“安梨”，除了京西，生长区域还有河北燕山和东北一带。

我真不敢说这东西多好哇，但我觉得它和我的亲情扯不断。

酸梨，果不大，长成顶大的也不过核桃样。生时像吃木头渣子似的。只有在黄蒿中和谷仓里“捂”上一段时间，方得好吃。

经过了“捂”，酸味降低了，果肉变细了，但颜色好像变“烂”了。成了这形，“烂酸梨”成了京津冀一带的口头语。模样虽不济，你吃吧，酸里有甜，酸里有香，清香酸甜得很！掉了牙齿的老人喜欢吃，小孩喜欢吃，最后连果核儿都没剩下！

酸梨耐储运，也适宜做果醋，做的梨醋甜酸有味儿，鲜美。

在各种大梨都断季以后，还想吃梨。我奶奶很神秘地又从谷仓里“变”出了两个酸梨，我吃得极香，连手指都嘬了。对酸梨的感情，是奶奶的谷仓梨给养成的！

毛泽东著作中一句经典，震烁古今：要知道梨子的滋味，就要亲口尝一尝。他老人家学识广博，熟悉乡村，熟悉乡情，想来多种梨子的滋味，是尝过了的。以带有普遍性的梨子做譬，灌输了深刻道理。伟人之于伟人，原因也在此吧。

酸梨、白梨，就食用来说，最大效能是解渴！南方的梅子，北方的梨，同为止渴生津之品。其他方面医学知识，不用我宣讲。我说一点经验，梨木的木质细腻，可以刻印章，可以刻版画，京西名刹云居寺收来的千年经版有很多就是梨木的；农家使用的擀面杖、大锄杠、老秤杆儿等等，也是梨木的最好；梨木的气味佳，烤出的鸭子味道香；一只梨，亲人吃不切，切分了犯“分离”的忌。

我再要说的，也不为废话，以民谚说点知识。“桃三杏四梨五年”，是说家梨的结果期；“桃花开，杏花谢，谁给梨花做满月”，谓之花期。再者，更要说，它们的原产地都为我国，冲着这一国字号，我们也要对它亲！

椒乡八月

椒乡——八月，忙中有乐，忙中有美。

忙是拳打脚踢的忙，乐是由心缝溢出的自然而然的乐。

从雨浇春开始，山里人就盼望着摘花椒时刻。它是一项大宗收入,也是日常吃油的依赖。看春雨泥湿了花椒树,一夜枝子泛绿，禁不住心头欢呼：哇，老天爷下票票儿啦!

经了春，经了夏，入了尾伏的风儿，刮来了花椒成熟麻麻酥酥儿的香气。

农家小院的房前屋后，山谷里的沟沟岔岔，一层层梯田的堰边，村口盘桓的山石路，凡长不起来其他果木的地方，都已降落了一顶顶红伞。倘若光华牵引住了路人，走近前，他会见老枝上红得酱紫，新枝上红得鲜艳。略微放眼，意象横生，一棵棵披红着绿的花椒树，像一群舞蹈的妙龄少女，轻盈的绿衣裙镶嵌着数不清的红玛瑙珠子。

——立秋风儿刮，快把椒篮挂!

秋风催促着农家准备功课，该用的大小篮子腾出来；挂钩，饮水罐儿找出来；做硬干粮的米面碾出来。最是当娘的心细，给在外的闺女、小子捎信儿:“快回来!”

——如期见着了儿女，老娘的脸笑开了花。

邻居妇女老爱打听旁人家的事。找一块木头墩儿坐下，嘻嘻哈哈地一场聊，探出了这一家哪日上山的底细，自己也拿定了主意。

清晨里，一家挨一家的门轴响，一声接一声的呼姑唤嫂，摘花椒的人儿上路啦。

出门时辰早，太阳在山背后蒙头睡觉。迤迤逦逦的进山人，惊醒了溪边青蛙，惊动了密生生露水草，青蛙“扑通”跳开，露水珠儿打湿了脚面、裤腿儿。

四面山，八面地，扎在一角。散开了的，是那摘花椒的人。

摘花椒的人，家庭组合。有的人员齐整，有的老少三辈。那股奋勇气势，谁也不差着谁。

摘花椒，没有多大技巧，是个人能干，可就是“吊人”。终日动作，保持站立，仰下巴，抬胳膊。这姿势一时半晌，显不出什么，可若一天、几天、半个月，滋味够受的。

可必须急摘呀！立秋一挂色，就得急，错过时日，“煳椒”落地，想收都无法收回——一年吃喝的指项儿，就扔地里了。

明白了这本账，哪一个敢泄气偷懒哟！

摘花椒是件急活不假，可临跟前又不得急不得恼，必须一枝一枝地耐着性子摘。不会像掰玉米那么容易见成绩。长得好而且密的花椒是一嘟噜一嘟噜的，山里人把一嘟噜叫“一抓”。长成这个样子，比较好摘。那稀了的，一处仅为一两颗椒果。可无论多与少，都得一处处揪，一颗颗找，一下一下伸胳膊。

不耗足时间，休想把花椒摘回家去。从早晨看不清眼前东西，吊起篮子起，中途除了吃一回简单午食，余下工夫不歇，直到晚上看不清了椒果为止。凿凿实实的一天算罢了。考验着人的意志和忍耐力。

摘花椒辛苦，不全然表现在日头晒，脑门冒油，手指肚挨扎；顶腻烦的，是挨蚊虫的叮咬。立秋时段，为蚊虫最肆虐期，成群的花腿蚊子绕头“嗡嗡”乱飞。还有“小咬”，无法躲开，它专门钻入人裤裆、衣袄、头发里。只让蚊子叮，还可忍，这“小咬”竟如日本鬼子一样恶毒——它咬得深，咬住了就不撒口，疼痛难忍。太阳露脸儿以后，“飞天恶魔”的威风，才收敛一些。可这时，阳光开始足了，深深庄稼地里闷热，像蒸锅，闷得人透不过气。煞人的“秋老虎”，难忍难挨，一个椒子秋下来，多硬棒的人，也得瘦下一圈，掉几斤肉！

另个辛苦，怨不得蚊虫，摘花椒活茬自惹的“祸”。毫无疑问，既为“摘”，断然离不开手指，你要知道，花椒树通身长着刺的！谁都躲不过大枝小枝刺扎的一劫。不分姑娘的莹莹素手，还是男人的老掌，手指肚全让花椒刺扎糟了。花椒水儿顺着针眼渗进了皮肉，中了药性，指头变粗、变黑，几个月难以复原。小孩家摘花椒，不甚懂防护，挨扎更多。挨了扎，心扑腾着，“吸溜、吸溜”嘬手指头，有时把花椒水儿弄进眼，半天眼犯眯缝儿。

女人终究比男人灵巧。青纱帐子里，凭手指头上的麻利，男人信服了女人。在那一场合，男人不敢耍大男子主义。入了夜，他想着对自己女人示以温存。

人眼为秤。看各家谁摘回多少，谁树头疏与密，就分辨出勤与懒的“秘密”。摘回家多的，挂树密的，是那一家勤恳，往地里舍得施肥，长好了庄稼，果木也得了益。椒果稀的，摘回家少的，是往日他把“勤恳”送给了牌桌。见自家树挂货少，篮儿浅，他一路上懊悔，自己拧自己的大腿。

养花椒树当然需要尽心，摘花椒当然需要“焓儿急”，然只说辛苦，忙和累，太不了解庄户人啦。摘花椒的时候，有快乐和美的跟随。

疲乏中，还想着乐和事，农民这个品质自古而来。

饭口时间到了，家中老者，叫歇歇手。众人就近各搬来一块板儿石当座位。从树上摘下干粮口袋，一瞧，爬满了蚂蚁。不要紧，拿起窝头、饼子掴一掴，啥心理问题没有。劳动者吃饭香，乐滋滋地都想说个三言两语。有那跟随来的娃娃，大半天在地头啃“甜棒儿”，掐倭瓜花逮蝈蝈，已然孤独玩乏了，听了爷爷一声喊，“颠颠儿”地跑过来。爷爷剥了一个鸡蛋给了，顺手摸了摸娃的后脑勺，眼神里净是乐的亮光儿。

老人自然负有宣教的责任。歇息时刻短，也要讲一两个故事。点起一锅旱烟，开讲啦：从前呀，有一山里人到山外卖山货，错过了客栈，在一座黑灯瞎火的大庙里躺下了。睡得实，一夜没翻身。清早醒了，他抓起口袋，吓坏了！花椒袋儿底下趴着好些大蝎子。定眼一瞧，一动不动，全让花椒味儿给熏死了。心想，若非花椒口袋护腰，死命难逃！老人跟听众唏嘘了一会儿，讲下一个：有一个山里老财，背一篓子花椒进城，入饭店，点了几样好吃的，店掌柜见他土个踉跄的，怕吃白食，好半天没给上菜。山里老财喊店小二叫来掌柜的，一句话不说，当面从花椒篓子里抓出一把银元，“唰啦”甩在桌子上，掌柜的傻眼，一脸羞臊。

像这样既传授民间经验，又讲述做人道理的故事，于摘花椒

农闲时节寓梦真

休息时的午间一刻，定属于采椒老人的专利。天天讲，天天听不重样。

在没有“录音机”“随身听”时代，一只小小半导体收音机渐渐取代了老人的专席。把半导体挂在树枝，放《三国演义》评书，放河北梆子《秦香莲》和《小二黑结婚》评戏，虽劳乏加身，却不失农田趣味。

山里姑娘爱美；山里挨着河边的姑娘，尤其爱美。腰肢本来就细,穿衣服还绷绷的,更显了曲线和鼓凸处的优美。上山摘花椒，穿不成裙子，可一定穿着粉红或紫红的衫儿。满是绿草的山坡上，一树绿叶的花椒旁，粉的红的衣衫儿，分外光灿，分外醒目。瞧她们摘花椒时伸展细腰，露着白肚脐儿的形态，瞧小手灵巧地上下翻飞，瞧紧抿的小嘴，不信不把你瞧美！

小姑子和嫂子，天然一对会碰面的伙伴。当嫂子的，或许耐不住寂寞，或许存着关心，摘着摘着，就挪蹭到和小姑子一块儿。一人扯着一个枝儿，她先打开话匣子，把一切听来的新鲜事儿，说给了妹子。问卖了花椒，买啥衣？买啥鞋？聊融洽了，嫂子等着听，心上人是谁，挑对象的标准是什么，妹子这边就不怎么吱声了，脸蛋一会儿红，一会儿笑出俩酒窝儿。

摘花椒在去的一程，个个急如星火，收工回家，心就放缓了。既然已经晚,何不让老山神爷瞅着,在闪着星光的河里,洗一把脸,涮一涮脚丫呢！

乡下人，男人“臭毛病”难改！同是摘了一天花椒，媳妇进家要做晚饭，男人吃现成的，吃了就串闲门子去了。女人还有没放下的活儿，随便吃一点，开始拣花椒叶。白日图快，难免扯下

花椒摘来，不易，一把花椒也爱惜

花椒叶，必须把它拣干净。常常拣到半夜，累得真想拽猫尾巴上炕。

鲜花椒怕“捂”。拣出了叶儿的花椒，抓紧晾晒。晒花椒很重要，直接关系着椒果的成色和椒籽出油的质量。最好为头一天摘，第二天就晾房上去。让足足的太阳，一下就把花椒晒干。只有一次性晒干，椒果颜色才鲜红，味道才更窜。

花椒晾晒在石板房的屋顶，晾晒在靠自家门口的路边，美煞人哪！一房一房的红屋顶，一庄子红得连片，像掳下了天上红云。一街的椒绺绺，像长幅红绸子，不知啥时会飘起来。满街，满巷，满庄，山谷里一趟村庄，满是滴溜溜的红，麻格酥酥的香！

花椒，经了一两日暴晒，全炸开了嘴儿，籽儿，全滚出来。花椒籽跟人丹、鲫鱼的眼粒大小差不多，颗颗溜圆，颗颗闪着幽光。像是精灵！

花椒籽含的油性就此显出来了。晾晒过花椒的地儿，表面上洇了一层油质。

山民爱惜花椒籽，不逊于爱护椒果。花椒籽是山民主要的油品来源，处置好为家庭责任。反复晾晒，彻底晒干。保管起来别让受潮，受了潮，就容易霉变。发霉的花椒籽，出油率低，甚至不出油——假使还出油，也不会香。

该惦记的，惦记到了，就该择日榨油了。

榨油前，椒籽上碾子轧。石碾子。这件活儿，少儿最怕累。它是爱滚落的东西，一次不可摊得太厚。薄薄一层。摊匀了，脚步要轻缓，防止外蹦。外边的一圈碾碎了大半，一下下铲入碾轴芯。随碾轱辘转动，更碎的椒籽向四外漫溢。反复地铲，反复地碾，轧得越烂，出油率越高。推碾子，往往一推就是大半天。

熬油，是熬人的心性。讲技术。多为主事妇女率领。

所用器皿，为一口七印铁锅。架柴烧。一锅水烧开了，把碾碎烂的椒籽适量投放沸水里。再开锅一段时间，从灶膛里扤出一些柴灰，撒进锅。一层油浮了上来。这时用铁勺一点、一点地撇上面的油，一直熬到撇不出油来。一锅一锅地续，一锅锅熬。都熬过了，翻回头倒换着把撇出来的油再加热，这以后撇出的花椒油，就可以食用了。有细心的老人，在上碾子前，嘱咐家里人，先把花椒籽炒一遍，炒过了的，熬的油，香味更浓。

干这活啊，烟熏火燎，累人累心。躲日头晒，大部选择晚晌行动。守候柴灶锅的，是那婆媳或母女。就伴儿，俩人一边干活，一边慢言私语。

过了些时辰，听不见街道脚步声了，家里男人也入了睡，只有她俩还在熬油。凉风儿进村了，柴灶上的火，愈发地红，娘俩聊天，愈发地亲近。俩人语声，隔着墙头，也让人听得清晰。

“听，鸏鸡儿叫啦！”可不嘛，娘扬起脸朝东山瞧了瞧，东边山沿显出了青。

家家户户，都在上演着熬椒籽油这出戏。收获花椒季节，这为一场压轴戏。

“一家榨油，满街飘香。”若上百户人家同于此事，香氛会飘多远呢，老哥你想没想呀？

摘过了花椒，熬过了油，男人女人总算卸了心事，轻松了。离着打核桃、摘柿子、割豆子、刨白薯日程还远，该松快一下了。

小河边霎时成了女人的天地，姑娘媳妇们来洗衣，把摘花椒时候攒下的汗沤的衣褂儿洗个遍。棒槌声清亮，撩起的水花溅溅。

穿裙子的女人，笑音个个甜！

洗了衣,就往光净的大石头上晒。河岸边生出来花的颜色——那一道风景映美了家山。

再接下来的日子，又喧嚣了，南来北往的大小车辆，来收购花椒。整车整车地运走。弄不清山里到底有多少花椒。

计划经济时代，视为重要调料的花椒归国家统购统销，为出口物资。国家用它换粮食，换机器。收购价格由国家来定，纯正上好的“大红袍”，一斤也没超过三块七。留给山民自主的，只剩下熬好的椒籽油，但用项既为了吃，也为了点灯。

现在不知咋回事，花椒允许个人卖了，市场价格也暴涨到了几十块钱一斤，山民反而摘花椒的心气低。上了山，只拣矮处、密实处的摘，稍微有点难，便放弃了，摘一会儿，就喊累。所摘的花椒，粗粗了了，里边的椒梗、椒叶很多，砸了往日的牌子。农家儿女们,既不乐意上山,也不乐意回归,不惦念着帮家里摘花椒。

还有啥人怀丝念缕，记挂着山里的物事呢？是坐科的老辈人和山里待过的真汉子！常在花椒树下犯愣。他们或许还想着那风风光光的椒乡，热热闹闹的八月；或许还想已给别人奶了娃子的当年姑娘……

家乡的板栗

人道：风是故乡暖，月是故乡明。

我说——家乡的板栗香且甜！

家乡很古老。追溯起来，与殷、商搭界。那时期有个小国，燕国，都城在本地董家林和黄土坡一带。周武王灭商，封召公于燕，出土青铜器的铭文表明，三千多年以前，此地即册立了第一代封君。

战国时期，天下县治已现。燕国在中都之地设中都县，城址为本域窦店村西。秦汉之际，沿旧制，中都县改为良乡县。此后历两千余年，名称和县治再未改变。时今，与房山早已合署的良乡一地（上世纪 50 年代末，撤良乡县治），统称了房山区。

古燕属之地房山，自然资源分布俏美，山区、丘陵、平原各占三分之一。“穷进山，富入川”，自古以来生民颇有回旋余地。“良乡”二字，贯穿了物阜民淳。饶是果木品类繁多，地阔果粲，尤称得上京畿大观。

独以板栗为先，通解本地，我以史乘为凭。最早的记载，见于《史记·苏秦列传》，篇中：“燕南有碣石、燕门之饶，北有枣栗之利，民虽不细作，而足于枣栗矣。”司马迁治史向以“不虚美”垂范，笔下一语“民虽不细作，而足于枣栗矣”，绝非空穴来风，是太史公大人切诚蹈实的赞叹！

高高栗子树，抚慰后人

栗树旁人家静无音

因了栗林广茂,辽金时期专门设署。此根据是在辽塔两处“北街官庄栗园”的题记。今时，周口店一带还有个村庄叫“栗园”，姓栗的人家，遍布全区。

物以品质佳者为贵。栗的常见品种有板栗、锥栗、毛栗几种，良乡板栗属其中上品。早在唐代，“良乡板栗”就已被列为贡品，进奉远在长安的宫廷——这也是有记载的。

这一点想起来好玩：终日陪伴杨贵妃作乐的唐玄宗，一边派使臣快马加鞭催呈南方荔枝，一边传唤职守将北地的栗子进献，整然是一个快乐天子。

天下皆可以为王者役，人间美味为之享尽。可珍奇果品究竟是树上结的,还是土里刨的,那些生长过程,或许不在他询问之列。

栗子树粗壮高大，为落叶乔木，树期可达二三百年。原种生长缓慢，有“公孙树”之谓。其虽为野生，于环境却有挑剔，适宜生长在中低部山区。

它开花晚，花期长，大约入夏小满节前后，才开花。似乎是长老的矜持，见小字辈的百花竞妍，不屑于凑热闹。“栗花臭，种小豆”，附着一条农谚。

其实，栗花不仅不臭，还散发幽香！听其这样论，需懂农民习性,他们是把心熟的东西故意贬低,“蒙”你一下。栗花的颜色，大略为黄，呈条状的雄蕊，一条条成放射状，攒射雌蕊。哪能不香呢？一株株栗树开花，橙黄色流淌山谷，满山谷“嘤嘤”蜂鸣、翩翩蝶舞，即是它香气摇魂躁魄的明验。

过了花期，只等待一两个月，枝叶浓浓的栗树枝头，便可见像刺猬一样，生满毛刺的无数绿色“小球”了。青酸枣般的绿球，慢慢长大，栗果在里边孕育着。按庄子的观点，“天地故有常矣，日月故有明矣，星辰故有列矣，禽兽固有群矣，树木故有立矣”。庄子意在把自然界万般事物有“道”说得明确。栗在生长期带毛刺，即是循道之例。有了这个“道”,它不必恐惧籽实在其幼被人切割，或被别的动物吞并。通身尖刺的“果篷”，既为籽实欢娱安设了吊床，更是捍卫母婴安全的锐利武器。

秋风啊，是催促万种草木产婴的稳婆儿。秋风一来，栗果渐渐成熟了，站在树下，能见着早熟的栗子张开了刺篷，露出油光发亮、棕红色的小脸。它好像代替满树儿童，洪亮地发声：人啊，快来吧，我该下树啦！

八月的梨枣，九月的山楂，十月的栗子笑哈哈。栗果的召唤，人欣喜。就得趁这一时机，采收栗子了。否则板栗全张开刺篷，时紧时松的秋风把开口的籽实甩落，会滚得满山都是，人再从灌木和杂草丛中去拾，不仅艰难而且会遗下很多。所以，当许多栗果未张开刺篷的时候，便上山采收了。人们结队上山，会爬树的男人接连上树，倚着树卡巴儿用木杆四周敲打。一回回转身，一枝枝敲，把刺篷球都敲下来。刺篷球落了地，女人和孩子表现最欢，坎上坎下，跳着脚去捡。掉在地的栗子，有的当即是“栗光子”，更多的还是“栗篷子”。栗光子好捡，直接下手捏，捡栗篷子就须加倍小心，撅来山荆子枝儿做长长的“木筷子”，往起夹。每个栗篷都如是。篮子里满了，篓子里满了，毛驴驮的“驮子”里也满了，日值午，日值西，人们欢欢喜喜下山。

且要说的，自己裂开了的板栗，是可以生食的。味道淡，与白薯生食差不离。

大量的栗篷进了家，堆放在院角，上敷蒿草，促其熟化。当地人把这二三十天过程，称为“捂栗子”。捂够了天数，查验栗篷枯黄变朽了，就全部摊开，家人或用木锤来砸，或直接下脚碾，栗果就出篷了。这一收取方式，山里人称“錾栗子”。

史称的“良乡板栗”,与同类进行比较,它果个中等,外表棕色，或者棕红色,细腻油亮,有光泽。栗子肉,质细,油性大,口感绵软，香甜气味浓郁。不具备这些特征，或许就不是良乡板栗。

既为地方名产，首供地点必为京城。中秋节前后，糖炒栗子上市。设摊位的小贩，支起大铁锅炒栗子。栗子锅内兑着糖砂，唰啦唰啦，搅拌着炒。得熟，抱铁筛子筛去糖砂，留下栗子。见那口锅，里外油油腻腻。做买卖人边挥动大铲，边吆喝:“嘿，买栗子！糖炒栗子——良乡的糖炒栗子！”四街五巷满溢着的甜香味，加上小贩拿腔拿调的招揽生意，会绊住很多人脚步。东岳庙、隆福寺、厂甸各档庙会，良乡板栗的诱惑力与大糖葫芦并驾齐驱。逛庙会没吃上糖炒栗子，就算没逛完整庙会。

良乡板栗自然是好，但名声可不是“炒”出来的，是人们的共同认知。早年间，东至上海城隍庙，南至广州五仙观，很多繁华商埠，都见“良乡栗子”的卖场。你或许不信我说它名气大，说两个事例你就相信了。前一个事例，于文字有凭，出在丰子恺文章里:“大娘舅白相了大世界回来，把两包良乡栗子在桌上一放……”虽然只是一句话，但可以辨别真伪——丰子恺说的，能有假？另则，民国期间有一种香烟，烟画就为一幅炒栗子图式。看画面，判断在秋季，炒栗子人上身赤裸，下身束裙，大锅半倾，火苗正旺，此人翻动大铲。锅旁高凳坐着一位顾客，着男装却似前卫女郎，身旁几案摆着几个扎好的覆了红纸的纸包，两手还捧着一个，似乎所求仍未足。她耐心等待，看不出来寂寞，像闻着手里这包栗子的香气。二人构成了均等画面，背景为一趟筐篓的备货。最使我称奇的，这一俗处，果筐上竟然放置一架大喇叭口留声机。店口戳的招牌更为炫人：“天津上市，良乡魁栗。”“良乡魁栗”四个字大了“天津上市”几号！不知烟商怎么想到了这个“魁”字，他比我还能鼓吹。制烟商是讲究靠招牌赚钱的，东西南北中许多名产，只挑选了这一个，你说“良乡板栗”的名气是不是气人！

就我所知，本地产栗子虽多，毕竟是稀罕物，当地人是不忍暴殄天物的。于果季能够吃上几颗栗子，就已经不错了，决不做非分之想。据说，御膳房的“栗子面小窝头”，是专供慈禧那老妖精的。后来北京北海公园里的仿膳，才推出了栗子面窝头这一款美食。农户人家吃上一个栗面窝头，是姑娘家出嫁之际。栗子面爽滑，耐渴、耐饥，上轿一程颠簸，抬轿人再使“坏”，颠，也不至于颠空了肚肠，颠得半路找茅房。几十里地到婆家，几个时辰，于新娘子无碍。农家女儿只这一次机会呀，对她青春期勤苦的报答。

流落外乡的房山人，对家乡的怀念，骨子里的。顺耳听得一声“良乡栗子”叫卖，止不住泪水涟涟。就像蚂蚁能循着气味找到窝儿似的，那一声的吆喝恍若又见亲人。

最可恨的是那小日本儿！在房山曾盘踞八年，摸清了房山优质煤、石灰岩矿资源，也摸清了俺家乡好吃的东西。打发小鬼子滚回了东洋，还想着这儿的美食。栗子出口日本，受欢迎。那一轮人，造了孽，轮到他们后辈又不知报恩，见了栗子，兴奋地抖手哇啦哇啦：“咪西、咪西！”气死我了！

良乡是房山区的一部分。良乡处于平原，那儿不产栗子。叫成了“良乡板栗”，因为良乡的县治时间早，而且长，早年为六省通衢的水陆码头，一切果品，从那儿发运。长久以来，就沿袭了“良乡板栗”。

房山两张传世名片：汉白玉和良乡板栗。看汉白玉的名片，你去看故宫、看“毛主席纪念堂”毛泽东雕像；看良乡板栗的名片，你就去尝、就去听口碑！

枝儿上青青的栗子蓬闪着几分顽皮

核桃叶簌簌入我怀

“爷爷种，孙子吃。”民谚道的即为核桃。

谚语之意，此木育期长，树龄也长，寿命可达二三百岁。这当然说的是“老辈”原种核桃。

我想,吃过核桃的人,应该识一识核桃树,增长一些果木知识。

就核桃树及果品种类来说，大致有供赏玩的“文玩核桃”（俗称麻核桃），取材质而用的“核桃楸”，和市面普遍的食用核桃。

无分南北，无分西东，更无计高山丘陵，沃野平川。中国大部分区域，此物兴盛。

据《中国植物化石》记载，早在两千五百万年以前，北京地区就有核桃分布。京西，我见过的核桃，有两种印象:生于山地的，株高，枝子稀；长在平原的，坐实，体量庞大。两种特征，我忖度与土质和采光有关。

平原上农家院种核桃，必院场广大。长着树的院落，院场如镜光洁。倚着核桃树，端一瓢玉米粒，“咕咕咕”招引母鸡，为常见之习。

我的老家坨里村，属于半丘陵地带，有果木，然而不多。于院中种核桃树的，几近于无。省下来的地儿，种槐树、杨树、榆树、香椿树，见效快，留为儿女盖新房。

我记忆深处的一棵核桃树，位于“螺丝转”的坡底下，水井旁。当初这棵树的体势，按照人的貌相进行端量，我猜它三十来岁。树皮灰绿，纹细，枝叶盛，显着年轻（老龄树干为灰白色，见纵向浅裂）。

我去那一处，只为了挑水，给生产队栽白薯，年龄，不超二十岁。附近就这一敞口井，二十几人连日打水，就见底了，就得等，慢慢用瓢舀起来。在等水的工夫，我就爱摩挲这一棵核桃树。

核桃树上结穗了，树叶鲜绿，光盈盈闪亮儿。亚赛能照出人影。我凑过去闻，手掌大的叶子，发出浓郁的药味香。这气味，比樟脑油窜，比樟脑油香，是核桃叶独有的气味。特别馋这种味，每回等水都扯几片，供我挑水上坡时闻。直到把叶片搓黑了，揉烂了，才扔了去。

乡亲大爷看我总爱往核桃树跟前凑，提醒：小心蠖子！我才发现，这一种蠖子的厉害。它软体长，而且肥大，肚子扁平带吸盘，表面立着很长的蠖子刺，头上两个针线头儿似的小黑眼睛好像长着睫毛，头一边一个，充满了警惕。它通身为绿色，时常伏在叶下，不注意根本瞧不出来。挨酸枣树的蠖子蜇一下，肉皮都红肿痛痒了半天，它体型和刺都超过了酸枣树的蠖子，厉害多了，心不禁

和谐降临我的村

许多情，许多爱，一拃一拃量不尽

激灵一下。

蟪子的正名叫“刺蛾”，有地方也叫“杨刺子”。它不蜇手心，专蜇有汗毛的地儿。由于它的种群作祟，没入秋，满树叶子就被它吃成“花网”了。

打核桃时候，不止打下核桃，还会震下不少的蟪子。见了这害人精，我恨不得一只只碾死！

我的经验，偷核桃吃，是最容易被人发现的。露馅儿的地儿，看手掌，看唇边。

未至节令，青核桃“护皮”，必须用石头块把青皮敲开，方能砸果壳。青皮敲也敲不净，着急砸果壳。在敲和砸的过程中，常不好防备青皮水儿溅进眼。溅了眼去，煞疼，眼睛会红两天。

砸开了核桃，桃仁水分很足。两片桃仁中间有“核桃秸”（木质隔膜），去了核桃秸，显出来的，即是完整的桃仁，沟沟渠渠的如同人的大脑。

鲜果仁上包层黄皮，得剥了它。不剥，整吃，味是涩的。果仁皮，也好处理。轻轻一撕，就下来了，露出白白胖胖的果仁。这时再吃，味道鲜嫩、温润、清香，甜格津津。

可是，问题也就来了。砸过了青核桃，吃过了青核桃仁儿，一定会沾上青皮的水儿。大概是青皮水氧化的原因，唇边和手掌全显出了黑！手掌上的黑迹，在黄土上蹭，蹭不下去；白衬衣上溅了的黑点，咋洗也洗不下去。

我得以安然地享受核桃的美食，是去两门亲戚家。一是舅爷爷家，一是姑姑家。

奶奶的娘家是一个叫磁家务的山村，靠西，离我家八里地。

正月走亲戚，舅爷爷、妗奶奶、表叔会让我吃很多的核桃，一下就解了馋。姑姑家窦各庄，在东，也是八里地，时令在暑假的假期。她家院里有一棵好大的核桃树。树冠广阔，遮满了院。这时候虽未完全成熟，核桃已然满仁儿了。姑姑端着瓢儿喂过了鸡，就拿起杆子给我打了几个青核桃。这一待遇，让我表弟眼馋。

“谷黍上场，核桃满瓤。”白露节打核桃，这一场景，我就不给你描述了。

古代医书《神农本草经》《开宝本草》《本草纲目》均把核桃仁列为轻身益气、延年益寿的上品，誉之为“万岁子”“长寿果”。在我的记忆里，核桃为珍贵果品。春节期间，随家长去拜年，能给核桃吃的，定然和长辈交情好。走亲戚，带山货，核桃是最拿得出手的东西。那时的价格，一斤只三四毛钱。

现而今，种核桃地方多了，市场上见的多是什么“纸皮核桃”，充分满足了人们的食欲。这个种类，将两颗核桃握在手，稍微用点力，就能摁开。果仁形色和本地以前的差不多，可就是吃不出先前的滋味。含油性大大降低，价格几十块钱一斤，吓死人哩！那中央电视台长期播送的饮品广告“六个核桃”，我看了，只觉得好笑，根本不往心里去。

姑姑去世，姑姑家的那一棵大核桃树，也在农村城市化建设中，伐掉了。

君迁子踽踽觅乡悉

一个本为农民投胎的读书人，由我来说这一果木大号，真觉得不可以。

前几年北京大学出版社出版了一本《燕园草木》，文图搭配，记载了一百五十六种植物，才知道“君迁子”名号。

书中解释，名字有诗意，最早见左思《吴都赋》，可为何以此称呼，专家也说不准。让人容易理解的，古籍中司马光提及了它，果实形似马奶，因而称马奶柿。

本人愚鲁，命蹇，不敢沾君子边儿，我猜测那名称含有君子的成分——我，却是“小人”情怀呀！

同一物事，离君子风标太远，俺的老家叫“黑枣儿”。

怕一水儿学问腔吓住老乡亲，所以行文还说黑枣，使故乡人还能认我为同类。

黑枣，为果实，树叫黑枣树。生长在平原和丘陵的闲地儿。对这一种果木，你认识不认识，没关系，但我要给你说清楚。

黑枣树，在未见果时，猛看和柿子树差不离，一样的高大，一样的枝杈，一样的树皮。五六月为它的花期，花朵短胖，钟形，色如卵黄，憨态可掬，远看花势不明显。

黑枣树的叶子，比柿叶小，嫩时不像柿叶鲜亮、舒展，秋天

薄土窄田，咱的君迁子不生怨

福归天赐

青藤饶趣

不如柿叶红，它自始至终归于黄绿。

比较二者的果实，最有说道。柿子，大家太知道了。开始青皮，过后又是黄，又是红。常见的两种柿子，有习惯用于制作果脯的“尖桩”和广泛流行于世的“盖柿”。“尖桩”柿子小，形状像花季姑娘的乳房。“盖柿”就大了，有地儿叫“磨盘柿”，柿子底部起一圈儿圆的“抡儿”，个头又肥又大，像妇人的胖屁股。“七月枣，八月梨，九月柿子红了皮。”霜降节摘柿子，满树红灯笼。因了柿子模样祥美，成了画家笔下生趣味的专宠，就题“事事（柿柿）如意”的语句。

黑枣，可就惨啦，终其一生也没大过海棠。由青转为黄，面貌稍给人喜色。橙色果上挂一层蜡质般白霜，像轻敷了胭粉。佛珠一样串黄的果实，在一树绿荫里，并不显眼。

柿子在未采收之际，中秋节可以吃上“漤柿”。漤过的青柿子，又甜又脆。过了中秋，树上结了“烘柿”，红红的柿子皮，如婴儿肤，吹弹可破，两手捧着吸，入口满为甜汁儿。黑枣，就不给你这机会，甭说生猛时不能吃，即使采收了，房上不晾个把月，都吃不得。

一树的黑枣，也有个别早熟的。先熟了的黑枣，颜色紫黑，像黑葡萄粒，鼓实，带甜浆。晾晒了以后，全体都抽巴了，缩出了皱纹，也都变黑了。它着了尘的黑色，任你怎么想，也和“如意”联系不起来。

一年果子秋，你可以对桃、李子、梨、杏等等，有偷来吃的欲望，唯独对树上黑枣，不可能产生偷的动机。

在果季，最晚下树是黑枣。摘了柿子，农田里已是光秃秃一片，结了霜冻。

也真是不公平得很。收柿子，说“摘”，使用大夹竿为工具，还怕长长的夹竿夹得不实，夹竿顶专门挂一个布袋，像网蜻蜓一样，把扯下的柿子收容在袋子里。摘柿子整个过程，透着温存，小心翼翼。收黑枣，采用“全武行”，动作忒吓唬——人，一通棍子揎！上树的，有姑娘媳妇，有老爷们儿，哪个下手都不软。离身膀近的，干脆把黑枣枝撅下来！地面是秋耕的地，地也耙平了，打下来的黑枣和撅下来的黑枣枝，树下等待装篮装筐的妇女儿童好找，好拾。

高枝，实在打不着的，就放弃了。留给越冬的喜鹊和老鸹们来食。

生来一世的果品，从出生到运程，黑枣全输给了柿子。

黑枣呢，还分为了大小两种。大个的圆，含八个核，它为数多，有叫卖的吆喝“大八核儿”。小个的窄，像人的奶头，果肉多，含两个核，甚至无核。大八核儿像小蒜瓣儿似的聚拢一堆儿，表面果肉为浅浅一层。两样果实形同于人，有的真心，有的假意。这类品种，繁育树苗最适宜；用来吃，得耐心，别怕酸了腮大肌。

黑枣树和柿子树，都长寿。过百年的黑枣树，乡村随处可寻。

胜于柿子树的，黑枣树能够繁殖，播下种子，可以大面积育苗。柿子中，偶尔也会见核，但这类核生不出树。柿子树是通过嫁接而成。它自身没有繁育能力。

另一特点，表现在雌雄异株，乡亲们讲，黑枣树分“公”“母”。公树，不开花儿结果儿，只长叶儿。母的开花儿，结果实。这一现象，与人类夫妻各负其责，有何区分呢。

修炼一生，黑枣种子凭一颗素心入地。长出了树，把一片绿荫和乖小的果实带给人间。人喜欢不喜欢，它不曾往心里去。它的诚实，它的勤苦，它的素意，对应的是天地。

在我的内心世界，黑枣树整然是一个“傻瓜”！

嫁接柿子树的规程，它是忍受着伤害的！作为“砧木”，它要承接“接穗”带给它的伤痛：就一棵黑枣树，可能大，也可能小，但无一例外，剪子、锯子加身。入春之际，有的由头部锯断，大抹脖儿，有的截下绿枝，截了它几个，然后在割断处揳开一个豁口，把口里刚刚衔着的一根接穗插进去。那从柿子树采来的树码子，剪得一拃来长，芽苞保留两三个，微绿不睁眼的芽苞，如同熟睡的婴孩。下端削成扁平，斧刃形的码子，进了黑枣树的身，果农唯恐它贴得不紧，左摇右晃。摺伏实了，又在它的周遭缠上麻批儿（用塑料东西缠，不通气），单露着接穗的“眉眼”，仿佛折叠襁褓一样周详仔细。对于母本黑枣树，果农就不太爱惜了，只拽一把黄土泥，糊住它的伤口。由人的娇爱而始，柿子芽就享受着恩宠，在黑枣树温润的怀抱里，吸收着乳母丰沛的营养物质。接穗一经成活，仅十来天的工夫，芽苞就睁开了眼，阳光里显出一番喜眉笑眼的样子。它出世就阔叶明亮地欢畅，与同一阳光下乳母自来叶的暗淡单薄形成了鲜明的对比。

依靠黑枣树身躯养育出来的柿树娃，再也不姓“黑”啦！它自谓心高，自谓儒美，在人间名胜地、风景区、园林、名人故居流连，风光地晃动腰肢。它多光彩啊，它还去想它生命的来处是黑枣树的温身子吗？

“黑枣结柿子——涩根不断。”乡谚做出的裁断，终于证实了它俩血缘一致，承认为美好伤身的黑枣树于果木之林历史功绩的真实。

黑枣，得大德者觉解，在人类遵循礼仪之期给了它“君迁子”称谓，可是，它的宿命，始终没有离开农叟，没离开黄土地。它孤单地于旷野中吃苦累心，历了早先多少辈，谁再给过它精诚的名誉啊！

而今，它得到了好报！现代人讲究科学养生，把它列为最有益于人体健康的“黑五类”食品之一，把它夸得“蜜溜溜”似的。“蜜溜溜”的黑枣，在很多敞亮透明的大型商场上市，它好像脱离了尘土，绽放着笑，将一张干瘦的脸庞涨得紫红。

我愿像这盘碾子守望家园

多情红果遇绛尘

北大是讲学问的。《燕园草木》第一百五十页，述及了“山楂”，我也感兴趣。

按书里意思，山楂为野生灌木、小乔木，红果为其变种。

包括我，很多人不明白，单以为山楂就是山楂，红果就是红果。做区分，是以果个大小、甜酸度为别。

一般而言，红果比山楂大两三倍。红果缺少甜度，青着时更酸。只有穿了“糖葫芦”，才可把它的泛酸纠正过来。山楂则不然，青着时虽酸，但不至于酸倒牙。熟了时，有酸度，内中也有甜，并有些发面。

红果，通行的叫法为“山里红”。从北京到东北，都这么叫。

山楂、红果的气象，啥时节好看呢？秋天，果子秋之后。

春天，它们白花如弱雪，夹着几分绿，一簇簇花蕾温和，不十分招人看。入了秋，果实逐渐着了红色，渐渐抢眼。它们要赶在这一季节，与柿子的红黄，与梨子的黄白，与枣儿的鲜红，与谷穗和玉米的金色，进行一场秋容比赛。

大宗果物和庄稼，采摘了，收割了，田野里高脚处只余下山楂和红果未被人敲打。它们的生命要延迟到最后，以完胜者的姿态，放射它们的光艳！

陌上人家满目春

红果，皮色绛红；山楂，颜色娇艳。二者都驻有金点儿，而红果上多，山楂上少。然而，又都像老秤杆儿上金星，明明灿灿，讨人喜欢。

一树树红果与一树树山楂做对比，红果树像经历了多种世事的大姐姐，温存、低态；山楂树像远距出阁时日的小妹妹，面色娇嗔，闪耀着顽皮。看情形，像姐姐低着身子叮咛妙幻的小妹妹，传授亲身体会。姐妹两人面庞，都洋溢着由衷的幸福。

对于世情，红果和山楂树都是加着小心的，一身锥刺，是她们护身的本事。人世间娶亲，是上花轿，吹唢呐；她俩走下绣楼被迎娶，是木杆儿的敲打。落果纷纷情景，于她俩看来，恰恰是喧天之喜！

我和这姐妹俩是有缘分的。当初没想和她们恋爱，可老了以后，她们的情分，常常让我念及。

我去那里放羊。爷爷给的任务，每天去放四只羊。牧童的趣味，现在还欣欣不已。两只山羊、两只绵羊，全是母羊。有只山羊，我那时觉得它十分伶俐，总是头前带路，翘起露着粉肉的短尾巴，显得轻松愉快，并且如妙龄女踩着高跟鞋，蹄子发出“嗒嗒”响音。绵羊叫“黑头”，黑鼻梁，黑眼圈儿，它总是行走慢，以跑的方式追赶山羊，大尾巴像磨扇，摇来摇去。我知道羊爱吃什么，我也知道怎样才能帮助家里解穷，早出晚归，精心放牧这四只羊。爷爷见山羊的毛色像白缎子闪亮，见山羊的粪球“拉黏儿”，绵羊粪成扁坨儿，就夸我把羊放得肥。听了爷爷夸奖，我更觉得去山里红沟放羊选对了地方。

山沟里有绿草，有山泉，有山里红叶，羊爱吃。春天、夏天，要把羊看紧，不能让羊叼嫩叶。进了秋，果叶黄了，羊怎么放肆就无妨了。红果没下树时，可以进沟；红果打了，更可以进沟。现在觉得入秋那红果叶像枫叶似的爽丽，很美，那时并不留心。怕羊叼不到叶子，常扬起鞭子狠抽一顿。抽下了叶，归羊吃；抽下仨俩山里红，归我享用。

红果树的叶子落尽了，地光了，领头的山羊还常常领着我，奔山里红沟去。那块地儿，好像它们和我都埋着一个梦想。

时光悠悠，好的光景总显那么短暂。“只道天凉好个秋”，产生了这个意味儿。

住进了楼房，看电视健康讲座多了，见散发生命呼吸的红果树、山楂树和鲜崭崭的红果、山楂机会少了。专家讲山楂和红果对降血脂、降血压、抗脑血管硬化有妙用，我听了报以苦笑。酸的、甜的东西，已不敢再吃了。只在一处心欢，遇见小孙子、儿媳妇吃红果，个个是那么可爱，坦然一脸幸福感。我闪一旁，陪伴着笑，心里擎着数不清的东西。恍惚，我又见着了山楂，满树精美若红璎珞般的山楂，脑海里一闪，念头竟像初恋在心弦上盘旋……

乡恋

欧李

我的家乡，有一种野生山果比较稀奇，植物学书上称之欧李，京西挨着山根儿一带地方的乡民叫它“欧洛儿”。

这种山果在而今，甭说城市青年，就是农村“70后”“80后”也多半不知。

算起来，快三十年，我没见到、没听到有人说起“欧洛儿”了。

多少年，我还保留着对“欧洛儿”的原始记忆。

农村孩子，打猪草，是从小习练的一门手艺。可是，贪玩年纪，小伙伴们一旦上了坡，总先玩儿。逮蝈蝈，掏鸟窝，捉胡不腊，摘桑葚，啃甜棒，比赛打弹弓……先一通儿地野。快回家了，才东薅一把西薅一把地把小筐篮儿续满。

夏秋季节，河沟里有水，小伙伴必得玩够了水，才想起家长嘱咐。有领头儿的提醒，一边摇着头上水珠，一边呐喊着向山坡上冲去。

南坡上阴坡面，灌木丛很密，猪食很多。绕过秦家老坟，一杵儿上了山坡地。篮子在手里晃晃荡荡，眼睛穿着地阶看。这时就听“哇”一声夸张地喊叫，把同伴都吸引到了近前。那小伙伴用手拨开一丛灌木，摘出一颗红红鲜果，朝大家晃了晃，一扬头放进嘴里。“哇！哇！”一片欢叫，谁也顾不得打翻猪食篮，几双手齐刷刷伸向那儿。

——这吃进口的，悦目勾涎的红艳艳山果，就是“欧洛儿”。

新摘下的“欧洛儿”，甜酸酸，清爽爽，好吃极了，有一种说不出来的清香气。多少年，我都以为，这至美至纯的山果有一股灵气，本不该归凡尘所有，应该侍候在王母娘娘的神宫里才对。

“欧洛儿”果木棵儿长不大，甭管多少年，低的不过膝，高的不没腰。肥田沃土找不见，天生喜欢贫瘠的山地。旱不怕，冻不怕，牛吃不怕，羊踩不怕，特别皮实。想到这“欧洛儿”果木，我就想到家乡一位老农民，官称“翟二爷”，七十多岁了还挎个背筐叼着烟袋参加生产队里劳动。跟他论“爷们儿”的家族小子揶揄他：“挣欧洛儿木的棺材呢！”逗得上了年纪的人哈哈大笑。老人过世好多年了，这句话我还记得。

在我印象之中，结“欧洛儿”的枝条很细，春夏抽出的新条，披一层短柔毛。五月前后，花开罢放叶。花瓣白色或微红，叶形像山榆叶或“雀儿舌”叶子,边缘有细密锯齿。熟了的“欧洛儿”，一般比樱桃大，比沙果小，近似球形，颜色分鲜红、紫红和深红。果皮特别细嫩光亮，晶莹可爱，触之有光滑、莹润的感觉，就像触摸婴儿脸一样。果核不大，果核颜色、形状都跟粉红色的小粒花生米差不多。

“欧洛儿”果期一般在七八月。但我听说，家乡还有一种“水欧洛儿”，果形比较大，熟得晚，可惜我没见到过。“处暑找黍，白露割谷”，割谷时可以吃到它。按时间推算，那就是九月中了。

家乡“欧洛儿”遭遇毁灭，是在上世纪六七十年代热火朝天的“农业学大寨”运动中。整修梯田，把地阶上原有野生灌木“满门抄斩”，刨得干净。其实学大寨的“劲头儿”私心也起作用：

家家吃的接不上顿，烧的也跟不上，因此尽管饿着肚皮，也得把烧的顾上。那刨下来的山荆子、酸枣树、欧洛儿枝只要晒一晌，就是很好的家用燃料。人心齐，连泰山都能移，何愁地阶儿不光？生产队的劳动，我也干了多年，我知道贫困时期是怎么度过的。

多少年我思念“欧洛儿”，不只是对快乐童年、苦乐年华的回忆，实际含有对过去生活的忧伤。

近来我查阅“欧洛儿”的文字资料，获很多信息。当今文献把它夸奖得不得了，介绍得十分完美：果实、枝条、叶、根、果仁全都有用，通身是宝。“欧洛儿”的商品名，称“钙果”，含有各种对人体有益的矿物质元素。钙元素的含量比各种水果都高，和苹果相比，每百克鲜果钙和铁的含量分别是苹果的七至十倍和六至十倍。另外还拿康熙皇帝幼年喜欢吃“欧洛儿”，登基以后要求进贡来说事。这般溢美之言，就当今洋水果大行其道来看，似乎中国本土上原生的这个物种大长了中国人志气。

现在，我了解了这些知识，头脑胀了许多，心里也很犹豫。没想到，年幼时一不留神，享用的竟是“贡品”。就此间，我真的不知道该怎样回忆童年，怎样回味“欧洛儿”了。

石鼓上有我摩挲过的痕

石制的排水孔上青苔

和农民朋友谈欧李

北京举办奥运会那年，大暑节那一天，我冒着酷暑，童心发作，写了一篇忆念家乡草木的短文——《欧李》。

查阅了许多资料，写文章时没用上，而我又觉得那些有关欧李的知识和商品信息，对农民开发这一野生资源有采用价值，实不忍放弃。因此，今日我想服务大众，做一点儿科普宣传。

京西，欧李的土称叫“欧洛儿”，其他地方也有叫“郁李”“山梅子”“小李仁”的。近百年前，植物学家、我国树木分类学的奠基人陈嵘先生，将我国这一原生物种，列入蔷薇科樱桃属，命名为“欧李”。据《北京植物志》和相关文献记载，野生欧李分布范围星落于北京、天津、河北、河南、山东、山西、陕西、内蒙古及东北地区。

欧李属于山区、半山区、沙丘地带的落叶灌木，株高一般不超过1.5米。树皮灰褐色，小枝披柔毛，叶互生，叶形与山榆叶近似，边缘有浅细锯齿。四至五月开花，花色为雪白或粉红。果熟期从六月延伸至九月中旬。果皮晶莹鲜红，果肉酸甜多汁，果仁富含油质。

生物学家在对欧李进行研究时发现，它的果实中含有各种对人体有益的矿物质元素，尤其钙元素含量奇高，居所有水果之首。

为使人认清这一特点，现代流行的商品名，称之“钙果”。今后你走进超市，见到标签上的“钙果”名称，千万别说不认识，它就是咱家乡的“欧洛儿”。据传，欧李历史上曾作为“贡品”，进贡给朝廷，康熙皇帝甚至择派官员为皇家专门种植。

欧李（钙果）经济价值极高，用途非常广泛。它的果实是市场上的稀有果品，酸甜适中，味道独特，营养丰富，所含营养种类之多，含量之高，优于樱桃、李、杏、桃等核桃类果品。其中维生素家族A、B2、B12、C、E，微量元素钾、氮、钙、磷、铁、锰、锌、镁、硒等，绝大多数指标高于上述果品几倍到几十倍。它含有包括赖氨酸在内的十八种氨基酸。它的根茎和果仁可以入药，仁还可以榨油，鲜嫩枝条可做牛羊饲料和手工艺编织材料。这种果树在绿化美化环境、治理荒山沙漠、防治水土流失方面有特殊的效果，被国家林业局列为生态林优良品种，综合利用开发前景非常广阔。

评述欧李品质非常优异，这就仿佛观赏一串花骨朵儿，看哪儿都好。

作为新型水果栽培和食用的果木，它的生物类群和果实类型繁多，是宝贵的育种材料。它由于植株矮小，生长快，结果儿能力强，既可做“草地果园”栽培，利用地埂、边角地栽种，也可为乔木果园间作物。一般当年就开花、结果。产量以亩产计，一年生能结果一百公斤，二年生能结果三百至五百公斤，三年生就可达一千至一千五百公斤。按目前市场价格，每公斤十至二十元计算，每亩地可收入数千至上万元。如果利用温室栽培，可实现周年上市，效益更高。欧李是城市水果市场中的高档果，它所含的钙是天然活性钙，易吸收，利用率高，是老人、儿童补钙的最好果品。

就食用功能来说，还可以深加工，加工成果汁、果酒、果醋、果奶、罐头、果脯等食品。

欧李食用，对人这么好，这么受用，而它对草食动物也颇含情相待。牛羊比君子，就判定营养依靠程度，动物跟人的感觉一样。欧李植株作为牛羊饲料，茎叶的营养价值很高。茎叶中不仅含有牛羊生长发育所需要的糖、蛋白质等一般营养物质，更是牛羊骨骼发育的重要补钙来源。作为一种牧草，欧李对草食动物的亲和性，真是敞开了心扉，以自己在自然界磨炼成的生存本领，来挽救和维护大自然种群的和谐。如 2002 年，山西许多地方因干旱寸草不生，而欧李的茎叶却很茂盛，成了牛羊主要饲料。其之所以能够舍生取义，而又不致危及自身，既在于它结果的地方贴近地面处的茎较硬，伤害不到株体纵深，根本不怕牛羊的过度啃食；又在于它生命力旺盛，嫩条被啃食后可立即大量复生。欧李平生是以和平共处的方式善待草食动物的。其他灌木，如沙棘、酸枣、树莓等，虽也可供牛羊取食，但浑身是刺，不利牛羊进食。欧李则茎细柔软，叶量大，茎叶均无刺，不仅不会钩挂牛羊皮毛，而且啃食方便。欧李这般性状，真乃大仁大义的草木君子。

欧李来到人世间，它似乎就愿意粉身碎骨来回报人们的喜爱，把自己的潜能全部贡献给人类。人人大快朵颐的“钙果”，竟然在药用上也表现不俗。欧李的果仁，医书上称“郁李仁”，是一种常用传统中药，味辛性平，具有清热、利水、滋阴、润肠、通便等功效，古代医书多有记载，药理认知已有两千多年历史。现代以“郁李仁”制成的酊剂，有显著的降血压作用。欧李的根，在民间偏方中用来治疗静脉曲张和脉管炎，也有较好的疗效。现代科技扫描，又发现欧李新的玄机：果仁出油率很高的欧李油，油酸含量之高敢与橄榄油争雄；果皮中提取的天然色素可形成晶体，能成为食品添加剂中的新贵；果实喷发的独特而浓郁的香味，也被香料加工业的精明人士窃喜……

吃和营养、养生，以及可获取的利益，历来能够触动人类的兴奋神经。但是,如果只言吃和享受,那人生在世也就没多大乐趣。欧李在自然界的无私、谦抑和向善，对照于人，会检验出我们人性中的许多问题。现在不探讨这个，咱继续说如何使欧李更多地造福人类。

欧李天生就是人类家园的朋友，在生态水土保持上的作为与人类的目标一致。它是一种极其能够抗御干旱和病虫害的灌木树种,适应能力非比寻常,可耐 −35℃低温,有极强的固土保水能力。它自然更新性强，生长周期短，繁育速度快，从种子播种到形成新的种子，仅需十六个月，自然界一般果树罕有其匹。它的根系纵横交错，集中分布在二十至四十厘米深的土层，形成表土密集的网状结构，将根土层紧紧包住。三年可达到一般树木十年的固土保水效果。它善待人类家园，同时也善待自己，为了使自己的子嗣兴旺，即使在干旱季节的早春，它照样可以开花坐果。这时果实基本停止生长，但不会轻易落果。待雨季到来，庞大的根系会迅速吸收雨水并集中供应果实，短短十至二十天内，果实会膨大到原来的八至十倍。对于人类而言，欧李就像一个省心的孩子，它以自己顽强的生命力和在恶劣自然环境中练出的基本功，与危害人类和自身的恶势力抗衡。

欧李这种须眉之概，与它秀女之姿互为表里，侠骨中映现柔情。绿化美化环境，欧李便充分发挥了性能。每年早春时，欧李花芽就开始膨大，枝条上的每一节都缀几个花芽，节之间的距离很近，基本上每个枝条都可形成大量花芽。欧李一般先开花，后长叶，由于没有叶片的遮挡，以及每个枝条均能开花，可形成花束，如果大面积种植，远远望去，就像看到一片花的海洋。因它的花形与日本樱花相似，花期亦与之相近，所以鉴美之人称之为“中国樱花”。认识到欧李聚丛矮小、花朵密集、十分美观的特点，可利用其不同花色，在庭院、公园、街道、高速公路两旁等地布置花坛和营造花篱。这样设计，能够形成春天看花、夏天赏叶、秋天品果的上佳效果。园林可做灌木花带、灌木球配置。既然欧李可以作为观赏花卉，那它的功用就远不止在丘壤里。把它盆栽，制成盆景，当是它扬名天下的新途径之一。利用现代温室技术进行盆栽，可订单生产大型酒店的餐后用果，客人在饭桌上亲手从盆景中采摘，一定会风趣盎然。当然，一个家庭养几盆欧李，平日观赏，果季得鲜汁美味，既陶冶了性情，又补充了钙，敬老护幼，好不自在。

欧李的优异品质，如果要谈，还能谈许多。但我要农民朋友记住的，是欧李的自然习性与我们自身的联系，以及如何使这一资源转化为社会效益，为我们的现实生活添彩，加速农民富裕。就以上谈到的情形来说，欧李特殊的抗旱能力，特别适合干旱地区种植。在北方，尤其是春旱期长、夏季雨量集中地区，它是最好的生态树种。旱时能避旱，雨季能集水抗旱的用水本领，恰合我们提倡节水型社会的本意。再者，欧李容易成活，管护简单，对管理技术要求不高，我们普通农民都有种植能力。人们对钙、对铁、对方便绿色饮料的需求日益增长，为欧李果实的深加工提供了极为广阔的发展前景，给医疗保健和食品饮料业提供了无限商机。欧李产业化开发蓄势待举。欧李原产我国，种植欧李，符合国家在适生长地区选择生态功能强势经济树种的要求，是使农民在土地条件差的情况下增加收入，并能同时获得生态、经济和社会三大效益的好项目。有眼光的乡村领导者，一定要看好这个时机，在您所领导的地区，开创干旱地区保持农业持续发展的新天地。

好了，关于欧李，我现趸现卖，说了这些，只要您觉得有用就好。我的心情已经落在纸上，但愿咱乡亲们相信科学，生活富裕。

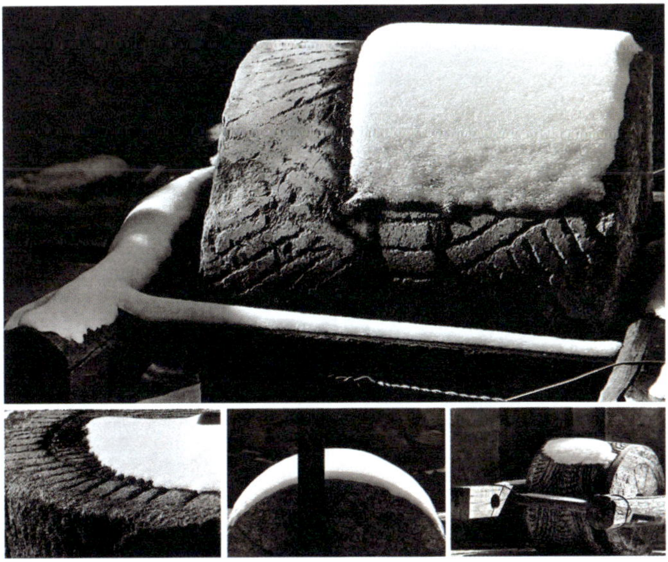

劳碌一辈子，最该休息的是你

桃奴儿

我小时候，村东有果树，我吃过梨、吃过杏，摘过烘柿、山楂,尝过多种果物,却没有让我产生忘不下的记忆。唯独“桃奴儿”给我造成的印象，在我心积存了大半生。

我所瞩目的“桃奴儿”，出自东坡桃树地。这种桃儿的品种叫“谷茬白”。那正经大桃是什么形状，个头儿大小以及口感，记不得了；甚至怀疑，自己根本没吃上过。我所能记住的，是那遗弃枝头、不再被人看管的“桃奴儿”。

既说是“谷茬白”,就说明它熟得晚。如果按农事“白露割谷”推算，它的成熟期应为九月初。毫无疑问，它属于晚熟品种。这个季节，天气虽然还很热，但田间已经有了几丝凉风。

农村孩子，天性与山坡为伴，草木为友。说不清什么时候，就踅摸到山坡，也许是为了打草，也许是为了玩儿。就这么漫不经心地进了桃树地。进了地，拨拉这枝儿看看，拨拉那枝儿看看，大桃是肯定没有了，在毫无思想准备的情况下，竟发现了藏匿树间的“珍品”。一时的兴奋是可想而知的。把它揪下来,小心摸一摸，然后一小口儿一小口儿地吃进嘴里。仔细品尝，用心体会，就觉得它太甜了，那浓浓的甜汁儿都有点儿齁嗓子了。

我们当时也奇怪，这么好吃的东西大人怎么看不见？若看见

大桃虽艳不及桃奴儿甜

了，又为什么不告诉我们呢？这“桃奴儿”大一些的像个大杏儿，小的才不丁点儿，而它的甜度是怎么憋出来的呢？一边吃，一边琢磨，很心欢地将到手货咽进肚子里。

尝了一个“桃奴儿”以后，继续找，把又找着的装在了兜里，舍不得吃了。此时我想起了奶奶，想让奶奶也能够尝尝。从小，我在奶奶看护下成长，备受宠爱。我的小小心眼儿里特别有奶奶。

当我热汗淋漓地跑回家，把兜里的“桃奴儿”一股脑儿捧给奶奶看时，奶奶特别高兴。她眯着笑眼，捏着桃儿，也像我那样，一小口儿一小口儿捏着吃。我们祖孙二人相视，无言中呈现着快乐……

小小一颗“桃奴儿”，在我心里坠了许多年，忘不下它。受憋痛时，我在想：这低贱之物，内含诚意，散发温馨，虽仅为百果之余，然它亦秉四时精气，六合瑞源；它的质，它的色，与同类富足者相比，丝毫不弱。由此，我也去想，我这一庄户人家子孙，何尝不是一颗寓居人寰的小小“桃奴儿”？

冈儿桃

冈儿桃这一种野生果木，京郊半山区一带的老辈农民相当熟悉。它果实好吃，味道独特，但是不属于上等果品。

至今仍有人结记，也不光因为尝过它的滋味。

人生四季，苦乐悲欢，因它回想起往事，哪个是桃、哪个是人，谁捋得清啊……

就因为它太普通，太追随人性了，世代农人对它从不以殊礼相待。许给它两个土名，也像给自家孩子起乳名随意那样，虽然心里有不尽疼爱，但叫名儿，十分的简单、直白。

称“毛桃儿”，是看它青涩时表现。处在发育期，它除了果个儿小以外，细密的果毛还遍布周身。果毛浓密而土里土气的样子，就亚赛终日于暄土地上打玩，灰头土脸的小孩儿，辨别不出来眉眼。

称“冈儿桃”，则指向了它的出生地。冈儿桃树生长的地儿，不在直挺挺高山，不在平展展农田，零零星星分布在了浅山区，或与平原交界的坡冈地带。

——如此依赖山冈，不叫它冈儿桃才怪呢！

既然天性属于山野，也就注定了它与桃界精英们走不到一起。桃系家族，就数它成熟得晚。直熬到人间培植的各种大桃过了季，它才显露独异风采。

开始熟了的冈儿桃，仿佛经历了一番脱胎换骨，面目较从前大不一样，浓浓的果毛大部分脱落，果形和果色好看多了。

高枝儿的果实，日照充足，桃嘴个个儿蹿红，桃子表面点缀细小红点儿，别提多光艳山冈了。近近地细看，瞧那山桃上为数不多，却可人意的红点儿，就如同观赏山村姑娘秀脸漫出的几颗灵动的雀斑，将一身俊气添了俏！

视觉上的毛猴子就是这么在青枝上偷懒

低枝儿的果实呢，就不同了——没有红光陪衬，它们是青中透白，或淡淡乳黄。果色虽然淡化了，可入目温和，光而不耀。

熟透了的冈儿桃啊，果肉和果香太诱人了！两个手指一捏，桃子就顺中间裂开。粉白色果肉，闪着鲜嫩光泽，挨着桃核两侧的果肉粘连红线儿，深红色果络若毛细血管一般鲜活。果味呢，当然美极了！甜度合适，杠口香。尤其为某些人工大桃品质不及的，这野生桃不粘核，不自恋，满口鲜香吃了，剩余紫红色桃核，干干净净。

这么美妙的山果，市上难求。可浅山区的农人却尝到了它甜滋滋的美味。

农时处暑节以后吧，田间挂锄了，其他农活儿是场里的地里的还说不定。上下午“歇歇儿”时候，就有人去坡上踅摸，摘冈儿桃给大家吃。

桃子是装草帽里带回来的。怎么吃呢？很简单。抓起了一个桃子，在鞋帮儿蹭一蹭，笑嘻嘻地张口就来。

还有的时候，去山里打荆蒿。于又饥又渴之际，发现了一树冈儿桃，便忙不迭放下镰刀，向那桃树奔去。

几个冈儿桃下肚，人立马长了精神。瞬时之豪性，同“一米度三关”的效力差不离儿。

——由饥困结下的情缘，无法忘记。

一个春秋挨着一个春秋，冈儿桃重复着它在人世间的情景。

一代，延续一代，乡民缔造着土地上的故事，闲说草木传奇。

一棵尜尜枣

翟瞎子房前一棵枣树，很多孩子惦记。

这枣树不一般：别人家枣树结的是“泡枣”（泡读 pāo 音），熟得晚，鲜吃“发糠”。他家这一棵是尜尜枣树，提前熟，吃鲜儿最棒。

尜尜枣为橄榄形，两头儿尖，中间胖，皮儿鲜亮。咬一口儿嘎巴嘎巴带脆音，又脆又甜。

翟瞎子无儿无女，家里只有两口人，住街北大土坑边地阶上。住处没有院墙，由树枝儿围挡，安一个栅栏门儿。

翟瞎子身体匀称，且高，夏天戴破草帽，冬天戴旧棉帽，摘下帽子，一头白茬儿。他的眼睛不是真瞎，好像常年烂眼边，眼睁不大。按老头儿体质，到六十来岁时还敏捷，能看得出当年这是一条硬汉。老伴儿身材也不算矮，一双大脚走路大方有力。

他俩都是老派打扮，穿大襟衣、甩裆裤，扎腿带儿。冬天，老头儿穿棉袍，老伴儿穿窝帮大靴子。

两位老人勤俭，院中不见一根草刺，除了这棵枣树，还有柿子、核桃、花椒。四周围种扁豆、倭瓜、葫芦，秧儿爬树枝子篱笆。秋天，见老头儿使禾杈挑黄豆秧晾晒，老太太端簸箕，簸土粮食。三间老土房爱落鸽子。家有几只鸡，也常见老太太端着瓢儿，“鸡

尜尜枣儿甜又脆，枣花却是这么碎

儿鸡儿”地呼唤，给鸡喂食。

老两口都爱笑，见了大人和孩子，不笑不搭腔。只是由于住处偏，路过人不多。

不知因为宅院土层厚（院外黄土坑断面有三四米深好黄土），还是朝向好，他家那棵枣树，年年挂得很密。

大概从一树金灿灿枣花开始吧，村里小孩儿就惦记这棵枣树。进了七八月，孩儿们注意得更勤。眼见枣儿一天天由青变了“白背儿”，枣儿上端染了红圈，愈发心痒，嘴里咽唾沫儿。

两个老人虽然慈眉善目，但小孩儿不愿张口，总想试一试身手。好容易察觉到了院里没动静，三五个小孩儿就悄悄钻进了栅栏门，直奔那棵枣树。手脚快的上了树，身体笨的弯腰找土块儿，全为了吃枣。时辰并不长，各有所获，钻出栅栏门腆着胸脯那个乐呀，胜利果实又甜又香！

成功的次数是多了一些，但也有挨逮的时候。或正高兴地揪着树枝，拣最好的枣儿摘，或正低头捡落枣，猛听见身边两声咳嗽。不用望，便猜出谁回来了。趴在树上的不敢动窝，树下蹲着的不敢动弹，全慌了神，不知会遭到什么惩罚。没想到老人快步近了树身，扬起了双手，说一声：“还不下来？”树上的小孩儿这才磨磨蹭蹭地向下滑，被老人托住了屁股蛋儿。

抓了“现行”，孩儿们还在慌乱不安，老人扑哧一乐，带着笑纹说：“你们这孩儿呀！”然后大手向外一挥，催促：“走吧！”三五个孩子听清了是一句赦免，像几只兔子，仓皇而去，装在兜里的枣儿漏了一路。

这个场景，如今白了头发的当年顽童，哪会儿想起，哪会儿羞愧、心热！

——千万不要以为孩儿们偷枣儿才去这翟家。虽然这院没有小孩，平常去的机缘少，但过年的时候一定去——给老人拜年！由家长领着，欢悦登门。尚未进屋，老人听见脚步响，早闪出身挑起了棉门帘。

进了土房外屋，老头儿拉着孩子家长的手让座儿，老伴儿忙着给递茶。大人们说着话,老伴儿又掀开仓柜盖儿,给小孩拿吃的，枣儿、核桃、倭瓜子往孩子兜儿塞。如果叙话时间长，老头儿还会搬梯子上房，端下一簸箕冻柿子。

一双老人待乡亲、待孩子多好哇！吃过、偷过他家枣儿的孩子换了一茬又一茬，都记住了这处的枣儿香、枣儿甜！

吃过他家枣儿的人，现在很多离开村庄了，不能说对这处没挂念，有时也想，想自己童年与老人的际遇。但是，老人在什么时候死的，死多长时间了，活了多大年纪，离乡者却一个也说不清楚。回到了老家，有心再访访那一处旧宅，听说那里已被别人盖了新房。

大西沟的杏儿熟了

好话不嫌慢，好饭不怕晚。

大西沟的杏儿熟得就晚。

家乡杏儿,数坨里村一带“骚子黄”熟得最早——麦刚要开镰，它就下来了。没多久，平原和半山区的串铃、香白、大白、坨罗儿等品种一个又一个跟人照面。尝够了平原地儿的“鲜”，集市上杏儿过季半个多月，眼看到八月，大西沟杏儿才开始熟。

一方水土养一方人。遮掩在南窖山乡里的大西沟村，自然植被出奇的好。果树成林，野生植物茂密，小山村沿袭的是名副其实的绿色经济。

有很多应该挂牌保护的老果树。“栗树祖”“核桃爷”“杏树奶”，足可让你聚神心动。

杏儿熟得晚，有两个原因：一是山高林密，二是品种老。这里海拔五百多米，气候偏凉，比平川差一个节气；沟谷成荫，树木掩映，光照不及平川充裕。生长环境不容它早熟，已是实况，但最主要的，还是这儿杏儿品种老，天然不在早熟品种之列。让老北京人齿颊留香、津津乐道，京西最具特色的“黄嘴杏”，也不知在这山窝窝里隐藏了多少个世纪。

那原本的“黄嘴杏”有什么好呢？首先说它品质纯正，味道香甜。捏开它，红黄红黄，沙棱棱、水汪汪的果肉离了核，瞬间带出一缕香甜气。这是由祖上传下的老品种独有的魅力。它的唯一缺陷就是晚熟，让耐不住性子的人等得心急。

现代人的意识说不清，或者因为浮躁，或者为了显示科技威力，入口的鲜果贪图又大又早，全然不计事物成长的客观规律。一承“转基因”，满足了不少人虚荣，而天然营养和口感，却差着距离——转过头来还得承认原生态果木结出的果实品质好。

家乡果物是离开家乡的人对家乡诚恳的记忆。就算是一种平淡无奇的果物，儿时尝过的滋味，终生也不会忘记，含着人情水土的味道把他和家乡牢牢拴在一起。有一位从这块山地走出去的老干部，少小离家老大回，见多了人间变幻的他，不相信家乡还保留原本物种。当村里娃娃摘来一篮儿“黄嘴杏”让他尝时，老干部情绪非常激动，喃喃自语:“总算把好物事保住了!”

杏儿熟了时，在大西沟是一个很好看的风景。坡坡岭岭，沟沟岔岔，各种鲜果挂满枝头，呈不同颜色和形态:桃儿努红嘴儿，李子绿又密，柿子顶青盔，核桃翠着皮。果林里各色各样的鲜果，或密密匝匝，或疏星朗月，招人兴趣。

进了杏儿秋，就到了大西沟大忙季节。清晨，树叶山草还挂着露水，村民就一个个背篓提篮去摘杏了。杏树下是农田，看准一棵应奔的树，都要钻过玉米地，迈过白薯秧，踩过湿漉漉的农田后，才可引颈悬篮尽心尽意地舒展身手。这个时节也是学校放暑假的时候，以家庭为单元的采摘集体里，就也有小学生、中学生、大学生的暑期行动。中午和晚上收工了，你会看到，从密林深处走下满载而归的身影。整条街弥漫着杏儿的甜香，吸引很多小蜜蜂在村街里飞。

大西沟的杏儿是招人喜欢的。果实清香爽口，酸甜适度，还大部分甜仁。山川造物，和人性相通：青枝绿叶映衬下的那杏儿的镶红果色，就像是青丝满头刘海下边露出的山乡女的健美容颜；那甜津津、脆生生，剥开嫩皮即见的洁白的杏仁，光光润润又像是山乡人纯洁的心怀。

——杏循人性，仁果与人同仁。

以杏为媒，以景招客，现在大西沟人已做好申报市级民俗村的各项准备。依托绿色资源的小山村，旅游经济很快就会发展起来。

画一枝桑葚唱童年

山外麦梢黄，山里桑葚红。

十渡的桑葚熟串了枝。

山坡上，流动着绿色。花椒、柿子、核桃、栗子、杏……青枝绿叶，把山腰抚弄得葱茏一片。嫩绿中，挑枝儿的桑葚，红黑衬托，竟带得满树的叶子也跟着鲜活。完全感觉出，它使周围的绿，发生喜悦的颤抖。这与山里人感情一样朴实的果实呵！

——是它，又带我靠近童年……

记得家乡有个说法，叫作“前不栽桑，后不栽柳”。“桑”与“丧”谐音，犯忌讳，而后者是否与风化有关，我就不明白了。庭院里不栽桑树，桑树长在村外，在大户老坟和不着人管的坡冈，自生自长。那里有上百年的老桑。

桑葚熟了，农家孩子的快活季节也来到了。常常是中午，三五个小伙伴，跑向野地去找桑葚。白云头上飘，风儿跟着跑，踢坡跳坎，就像几只新孵出窝儿的鸟儿，满世界都是我们的快乐。

结葚儿稠密的大桑树，像绿云里缀着许多彩色星星。爬树棒的上树，任务是给桑葚摇下来，其余的立在树下等。那上了树的才气人呢，底下都把小褂儿脱好，铺开准备接桑葚，而他，骑着树卡巴儿，自己先咂上鲜了。吃一颗，向下瞧一眼，美滋滋儿晃脑袋。底下伙伴咽干唾沫，脖子仰得生疼！

桑葚雨落下来了，“叭、叭、叭”落地蹦。树下的伙伴全不管桑葚砸脑壳，紧忙着拾。

这时树上树下才真正高兴起来。

一只黄鹂飞来，落在树枝上，翘起长尾翎，扇着翅膀，对着我们连声叫：“吃我桑葚红屁股——喳！”黄鹂着急我们乐，仰脸应对黄鹂。

树上一个声音：“吃我桑葚红屁股——喳！”

树下几个声音：“吃我桑葚红屁股——喳！”

学鸟舌，前一声要说得快，后一声“喳！”音要压下去，再长长扬起。吃桑葚的孩子，都有公冶长的本领。

现今，超市开到了家门口儿，冰棍、雪糕、冰淇淋、酸奶、南北方时令水果……样样有，孩子们啥滋味儿都不缺，很快得到满足，就是很少再听见黄鹂叫声了……

童年的梦，还能回来吗？

“吃我桑葚红屁股”——黄鹂留下一句诗

应葆闲情看榴花

郭沫若先生当年响应时代号召,欲在写诗上酬唱“双百方针”,发愿在一个星期内作出一百首咏花的诗。

郭老的性情、才情，向来令人敬佩，以《百花齐放》为总题目的一百零一首花木诗，完成速度惊人。虽然并非多么深刻，但此种题材今人无有出其右者。赞佩在心，我更加赞赏的，是重温他于抗战期间抨击日寇、日伪汉奸，呼唤民众团结，展露自己胸襟的粲义。一篇以白话文书写的《石榴》，我记住了几段：

> 五月过了，太阳增强了它的威力，树木都把各自的伞盖伸张了起来，不想再争奇斗艳的时候，有少数的树木却在这时开起了花来。石榴树便是这少数树木中的最可爱的一种。
>
> 石榴树有梅树的树干，杨柳的叶片，奇崛而不枯瘠，清新而不柔媚，这风度实兼备了梅柳之长，而舍去了梅柳之短。
>
> 最可爱的是它的花，那对于炎阳的直射毫不避易的深红色的花。单瓣的已够陆离，双瓣的更为华贵，那可不是夏季的心脏吗?
>
> 单那小茄形的骨朵已经就是一种奇迹了。你看，它逐渐翻红，逐渐从顶端整裂为四瓣，任你用怎样犀利的劈刀也都

劈不出那样的匀称，可是谁用红玛瑙琢成了那样多的花瓶儿，而且还精巧地插上了花？

单瓣的花虽没有双瓣的豪华，但它却更有一段妙幻的演艺，红玛瑙的花瓶儿由希腊式的安普刺变为中国式的金罍，殷、周时代古味盎然的一种青铜器。博古家所命名的各种锈彩，它都是具备着的。

你以为它真是盛酒的金盅吗？它会笑你呢。秋天来了，它对于自己的戏法好像忍俊不禁地破口大笑起来，露出一口皓齿。那样透明光嫩的皓齿，你在别的地方还看见过吗？……

神品，真是神品！这个刚柔相济的笔锋，才是《女神》《虎符》作者的真实手段。

有郭老这一篇文章在上，我是不敢卖弄学问的。卖乖，也没有。由网络下载一些东西充货殖，我不喜欢，想来也为郭老所不齿。

因为平头百姓关系，多少年没有公款旅游的机会；自己花钱，换一时之娱，又舍不得，故而“远途”于国内未超过十处。怀远的石榴、砀山的梨、萧县的葡萄等等，至今不知为何滋味。

那年与同伴儿，去了一趟西安，至临潼方知何为“石榴城”。花期未遇，果期遇上了。石榴树是太多了呀！树身都很大，与北京的大棵苹果树不相上下。成片的石榴园，沿街的石榴树，把红土上的城市，捂个严实。红红的石榴，红了城市，红了乡村，就像关中肩着欢乐，肩着笑颜。盛景啊，确实把我震撼了。

可是，震撼并没全部注满。此间饶有余兴，是遇上了一个黄姓的导游女孩，真是托福得很。她有知识，会讲故事，问过了是大学中文系毕业。身持冉冉灵气,诚如郭老所赞“清新而不柔媚”,齿上“透明光嫩”。形奔炫目嚣尘,心端却似与一枝丰盈的石榴为侣。临别,互相依依不舍。

踏石榴乡,广见石榴府,也禁不住遥想当年。一代帝王唐玄宗与贵妃娘娘玉环华清池泡澡,热汤中边泡边给美人剥一粒粉丸,送至美人唇,玉环倚在君王怀,莞尔一笑,轻叩玉齿,真是风月无边!

——我可以这么想,可这么的给人吃,没这机会,也没这个福气。曾经亲手触摸的,只不过是年幼时,把一幅石榴窗花儿贴在了新年窗户纸上。

最初见石榴花红,美艳,不是在北京,不是在临潼,却是在

榴花啊榴花,郭沫若先生把你夸美啦!

大美乡音

拒马河边的山村。

现在想来特别奇怪，那个山村，怎么会有那么多人家种石榴呢？那可是大山的深处啊。一户户访，挨家看，弄明白了石榴的生长状况。春日和煦的阳光下，石榴枝发青，陆续抻长了细条条叶子（不全然像柳叶，也像夹竹桃叶），随着叶子的丰满，石榴花就渐渐膨大了，渐渐地开了。有的花筒向天，有的花筒倒悬，还有的一侧翻仰，俱艳艳地鲜，艳艳地亮。跟前有大小蜂虫，有各色蝴蝶，把花儿朵儿的一家全给吵醒了。房东大娘端着瓢儿，或赶着鸡儿，走出走进，身蹭一树俏美榴花，她也显出来早年的风韵了——嘴角兜着笑纹。

观赏榴花，观赏勤恳的人，那一番感受印在了心。

买过一株石榴，栽在了老家的北窗前，满足了看石榴的心愿。可时间不长，2009 年北京少有的一场大雪冬寒，把小石榴树冻死了。我伤心多日。几户邻居，家有石榴树的，逢花儿时、果儿时，总禁不住踮脚看。人家送给我娃儿几颗石榴，我也珍惜。

爱看石榴花，与石榴树却无缘！

再次想起临潼之行，并张养浩的《山坡羊·潼关怀古》，弥扣心弦。回味关中导游女孩脱口秀“翻身不忘共产党，幸福全凭秦始皇”两句词儿，赶一时她半真半假，我觉得也“好玩”：那是她那一块地儿灵枢攒络，心愫潜流的点点滴滴啊。

想了再想，那个曾雄霸天下，开创了秦制基业诸多大端，而后“竹帛烟销帝业虚，关河空锁祖龙居”，迈入（埋入？）骊山大冢里的始皇帝，他的功罪，可不是一时一世可以评说的哦。

梨园随想

暖暖，冷冷；冷冷，暖暖，就到了春天。

“桃花开，杏花谢，谁给梨花做满月。”经历过无数代人传唱的这首童谣，把人心全挠痒痒了，于此春光明媚之际，你约上我，我约上他，奔向了柳堤，奔向了河谷，也——奔向了梨园。

向往着的梨园，其园田属于有着三百万年历史、北京的母亲河——永定河下游的冲积平原。梨园里沙土软软的，踏上去，像踩着面团儿。节令中各种各样野花，各种各样野菜，争相露出了头角。

梨园很古老。据说，最长的树龄已有二三百年。沙田、古树、花如海，有无尽的田野风光。

很明显，静谧的梨园与现实生活形成巨大反差，对人能起“洗心革面”的作用。人性中种种不良，皆可在这一自然环境里化为温顺，以美好形式出现。不管你平日什么身份，来到了梨园，你只是群体中的平等一员。

毫无疑问，观光赏景给人们带来了生之乐趣，快意无限。然而，不知是积习使人们放不下匆忙的脚步，还是本就缺少体察事物的细心，履园之人走马观花者居多，对梨花世界品味不足。

买椟还珠，似乎有这个缺陷。

咂金缕，有一种思念盘旋在心

于我而言，世间万物，非“品”无以获真知，非“品”无以摄人生智慧。此心常在，及视至老梨树，端详其铁干虬枝却还英姿蓬勃时，先自有了几分敬意，并由此联想到大自然生命力的顽强、人生周期的短暂。在这里，且把口腹之欲、猜测大清朝时梨子滋味的浅薄意念搁下，当经心运转的是，风风光光的应时人，远不如老梨树活得久，耐力大；人生命的卑微，竟如蜂儿、蛾儿一样。

盛开的梨花为什么会被认为是“美”？这从人的社会心理上可以寻到原因。世中人赏世间花，偏喜红色。红花的热烈正迎合了人的功利性头脑。然而，红花虽热烈，孰不知，看得久了，看得多了，也会产生审美疲劳，全不似素花怡心养眼。人间万象通过这一草一木阐释了一个道理。

带有生命力的梨花引起人喜爱，在于它高洁的蕴涵。蓊蓊郁郁的素白中，有一种盛大的气象。它抒发着花魂的洁，映衬着人世间认同的“正”。即使心旌猥琐，每观其“正”，也会意有所动，冥冥中得到“虽不能至，心向往之”的遗传。

梨花的淡定、淡化，是它美的修为。淡极方知艳。淡极，原是一种大美。

素花与素心是相通的。若是读书种子，钱锺书的一句话不可不记：“大抵学问是荒江野老屋中二三素心人商量培养之事。”今时今世，可感受到这句话的压力。

丘园养素。是读书人，该去这梨园，该去看这梨花。

后记

※

献给——

与我寒苦相依四十载的妻子；

操劳一生，九十高龄的母亲；

我自家仁仁义义的兄弟姐妹；

挚爱于我的乡邻、乡间同伴；

在生活、艺术追求上给过我帮助，教育辅导过我，各个层面的朋友，各级各地的老师；

……

我爱你们！永远不会忘记！

2015年6月15日辑成记下数语

图书在版编目(CIP)数据

草木知己 / 董华著. —北京 : 北京十月文艺出版社，2017.6

ISBN 978-7-5302-1623-1

Ⅰ. ①草… Ⅱ. ①董… Ⅲ. ①散文集—中国—当代 Ⅳ. ①I267

中国版本图书馆CIP数据核字(2016)第192021号

北京市2016年度重点图书选题出版扶持项目

草木知己
CAOMU ZHIJI
董华 著

出　版　北京出版集团公司
　　　　北京十月文艺出版社
地　址　北京北三环中路6号
邮　编　100120
网　址　www.bph.com.cn
发　行　新经典发行有限公司
　　　　电话（010）68423599
经　销　新华书店
印　刷　北京盛通印刷股份有限公司
版　次　2017年6月第1版
　　　　2017年6月第1次印刷
开　本　890毫米×1270毫米 1/32
印　张　11.5
字　数　250千字
书　号　ISBN 978-7-5302-1623-1
定　价　52.00元
质量监督电话　010-58572393
如有印装质量问题，由本社负责调换。